Jessica Strang
Stapenhorststraße 15
33615 Bielefeld

www.tagtraeumer-verlag.de
E-Mail: info@tagtraeumer-verlag.de

Buchsatz: Laura Nickel

Lektorat/ Korrektorat: Pia Euteneuer

Umschlaggestaltung: Anna Hein
www.fuchsias-weltenecho.de
Bildmaterial: © Shutterstock.com
© Canstockphoto.de

Illustrationen: © Maja Köllinger und Jasmin Volkmer

ISBN: 978-3-946843-49-8

Für Eva ♡

Tauche auch du nach
Stella Maris ♡

K.K. Summer

Stella Maris

K.K. Summer

Tagträumer Verlag

Für *Jessi*.
Weil du an mich und meine Geschichten glaubst
und uns ein Zuhause gibst.
Weil du nicht nur eine wundervolle Verlegerin bist,
sondern einfach ein wundervoller Mensch.
Und, zu guter Letzt, weil du etwas Glitzerndes wolltest.

Prolog

Schwarze Wellen schlugen über mir zusammen. Die tosende See forderte ihren Tribut – nicht mehr ruhig und beschaulich, sondern wild und ungezähmt.

Alles, was ich gewollt hatte, war ein einfaches Leben. Das hätte ich an der Seite eines Edelmannes haben können. Wäre ich Mutters Wünschen gefolgt, würde es mir an nichts mangeln. Das stimmte nicht. Niemals hätte ich ihn kennengelernt, wenn ich eine folgsame Tochter gewesen wäre. Er hätte mir gefehlt … Augen, braun wie Schokolade …

Ich bekam keine Luft mehr, während das Salzwasser sich seinen Weg in meine Lunge suchte, jeglichen Sauerstoff daraus verbannte und lediglich ein Brennen in der Brust hinterließ. Hustend nahm ich einen weiteren Atemzug und noch einen.

Vergebens.

Mit jedem Versuch drohte die Lunge mehr zu zerreißen und mein Körper wurde bleischwer – wurde von einer unsichtbaren Macht nach unten gezogen. Ich besaß nicht länger die Kraft, dagegen anzukämpfen, wollte nur, dass die Schmerzen vergingen. Und trotz, dass mir die Stimmbänder den Dienst versagten, schrie ich seinen Namen hinaus. In der Hoffnung, er würde mich hören. In der törichten, dummen Hoffnung, er würde mich retten. Als sich die Schwärze am Rand meines Blickfeldes ausbreitete, war dieser Gedanke alles, was mir blieb.

Er wird … mich retten …

Kapitel 1

Serena

»Serena! Kind, wo steckst du wieder?«

Das klang nach Mutters Stimme. Ich konnte mir ihr Gesicht nur zu deutlich vorstellen. Und die Rede, die sie halten würde, konnte ich bereits auswendig aufsagen.

»Was tust du da? Es ziemt sich für eine elegante junge Dame nicht, barfuß durchs Wasser zu laufen. Sieh dir den Saum deines Kleides an! Dreckig und vollgesogen mit Meerwasser.«

Geflissentlich ignorierte ich sie.

Das Meeresrauschen beruhigte mich mehr als irgendetwas sonst auf dieser Welt. Hier durfte ich den Gedanken freien Lauf lassen und nur ich selbst sein. Keine steifen Teepartys, bei denen die eitlen Damen der gehobenen Gesellschaft beisammen saßen und sich über den neusten Klatsch und Tratsch unterhielten. Keine blasierten Männer, die dachten, sie wären der Dreh- und Angelpunkt unserer Welt und Frauen wünschten sich lediglich, unter die Haube zu kommen. Doch sie lagen falsch.

Mit meinen zwanzig Jahren hätte ich längst den Bund der Ehe schließen sollen. Allerdings hatte ich nicht vor, mich in einen goldenen Käfig stecken zu lassen, dafür liebte ich die Freiheit viel zu sehr. Den Wind zu spüren, der an meinem Haar zerrte, als wollte er mich auffordern mit ihm zu spielen. Die Möwen, welche über uns kreisten, in der Hoffnung, dass ich ein paar Brotkrumen bei mir trug.

Und dann dieser Geruch. Nie im Leben wollte ich den salzigen, frischen Duft des Meeres und das Rauschen der Wellen missen.

Meine Mutter, Elsa, sah das anders. Für sie bedeutete jeder Tag, an dem ich wieder keinen Ehegatten fand, ein Tag der Trauer. Hoffentlich würde sie die Suche irgendwann aufgeben.

»Mutter, was regt Ihr Euch so auf? Ist es nun verboten, am Strand einen Spaziergang zu machen?«, fragte ich so unschuldig wie möglich.

»Ich erwarte ein anständiges Benehmen von dir. Allein und dann ohne Schuhe und Mantel! Was sollen bloß die Leute von dir denken? Reicht es nicht, dass unsere Bekanntschaften dich als Wildfang bezeichnen? Ach, würdest du nur endlich einen Mann finden. Dein Vater und ich könnten um so vieles ruhiger schlafen.« Ein trauriger Seufzer entfuhr Mutter.

Innerlich verdrehte ich die Augen. Äußerlich setzte ich einen neutralen Gesichtsausdruck auf. »Wollt Ihr dieses Thema schon wieder ansprechen? So langsam geht mir das auf die Nerven. Muss ich unbedingt heiraten? Viele Eurer Freundinnen sind ebenso alleinstehend – wieso darf ich das nicht sein?«

Entrüstet blickte sie mich an. »Hüte deine Zunge! Redet man so mit seiner Mutter? Ich habe dich zu Respekt, Anstand und Zurückhaltung erzogen und nicht zu dieser … dieser vorlauten und respektlosen Person. Es ist eindeutig Miss Notherm. Sie hat einen schlechten Einfluss, das wusste ich von Anfang an, aber wollte dein Vater auf mich hören? Du wirst sie nicht mehr sehen.«

Schlagartig wich mir das Blut aus dem Gesicht. »Das ist nicht Euer Ernst! Melissa ist eine meiner engsten Freundinnen! Was soll das dumme Gerede mit dem schlechten Einfluss? Ist es wirklich so verwerflich, dass sie ihre Träume verfolgt, auch wenn es vielleicht nicht die ihrer Eltern sind?«

Ein hochmütiger Ausdruck breitete sich auf ihrem Gesicht aus. »Willst du mir sagen, dass du nichts von den … nächtlichen Aktivitäten deiner Freundin weißt? Das ist lächerlich. Dass du dich mit so einer Person abgibst …«

In unseren Kreisen kursierten Gerüchte, dass sie des Nachts wohlhabende Männer in ihr Schlafzimmer mitnahm und diese sich dann wieder aus ihrem Gemach schlichen. Davon wollte ich nichts wissen. Mehrmals hatte ich Melissa darauf angesprochen, jedes Mal mit dem gleichen Ergebnis: einem Streit. So lange, bis sie mit der Wahrheit herausgerückt war. Es handelte sich hierbei keinesfalls um mehrere Männer, die sie besuchten, o nein. Lediglich einer, dem schon seit einiger Zeit ihr Herz gehörte – Melissas Eltern war das allerdings egal. Sie zogen es vor, den Gerüchten, die grassierten, zu glauben. Auch wenn mir unverständlich war, wieso. Vor allem, weil das negative Auswirkungen auf ihre Familie hatte.

Auch sie stammte aus einer Familie der höheren Kreise, denn ihr Vater hatte ein eigenes Eisenbahnunternehmen und ein stattliches Einkommen pro Jahr. Sie wohnten außerhalb der Stadt in einer Landvilla, die ich seit unserer Kindheit unzählige Male besucht hatte.

»Ich fasse es nicht, dass du damit anfängst. Und außerdem …«

Mutter unterbrach mich mit einer Handbewegung. »Es ist nicht die Zeit, darüber zu sprechen. Du wirst diese impertinente Person nicht wiedersehen. Schluss mit der Widerrede.«

Sie packte meinen Arm und zerrte mich vom Strand weg. Selbst wenn sie nicht sonderlich kräftig aussah, hatte sie einen durchaus festen Griff.

Ein letztes Mal wandte ich den Blick dem Meer zu – meiner zweiten Heimat. Wer wusste schon, wann ich wieder die Möglichkeit bekommen würde, unbemerkt hierher zu kommen? In dem Moment, da ich Mutters Aufforderung Folge leisten wollte, fiel mir etwas auf der Meeresoberfläche auf. Was war das dort hinten bei dem Felsen? Ein Mann im Meer?

Nein, das ist unmöglich, die Strömung ist zu stark, jeder normale Mensch würde ertrinken.

Ich blinzelte schnell, um eine Täuschung der Augen auszuschließen, und tatsächlich: Es war nichts mehr zu sehen. Nur das Meer, das sich dunkel vor mir ausbreitete.

*Verliere ich den Verstand? Haben die Leute mit ihren Vorurteilen doch recht?, s*choss es mir durch den Kopf, **während ich mich von** Mutter weg vom Meer und in Richtung Stadt führen ließ.

Ich hatte nicht erwartet, dass sie sonderlich begeistert von diesem Ausflug sein würde, schließlich war es zu meinem wöchentlichen Ritual geworden, mich heimlich an den Strand zu schleichen, und ihr war es inzwischen in Fleisch und Blut übergegangen, zu versuchen, mich mit allen Mitteln davon abzuhalten. Entweder bekam ich unzählige Aufgaben, die ich vor dem Abend erledigen musste, oder meine Lehrer kündigten sich ohne Vorwarnung zu Zusatzstunden an. Dennoch schaffte ich es immer wieder ihr zu entwischen, trotz ihrer Adleraugen. Ich brauchte diese Zeit, die ich nur für mich allein hatte. Die Stunden die ich am Meer verbrachte halfen mir, mein eintöniges und einengendes Leben zu ertragen. Normalerweise schickte Mutter einen Bediensteten und es wunderte mich, dass sie selbst heute den ganzen Weg von Shurlake bis zum Meer auf sich genommen hatte.

Unsere Stadt war die Hauptstadt einer kleinen Insel in der Irischen See, welche zwischen allen Teilen des vereinten Königreiches lag. Auch wenn hier viele wohlhabende Familien lebten, wurde sie in keinen Geschichtsbüchern erwähnt, da nie etwas Außergewöhnliches geschah.

Das Einzige, wofür diese Insel bekannt war, war unsere Liebe zum Meer und den Mythen, welche dieses beherbergte.

Jedes Jahr fuhren unzählige Männer zur See und hofften die

geheime Unterwasserstadt Stella Maris zu finden. Diese Obsession mit Stella Maris war wohl der Grund dafür, dass ich das Meer so sehr liebte.

Von klein auf war ich in dem Glauben erzogen worden, dass unter der Wasseroberfläche eine verborgene Welt lag, die nur darauf wartete, entdeckt zu werden.

Mein Glaube an diese Geschichten war vielleicht nicht so fanatisch wie der anderer Inselbewohner, doch die Geschichten von Meermännern, schön wie der Morgen, und von Sirenen, welche die Menschen mit ihrem Gesang und ihrer übernatürlichen Schönheit verzauberten, hatten mich seit der Kindheit in ihren Bann gezogen. Angeblich streiften Meerjungfrauen auf der Suche nach ihrem Geliebten durch die Meere und verführten ab und an einen Menschenmann. Vermutlich waren die Geschichten nicht mehr als das: Geschichten, die Kinder faszinieren und dem Alltag etwas Magisches verleihen sollten. Auch mich hatte man als Kind damit eingefangen und seitdem hatten sie mich nicht mehr losgelassen. Wann immer es mir möglich gewesen war, hatte ich den Strand besucht.

Aber trotz, dass ich es so sehr liebte, war ich dem Meer und seinen Geheimnissen nie näher gewesen als heute: die nackten Füße in den Wellen und die Nase im Wind. Auch, wenn es bei Weitem nicht das erste Mal war, dass ich meine Zehen in das kühle Nass tauchte, war es mir bisher nicht möglich gewesen, vollends unter die Wellen zu tauchen. Wie auch, wenn ich vermutlich untergehen würde wie ein Stein. Schließlich musste eine Tochter aus gutem Hause nicht lernen, wie man schwamm. Das ziemte sich einfach nicht.

Ich seufzte. Als Tochter einer reichen Familie hatte ich gewisse gesellschaftliche Verpflichtungen, denen ich nachzukommen hatte, und es gehörte sich nicht, an den Strand zu gehen.

Sollen die Leute doch reden. Ich fühle mich sehr wohl in meiner Haut.

Es ist vielleicht nicht konventionell oder schickt sich nicht, doch ich bin lieber ein Wildfang anstatt eines kleinen Püppchens.

Doch mit wem sollte ich darüber reden? Außer mit Melissa.

Schon im Kindesalter waren wir an den Strand geflohen und hatten Muscheln und allerlei Kleinod aus dem Meer gesammelt.

Immerzu träumten wir, eines Tages von einem starken Seemann auf seinem Schiff mitgenommen zu werden und auf der großen weiten See Abenteuer zu erleben.

Wir hatten uns vorgestellt, wie wir um die Welt segelten, fremde Kulturen und Menschen kennenlernten. Mit Treibholz vom Strand übten wir uns im Schwertkampf.

Dieser Spaß hatte bald ein Ende, weil unsere Eltern Wind davon bekamen.

»Was macht ihr Kinder da? Legt sofort die Stöcke weg! Himmelherrgott, ihr seid Mädchen und dazu bestimmt, einen Herrn von gutem Stand zu heiraten. Ihr solltet nicht solchen Spinnereien hinterherjagen.«

Ich hörte Mutters Stimme laut und deutlich in der Erinnerung.

Diese Zeit war lange vorüber und viele Dinge hatten sich geändert.

Melissa befand sich ebenso im heiratsfähigen Alter und hatte eine Vielzahl von Bewerbern vorzuweisen. Ihr hatte es nur Mister Bedham angetan, ein schmucker junger Mann, welcher der Erbe eines Bankiers sein würde, sobald sein Vater das Zeitliche segnete. Er hatte braunes, schulterlanges Haar, stahlgraue Augen und Grübchen, die das Herz der meisten Frauen zum Schmelzen brachten.

Melissas Eltern waren sich nicht sicher, ob ein Bankier die richtige Wahl für ihre Tochter darstellte. Zwar stammte er aus gutem Hause und war hervorragend erzogen, allerdings wollten sie sich alle Chancen offenlassen, sollte ein Lord daherkommen und ihr den Hof machen.

Melissa trieb dies in den Wahnsinn.

»Ich kann es nicht erwarten, mit ihm verheiratet zu sein und eine Familie zu gründen. Inzwischen bin ich achtzehn und ich will meinen Eltern nicht noch länger auf der Tasche liegen als ohnehin schon«, erzählte sie mir stets.

Bisher hatte ich sie davon abgehalten, mit Mister Bedham durchzubrennen, doch wer wusste, wie lange noch.

Jäh wurde ich in die Gegenwart gerissen, da Mutter urplötzlich stehenblieb und ich direkt in sie hineinlief.

Sie zerrte mich in eine Kutsche, welche am Wegesrand bereitstand.

Kaum dass ich auf dem weichen Polster platzgenommen hatte, fuhr das Gefährt schon an. Ich konnte nicht fassen, dass Mutter so grob wurde, immerhin war sie eine Lady.

Auf einmal verstand ich, warum sie „die Vogellady“ genannt wurde, denn ihrem messerscharfen Blick und wachen Verstand entging nichts.

Was sollte das ganze Theater? Es war schließlich nicht mein erster Ausflug ans Meer. Bevor Mutter erneut das Wort an mich richtete, strich sie eine silberne Strähne zurück und steckte sie geschickt in das sonst schwarze Haar. Schließlich sollte niemand wissen, dass sie, trotz ihres gepflegten Aussehens, nicht mehr die Jüngste war.

»Serena, du weißt, dass dein Vater und ich enttäuscht von deinem Verhalten sind. Schon immer warst du dickköpfig und halsstarrig, nicht die wohlerzogene junge Dame, die du sein könntest. Stets habe ich die Schuld bei den Ammen und Erzieherinnen gesucht, doch ich denke, mich trifft ebenso ein Teil der Schuld. Ich habe dich wohl nicht genug in die Gesellschaft eingeführt, sonst würdest du dich nicht so benehmen.«

Entgeistert starrte ich sie an. »Mich nicht oft genug mitgenommen? Ich bin jeden Tag bei einem arrangierten Tee gewesen oder zur

Nähstunde bei einer Eurer Freundinnen oder auf einem Spaziergang mit einem Herren. Was soll ich noch tun? Habt Ihr Euch **überlegt, was** Ihr da sagt? Und Bälle und Tanzveranstaltungen habe ich oft genug besucht, obwohl ich keinerlei Interesse daran hatte. Euch zuliebe«, sprudelte es aus mir heraus.

Eigentlich hatte ich vorgehabt, alles wie eine Lady stumm zu ertragen, aber ich musste meiner Wut Gehör verschaffen. Mutter schien entsetzt über diesen Ausbruch. Zwar war ich nie die Tochter gewesen, die sie sich gewünscht hatte, dennoch hatte ich ihrer Meinung nach eine gute Erziehung genossen. Nicht, dass es mich je davon abgehalten hatte, meine Meinung zu sagen.

»Solche Worte möchte ich nie wieder hören, junge Dame. Haben wir uns da verstanden? Ich habe dich anscheinend mehr verwahrlosen lassen, als ich es mir eingestehen wollte. Nur deshalb bist du nicht verheiratet und ich sehe ein, dass nun Taten sprechen müssen. In den nächsten Tagen wirst du das Haus nicht mehr verlassen! Mache dir stattdessen über deine Taten Gedanken und versuche dich wie eine ordentliche Frau deines Alters zu benehmen. Wir können froh sein, wenn Vater nichts von dem Ausflug erfährt, sonst wäre er fuchsteufelswild. Bald wird er aus England zurück sein und ich erwarte, dass du bis dahin gelernt hast, dich zu benehmen.«

Sie atmete tief durch und mir schwante Übles.

»Außerdem schrieb er mir in dem Brief, der vor zwei Tagen bei mir eintraf, dass er einen geeigneten Kandidaten für dich gefunden habe. Einer seiner Geschäftspartner. Er ist Mitte dreißig und ein wahrer englischer Lord, der im Dienste der Krone steht.«

Das ist nicht ihr Ernst! Mich an einen fremden Mann zu verschachern, der fast doppelt so alt ist wie ich! Das … das ist unerhört!

Ich hatte immer vermutet, dass meine Eltern mich irgendwann zu einer Heirat zwingen würden. Doch ich hatte mich an die Hoffnung geklammert, ein kleines Wörtchen mitreden zu dürfen.

»Mir ist klar, dass du darüber nicht erfreut bist, aber ich erwarte von dir, dich unseren Entscheidungen zu beugen und es wie eine Lady zu ertragen.« Wieder seufzte sie schwer und blickte aus dem Kutschenfenster. »In den nächsten drei Tagen sollte dein Vater mit diesem Lord Ragby bei uns eintreffen. Du wirst ihn kennenlernen und mit ihm vermählt werden. Nun schau mich nicht so an, Kind. Ich weiß, es ist nicht leicht, doch wir alle haben dieses Los zu tragen, wir sind Frauen. Und bei einem Lord wirst du ein gutes Leben haben. Es wird dir an nichts fehlen.«

Sie versuchte, meine Hände in ihre zu schließen, aber ich entzog sie ihr.

Ich wollte kein Mitleid von ihr. Sie würde es keine Sekunde lang bedauern, ihre missratene Tochter unter der Haube zu wissen. So schwiegen wir den Rest der Reise und jede von uns hing ihren eigenen Gedanken nach.

An unserem Anwesen angekommen, stiegen wir aus der Kutsche und gingen ins Haus. Es war ein recht ansehnliches Anwesen, doch in den Augen meiner Mutter sollte es durchaus größer sein.

Sie wurde nicht müde die Geschichte zu erzählen, dass dieses Haus vor über hundert Jahren von ihrem Urahnen erbaut worden war, als unsere Familie noch aus Handwerkern und Schatzsuchern bestanden hatte.

Durch diese Bauwerke kam die Seite meiner Mutter zu viel Geld. Vaters Vorfahren waren an den verborgenen Schätzen des Meeres interessiert gewesen. Durch einen glücklichen Zufall hatten sie einen Schatz gefunden und schon folgte die Berühmtheit.

Deshalb war Vater überall dort unterwegs, wo jemand behauptete, mehr über die Geheimnisse des Meeres zu wissen. Allerdings hatte er mich stets mit den Worten »Das ist nichts für Frauen« abgewimmelt und nicht weitergesprochen, selbst wenn ich mir genau das gewünscht hätte.

Ohne auf Mutter zu achten, begab ich mich in mein Zimmer, setzte den Hut ab und öffnete mir das Haar. In diesem Moment fiel mir erst auf, wie lang es geworden war. Die schwarzblauen Wellen reichten mir inzwischen bis zur Brust, obwohl Mutter mir schon öfter nahegelegt hatte, es kürzen zu lassen. Sofort ließ das Ziehen der Kopfhaut nach und ich entspannte mich.

Nun muss ich nur dieses Kleid loswerden, dann kann ich mich mit einem Buch auf den Fenstersims zurückziehen.

Ich rief augenblicklich nach Josefine. Das Hausmädchen war eine etwas rundliche Frau mit rosigen Wangen und sonnigem Gemüt. Sie besaß dänische Wurzeln und ich fand es spannend, mehr über ein Land zu erfahren, das ich niemals besucht hatte. Einer der Gründe, wieso ich sie so gerne um mich hatte. Außerdem war sie mir mit der Zeit eine gute Freundin geworden, fast ebenso gut wie Melissa.

»Was bedrückt Euch, Miss Serena? Schon lange habe ich Euch nicht so melancholisch gesehen.«

Vor ihr kann ich nichts verbergen.

Mit einem Seufzer begann ich ihr von den Geschehnissen zu berichten.

»Und in ein paar Tagen wird dieser Lord Ragby mit Vater eintreffen. Ich werde ihn kennenlernen und ihn dann zu gegebener Zeit heiraten. Sie überlassen mich dem Höchstbietenden, Josefine! Nicht einmal ein Mitspracherecht bekomme ich.«

Tränen bahnten sich einen Weg über mein Gesicht und Schluchzer ließen die Worte unverständlich werden. Es war mir unangenehm, einen solchen Gefühlsausbruch vor anderen Menschen zu haben, doch Josefine würde es nicht gegen mich verwenden.

»So beruhigt Euch, Miss Serena. Der Lord Ragby ist bestimmt ein ehrenhafter Mann, der Euch gut behandeln wird. Vielleicht werdet Ihr ihn eines Tages sogar lieben lernen. Glaubt mir, vielen Damen geht es so, dass sie erst mit der Zeit die Qualitäten ihres Gatten sehen.«

Sie strich mir über den Rücken. Dadurch ging es mir tatsächlich etwas besser.

Immerhin tröstet sie mich, obwohl sie mich nicht versteht. Sie hat einen Mann geheiratet, den sie liebt und den sie sich ausgesucht hat. Außerdem wäre es für sie nichts Schlechtes, wenn ein Lord um ihre Hand angehalten hätte.

»Danke, dass du mir eine Freundin und Vertraute bist, Josefine. Was soll ich in England ohne dich tun? Ich bin nie in England gewesen und dann ganz allein …«

Bei diesem Gedanken bildete sich wieder ein Kloß im Hals und mir traten erneut die Tränen in die Augen.

»Es wäre am besten, Ihr würdet Euch ausruhen, Miss Serena. Legt Euch schlafen, heute Abend sieht die Welt anders aus.« *Sie hat recht, ich könnte etwas Ruhe vertragen. Mutter würde es nicht gutheißen, sollte ich mit verquollenen und roten Augen zum Abendessen erscheinen.*

Josefine reichte mir ein Nachtkleid und ich schlüpfte hinein. Ich hatte nicht bemerkt, dass sie die Schnürung des Kleides gelöst hatte, sodass ich freier atmete.

Ich legte mich ins Bett und Josefine zog eine leichte Baumwolldecke über mich, die mir zeitgleich Schutz und Wärme bot.

»Schlaft gut, Miss Serena«, sagte sie und schloss hinter sich die Tür.

»Danke …«, murmelte ich. Sobald mein Kopf das Kissen berührt hatte, war ich hinübergeglitten ins Reich der Träume.

Kapitel 2

Aramis

Eine ganze Weile hatte ich mich im seichteren Gewässer hinter einem Felsenriff versteckt gehalten und beobachtete den Strand.

Die Wesen, die dort auf zwei Beinen durch die Gegend liefen, übten eine Faszination auf mich aus und hinter dem Felsen konnte ich sie ungestört ansehen.

Die junge Frau, die barfuß im flachen Meerwasser stand, hatte ich schon mehr als einmal bemerkt und sie zog meinen Blick jedes Mal wie magisch an.

Von ihrem Körper erkannte man nicht sonderlich viel. Mehrere Lagen purpurnen Stoffs bedeckten ihre Brust, schmiegten sich an ihre Taille und flossen in schimmernden Kaskaden bis hinunter zu den Knöcheln. Die Arme waren versteckt und ihre Hände schimmerten so hell wie das Perlmutt einer Perle.

Die Haare glänzten in der leichten Nachmittagssonne mehr blau als schwarz und waren zu einem Nest gebunden, nur ein paar vorwitzige Strähnen entwischtem diesem nach hinten gezogenen Gebilde und umrahmten das schmale Gesicht.

Sie ist wirklich wunderschön.

Wieso blickt sie so traurig drein?

In mir regte sich ein seltsames Gefühl. Am liebsten hätte ich sie in die Arme geschlossen und den melancholischen Ausdruck vertrieben.

Ich schüttelte den Kopf. Wieso empfand ich so? Noch dazu für ein Wesen, das so anders war als alles, was ich kannte? Und trotzdem rührte sich etwas in mir – etwas Unbekanntes.

Die junge Frau wandte mir gerade den Rücken zu, als eine weitere Menschenfrau auf sie zukam. Ihrem Alter nach zu urteilen vermutlich die Mutter. Diese schien allerdings bei Weitem nicht so liebenswürdig wie die Schönheit.

Was sie wohl bereden?

Es sah nach einem Streit aus, denn die Mundwinkel beider Frauen zogen sich nach unten und die Wortfetzen, die der Wind zu mir herübertrug, zeugten von keiner freundlichen Unterhaltung.

Nach einem kurzen Streit zerrte die Ältere ihre Tochter am Arm hinter sich her.

Diese drehte sich ein letztes Mal zum Meer um und bei ihrem wehmütigen Gesichtsausdruck wurde mir das Herz schwer.

Plötzlich weiteten sich ihre Augen überrascht. Mit einem kräftigen Flossenschlag tauchte ich unter und das Herz pochte mir wie wild in der Brust. Hatte sie mich entdeckt? Eigentlich war ich viel zu schnell, sodass Menschen mich niemals sahen. Und trotzdem … in der einen Sekunde, da sich unsere Blicke getroffen hatten, hatte ich einen Moment geglaubt, etwas zu spüren, das ich zuvor noch nie so erlebt hatte.

Die Aufmerksamkeit der Meermädchen in Stella Maris, meiner Heimatstadt, war mir schon immer zuteilgeworden. Zwar stand ich als jüngster von vier Brüdern am Ende der Thronfolge und würde vermutlich niemals König werden, trotzdem war ich als Prinz natürlich eine gute Partie. Irgendwann musste ich mir eine Frau nehmen, schließlich war ich schon zwanzig und unverheiratet.

Dies wurde von einem Thronfolger des Königreichs Aquaris erwartet. Sonderlich große Lust hatte ich darauf nicht.

Die Oberflächlichkeit und immer gleichen geistlosen Gespräche stießen mich ab.

Die meisten Meermädchen waren hübsch **an**zusehen mit ihren

Haaren in verschiedensten Blau-, Grün- oder Rottönen und die Flossen glitzerten in allen erdenklichen Farben.

Sie schienen einzig und allein auf die Position der Prinzessin von Aquaris aus.

Ich seufzte.

So würde das niemals etwas werden, trotzdem bestand Vater darauf, dass ich bald eine auswählte.

»Oh, verdammter Heilbutt! Das Fest!«

Schnell tauchte ich tiefer und schwamm in Richtung Osten davon, weg von der Küste und weg von den Menschen – Stella Maris entgegen.

Zwischen dem Festland und unserem Reich Aquaris lagen einige Seemeilen, um zu verhindern, dass die Menschen uns fanden. Zwar war die Stadt auf dem Meeresgrund errichtet worden, doch Späher berichteten immer wieder, dass man sich an Land von einer versunkenen Stadt erzählte, welche wohl alle Arten von Gold, Silber und anderen Juwelen beherbergen sollte.

Es war der größte Traum vieler Menschen, einen solchen Schatz zu finden und damit unermessliche Reichtümer zu erlangen.

Ich schnaubte ob dieser seltsamen Kreaturen.

Auch, wenn das Meer einige Seemeilen außerhalb der Stadttore nicht so bunt war wie innerhalb, liebte ich die Ruhe, die mich hier draußen überkam. Endlich war ich mit meinen Gedanken allein und konnte den kleinen Fischschwärmen dabei zusehen, wie sie nach Nahrung suchten. Einige von ihnen trauten sich in meine Nähe und manchmal verfingen sie sich in meinen Haaren und ich musste sie daraus befreien.

Manchmal wünschte ich mir ein ebenso einfaches Leben – fernab von all dem Trubel, der immerzu um die königliche Familie herum herrschte. Doch dann erinnerte ich mich daran, dass es durchaus

Dinge gab, für die es sich lohnte. Die weichen Muschelbetten, das leckere Essen und die Wettrennen mit den Seepferden. Stella Maris war der Mittelpunkt unseres Königreiches und obwohl ich ab und an nur zu gerne verschwinden würde, wollte ich es insgeheim nicht missen – schließlich war es mein Zuhause.

Bei der Erinnerung daran wurde mir warm ums Herz und ein Lächeln stahl sich auf mein Gesicht, während ich mich mit starken, schnellen Flossenschlägen Stella Maris näherte.

Gleich sollten die Türme des Palastes in Sicht kommen. Ich atmete erleichtert aus.

Vielleicht würde Vater keinen Wutanfall bekommen, wenn ich ein paar Minuten zu spät zum Fest kam.

»Mein Prinz«, grüßten mich die beiden Wachen, die vor den Stadttoren Wache hielten. Jeder von ihnen saß auf einem grell-orangenen Seepferd, das übermütig auf und ab schwamm. Vermutlich langweilten sich nicht nur die Männer, sondern auch die Tiere, wenn nichts geschah. Allerdings war das natürlich der optimale Zustand – einen Angriff hieß sicher niemand gut.

»Ich grüße euch. Ist alles in Ordnung? Gibt es irgendwelche Auffälligkeiten?« Es war eine Routinefrage, doch ich wollte auf Nummer sicher gehen.

Die rechte Wache, ein hagerer Meermann mit leicht ergrautem Ansatz, schüttelte den Kopf. »Nein, Eure Hoheit. Alles ist ruhig und auch von den Sirenen haben wir heute Abend noch nichts gehört. Wie Ihr sicher wisst, ist es ihnen erlaubt, die Festivitäten zu besuchen, doch mehr als eine Handvoll konnten wir nicht ausfindig machen.«

Ich nickte, während mein Blick zum Palast glitt, der bereits hell erleuchtet über der Stadt thronte.

Ein vorsichtiges Stupsen an meiner Flosse lenkte meine

Aufmerksamkeit nach unten. Einer der beiden Oktopusse, die als Wachtiere fungierten, hatte begonnen, mit meiner Flosse zu spielen. Die Saugnäpfe kitzelten auf meinen Schuppen und ich versuchte, allerdings ohne nennenswerten Erfolg, seinen kitzelnden Freundschaftsbekundungen zu entkommen.

»Lässt du das wohl sein«, schimpfte der linke Soldat. »Entschuldigt bitte, Newo ist heute besonders aufgeregt, nachdem er das hier gefunden hat.« Er hielt mir einen silberglänzenden Gegenstand entgegen, der am unteren Ende rund zulief und am oberen Ende drei Zinken hatte – beinahe wie ein Dreizack, doch um einiges kleiner.

»Was ist das?«, wollte ich wissen. Keiner der beiden hatte eine Antwort darauf parat.

»Das gilt es noch herauszufinden. Prinz Damaris vermutet, dass es eine Miniaturwaffe für die kleinen Menschen ist, aber es sieht so harmlos aus, findet Ihr nicht? Der Aufklärungstrupp sollte jeden Moment zurückkehren, vielleicht wissen wir dann mehr. Vielleicht wärt Ihr so freundlich, dies dem König auszurichten, wenn Ihr ihn seht?«

Ich nickte, da die beiden sonst keine Pause machen konnten, bis sie die Nachricht überbracht hatten. Und zu sagen, dass es schier unmöglich war, selbst ein kurzes Gespräch mit meinem Vater zu führen, wäre wohl eine Untertreibung.

»Das werde ich tun. Ich verabschiede mich nun von euch – ich wünsche euch einen angenehmen Abend!«

Die Wachen verbeugten sich simultan. »Wir wünschen Euch viel Spaß auf der Feier anlässlich Eures Geburtstages, Eure Hoheit.«

Noch bevor der Satz vollends ihre Münder verlassen hatte, war ich schon aufgebrochen und schwamm auf den Palast zu.

»Wo steckt er schon wieder? Seinen eigenen Geburtstag wird er wohl nicht vergessen haben.«

Die Stimme meines Vaters hallte mir bereits entgegen, während ich durch die muschelverzierten Torbögen des Palastes schwamm.

Na das kann ja heiter werden. Wie es scheint, stört es ihn, wenn ich nur ein kleines bisschen zu spät komme.

Eigentlich war es mir egal. Schließlich dauerten die Feste, die zu unseren Ehren gefeiert wurden, mehrere Tage. Nicht, dass ich auch nur einen der Gäste vermissen würde, wenn ich fortblieb.

Noch immer ging mir die schwarzhaarige Menschenfrau nicht aus dem Kopf.

Die Stimme meines Vaters riss mich wieder aus den Gedanken.

»Was denkt sich der Junge eigentlich? Wann wird er lernen Verantwortung zu übernehmen?«, donnerte er.

Endlich kam ich vor den Flügeltüren des Thronsaales an. Eine Standpauke würde sich nicht vermeiden lassen, obwohl heute mein Geburtstag war. Ich seufzte tief und öffnete die Türen. Sobald ich den Saal betrat, richteten sich alle Augen auf mich. Der gesamte Hofstaat, meine Brüder und viele der Adeligen schienen anwesend zu sein.

Erst jetzt fiel mir auf, dass ich mich nicht einmal umgezogen hatte.

Vielleicht hätte ich das tun sollen, denn es war mir unangenehm, wenn alle mich derart mit Blicken maßen.

»Aramis. Da bist du ja. Wir haben auf dich gewartet. Schön, dass du dich dazu herablässt, auf der Feier anlässlich deines Geburtstages zu erscheinen.«

Der Vorwurf schwang deutlich in Vaters Stimme mit und in seinem Gesicht spiegelten sich Enttäuschung und Wut.

»Es tut mir leid. Ich habe die Zeit vergessen«, antwortete ich fest. »Außerdem habe ich eine Nachricht von den Wachen vor dem Tor für dich. Sie sagen, dass nichts Auffälliges vorgefallen ist, und der Aufklärungstrupp sollte auch sogleich eintreffen.«

Ich darf mir nicht anmerken lassen, dass ich erneut die Menschen beobachtet habe. Schon zweimal nicht, dass ich eine von ihnen äußerst anziehend finde.

Zwar gab es keine Feindschaft zwischen den Menschen und den Meermenschen, doch alle Informationen, die wir über die Menschen gesammelt hatten, deuteten darauf hin, dass sie nur zu gerne Krieg führten und anderen Wesen feindlich gegenüber standen. Deshalb hatte mein Vater befohlen, den Kontakt mit ihnen zu meiden.

»Kannst du mir erklären, wie man seinen eigenen Geburtstag vergisst? Was ist wichtiger als deine höfischen Verpflichtungen? Wie oft habe ich dir eingebläut, dass du dich wie ein Prinz und nicht wie ein dahergeschwommener Hering verhalten sollst! Bei Nayla, du wirst eines Tages vielleicht König von Aquaris sein – darauf solltest du dich langsam vorbereiten!« Seine Stimme donnerte durch den Saal, sodass sich einige der Gäste duckten. Eigentlich war er ein gerechter und ausgeglichener Herrscher und das ganze Volk liebte ihn. Allerdings wurde er ungemütlich, sollte man seine Befehle und Anordnungen missachten.

Vor allem wenn man sein Sohn ist und sich nicht an die Spielregeln des Hofes hält und lieber auf Erkundungstouren geht, anstatt sich mit höfischer Etikette und der Brautschau zu befassen, dachte ich.

»Wie kann ich das den Eltern und Töchtern erzählen, die aus dem ganzen Reich hierherkommen, um dich kennenzulernen?«

Er hat immer noch nicht genug geschrien.

Doch statt weitere Provokationen folgen zu lassen, beugte ich den Kopf und murmelte: »Entschuldigung, Majestät.«

Er setzte sich zurück auf seinen Thron aus Muscheln und seufzte. »Was soll nur mal aus dir werden …« Dann erhob er die Stimme. »Mein Sohn, Aramis, ist endlich auf der Feier anlässlich seines Geburtstages eingetroffen. Lasset das Fest beginnen und feiert und tanzt, solange ihr wollt! Heute Abend soll jeder auf seine Kosten kommen.«

Sofort sammelten sich die Musiker auf einem Podest, hoch über den anderen Gästen, und stimmte ein schnelleres Stück an. Das Orchester bestand aus Meermännern, Fischen und Krabben. Ich verließ die Tanzfläche, denn ich würde ohnehin rasch von einer Meermenschentraube umgeben sein. Eigentlich wollte ich nur Anemonentorte essen und meine Ruhe haben.

Und tatsächlich: Gerade hatte ich mir ein großes Stück meiner liebsten Torte abgeschnitten und ein Glas Muschelwein eingeschenkt, da hörte ich ein zartes Stimmchen hinter mir: »Prinz Aramis, würdet Ihr mir eine Minute Eurer Zeit schenken?«

Ich drehte mich um. Die Stimme gehörte einer Sirene, das stand außer Frage. Die Sirene blickte mich aus dunklen Augen mit dichten Wimpern an.

Sie versucht, mich zu ihren Gunsten zu beeinflussen, das werde ich allerdings nicht mit mir machen lassen!

Allein durch die Stimmlage beeinflussten sie Emotionen, was viele von ihnen als Sängerinnen nutzten. Wenn sie bei Feiern aufgetreten waren, war das Publikum begeistert gewesen. Allerdings waren diese seit einigen Jahren verboten und die Sirenen lediglich zu offiziellen Anlässen im Palast geduldet. Als Zeichen der Freundschaft, sozusagen.

Diese Methoden waren mir schon immer zuwider gewesen. Ich hielt nicht besonders viel von Manipulation, sondern von Ehrlichkeit und Aufrichtigkeit. »Verzeiht, ich kenne Euch nicht, Miss …?«

»Miranda, Eure Hoheit. Ich komme aus Teyloa. Dort bin ich als Magierin der Sirenen bekannt.«

Miranda verbeugte sich, wobei sie sich so tief vornüberbeugte, dass ich gut in ihren üppigen Ausschnitt sehen konnte.

Demonstrativ wandte ich den Blick ab. »Schön, Euch kennenzulernen. Von Eurer Stadt habe ich bereits gehört. Wurden dort nicht vor Kurzem erst einige Sirenen festgenommen, die schwarze Magie praktizierten, um damit die Menschen anzugreifen?«, stichelte ich.

Ihre Aura ließ mir einen Schauer über den Rücken laufen.

Sobald ich die Festnahmen in ihrer Stadt erwähnte, verzog sich ihr Mund zu einem Strich und ihre Augen verengten sich zu Schlitzen. Allerdings fing sie sich schnell wieder.

»Ja, Eure Hoheit haben recht, dass viele meiner Brüder und Schwestern den Menschen gegenüber nicht sonderlich aufgeschlossen sind. Ich habe mich dem Frieden zwischen unseren beiden Reichen verschrieben. Wir müssen schließlich zusammenarbeiten, um in Zukunft weiter zu bestehen.«

Sie klimperte mit den Wimpern und schenkte mir ein aufreizendes Lächeln.

Ich musste mich anstrengen, höflich zu bleiben.

»Es tut mir leid, liebste Miranda, aber dort hinten verlangt jemand nach mir. Zu gerne hätte ich unser Gespräch fortgesetzt, Ihr versteht das sicher. Bitte entschuldigt mich.« Selbst in meinen Ohren klang die Entschuldigung lahm. Allerdings legte ich keinen Wert auf ihre Gesellschaft oder auf die Gesellschaft von sonst irgendjemandem in diesem Raum.

Kaum hatte ich die Tanzfläche erreicht, spürte ich eine schwere Hand auf der Schulter.

»Wohin willst du so eilig, kleiner Bruder?«

»Damaris«, stöhnte ich.

Natürlich musste sich mein ältester Bruder einmischen. Er hatte nie verstanden, wieso ich meinen Pflichten nicht gebührend nachkam.

»Wer war die Kleine gerade eben und wieso hast du sie stehen lassen? Sie schaut dir noch immer hinterher, als hättest du ihr eine Schuppe ausgerissen.«

Damaris ist vielleicht ein begnadeter Kämpfer und beliebt bei den Frauen, doch für Taktisches oder Dinge, die etwas mehr Fingerspitzengefühl erfordern, ist er genauso geeignet wie eine Seegurke.

»Nun, diese ›Kleine‹, wie du sie nennst, ist eine Sirene aus eben jener Stadt, in der so viele Sirenen der schwarzen Magie angeklagt und festgenommen wurden. Ich denke, sie wollte ihre Stellung bei der Krone verbessern. Ich glaube kaum, dass man ihr vertrauen sollte«, gab ich kühl zurück.

Damaris lachte. »Sei nicht immer so verbohrt und hab ein bisschen Spaß, das würde dir guttun! Außerdem hättest du dann endlich eine Braut an deiner Seite und müsstest nicht Vaters ewige Verkupplungsversuche ertragen.«

Ich rollte mit den Augen.

»Dass du mir etwas von Ehe und Verantwortung erzählen möchtest, ist ja wohl ein schlechter Scherz. *Du*, der für nichts und niemanden Verantwortung übernimmt, nicht einmal für dich selbst. Also lass mich in Ruhe.«

»Oho, du kannst ja anders«, höhnte er.

»Ich muss mir das nicht länger anhören, ich verschwinde«, murmelte ich. Zügig schwamm ich durch eine der Türen, die hinaus in den Palastgarten führten. Als ich das Ende des Gartens erreicht hatte, machte ich nicht halt, sondern schwamm weiter in die dunkel werdende See hinaus.

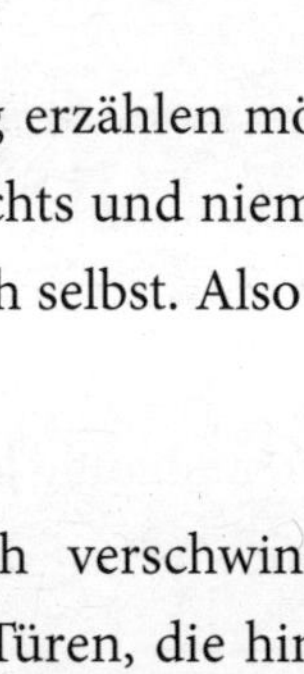

Kapitel 3

Serena

Als ich erwachte, legte sich die Dunkelheit über die Welt und Regen prasselte gegen die Fenster. Ich konnte den Traum, den ich gehabt hatte, nicht abschütteln. Wie so oft war ich am Strand gewesen. Plötzlich hatte mich eine riesige Welle erfasst und hinaus ins offene Meer gezogen. Gegen diese Strömung war ich machtlos. Da mich die Wellen immer weiter hinunter drückten, bekam ich keine Luft. Das Letzte, an das ich mich erinnerte, waren ein Paar schokoladenbraune Iriden, die mich besorgt musterten.

Was dieser seltsame Traum wohl zu bedeuten hat?, fragte ich mich, während ich die Beine über den Bettrand schwang und den Körper streckte. Kaum eine Sekunde später klopfte es an Tür.

»Ja?«

»Oh, Miss Serena, Ihr seid ja auf! Ich wollte Euch gerade wecken. Eure Frau Mutter lässt ausrichten, dass Ihr in zehn Minuten fertig sein sollt für das Abendessen. Außerdem sagte sie, dass sie eine Überraschung habe, die Euch erheitern würde.«

Jetzt wurde ich hellhörig. »Was für eine Überraschung?«

Josefine lachte. »Neugierig, wie eh und je. Kommt und lasst mich helfen Euch anzuziehen, dann wissen wir es bald beide.«

Also lief ich zu ihr und stellte mich vor den Ganzkörperspiegel. Um es Josefine leichter zu machen, hob ich die Arme in die Luft, sodass sie mir das Kleid nur überziehen musste. Ich fühlte mich sofort schwerer, da die ganzen Stoffbahnen um einiges mehr wogen als ein Schlafgewand.

»Haltet bitte still, ich muss das Kleid schnüren. Bei Eurem Gezappel wird das schlecht gehen.«

»Entschuldige«, murmelte ich und blieb regungslos vor dem Spiegel stehen.

»Einatmen, Miss, das wisst Ihr.«

Ich seufzte. »Wie ich Korsetts hasse. Wie soll man sich darin frei bewegen? Ich bekomme ja kaum genug Luft zum Atmen.«

Es war nicht das erste und nicht das letzte Mal, dass ich mich mit Mutter oder Josefine darüber stritt, ob das Korsett wirklich angelegt werden musste.

»Es ist nun einmal die neuste Mode und außerdem macht es Eure Taille schlank und betont Eure Brüste. Die Herren mögen es. Wie heißt es? Wer schön sein will, muss leiden?« Wie immer gab Josefine mir die gleiche Antwort, die mir jedoch nicht gefiel.

Ein paar Minuten später stand ich, fertig eingeschnürt, in meiner Kammer und zog die passenden Schuhe an.

»Nun fehlt nur die Frisur, Miss.«

Ungeduldig winkte ich ab. Wie schlimm konnten meine Haare schon aussehen?

»Miss Serena, ich muss protestieren, was ist, wenn unangemeldeter Besuch vorbeischaut? Oder …«

»Wann ist bei uns jemals ein unangemeldeter Gast erschienen? Selbst wenn, es ist ja nicht so, als ob ein junger Mann vorbeikommen würde, um mir den Hof zu machen.«

Es sollte ein Scherz sein, doch Josefine blickte betreten zu Boden und knetete den Saum ihrer weißen Schürze.

Bestürzt sah ich sie an. »Nein! Das darf nicht wahr sein. *Das* ist die Überraschung, welche mich aufmuntern soll?«

»Ich habe eigentlich versprochen Euch nichts zu verraten, doch Ihr habt es erraten: Es ist Lord Ragby. Euer Vater und er sind einige Tage früher zurück und sie werden mit Euch und der gnädigen Frau speisen. Deshalb … bitte, lasst mich Euch das Haar hochstecken.«

Noch immer war es mir unbegreiflich. Wie konnte Mutter nur denken, dass ich mich auf diesen Kerl freute? Josefine trug allerdings keine Schuld und so ergab ich mich dem Schicksal.

»Fein. Aber nichts zu Aufwendiges. Der Lord soll nicht glauben, dass ich mich extra für ihn herausputze.«

»Ja, Miss Serena.«

Zehn Minuten später machte ich mich auf den Weg in unseren Speisesaal, welcher sich im Erdgeschoss befand. Als ich vor den Flügeltüren stand, hörte ich, dass sich drinnen mehrere Leute angeregt unterhielten.

Wahrscheinlich über die bevorstehende Hochzeit. Es gibt bestimmt einiges zu besprechen und alle sind ganz aus dem Häuschen, dass es nun eine Heirat geben wird. Anscheinend hat ja niemand mehr daran geglaubt.

Der Saaldiener öffnete mir eine der Türen und kündigte mich mit seiner nasalen Stimme an: »Miss Serena Hawethorne.« Alle Köpfe drehten sich zu mir um und ich wurde augenblicklich rot wie eine Tomate.

Zum einen beäugte Mutter mich kritisch und suchte nach einem Fehler. Offensichtlich war mein Auftritt jedoch nicht vollkommen misslungen. Dann sah ich zu Vater, der mit einem breiten Grinsen auf dem Gesicht auf mich zukam.

»Tochter.«

Er schloss mich in seine Arme und sofort fühlte ich mich geborgen.

»Guten Tag, Vater. Es ist wirklich schön, Euch gesund wiederzusehen.«

Ich lächelte ihn ehrlich an. Er befand sich vielleicht nicht oft auf unserem Anwesen und als Tochter wurde mir nie seine komplette Aufmerksamkeit zuteil, doch wenn er Zeit für mich gehabt hatte, waren es die schönsten Stunden meiner Kindheit gewesen. Immerzu hatte er mir vorgelesen, meist Märchen mit Meerjungfrauen oder andere Sagen. Zu meinen liebsten gehörte „Die kleine Meerjungfrau“ von Hans Christian Andersen. Josefine besaß eine Ausgabe der Geschichten, allerdings nur in ihrer Muttersprache, dänisch. Als sie mitbekommen hatte, dass meinem Vater die Geschichten ausgingen, hatte sie sich die Mühe gemacht, mir „Die kleine Meerjungfrau“ ins Englische zu übersetzen, und ich hatte sie dafür umso mehr geliebt.

»Serena, darf ich dir jemanden vorstellen? Einen hochgeschätzten Kollegen von mir und noch dazu ein Lord seiner Majestät, der Queen von England. Robin Herman Ragby.«

Der Mann, welcher zur Rechten meiner Mutter gesessen hatte, erhob sich und kam auf uns zu.

Immerhin sieht er nicht ganz so alt aus, wie ich befürchtet hatte. Er hat keine unansehnliche Statur, sondern scheint recht muskulös, schoss es mir durch den Kopf.

Seine Haare waren von einem fahlen Blond und zu einem straffen Zopf nach hinten gebunden. Sein Gesicht war eher grob geschnitten und kantig und er blickte mich aus Habichtaugen an.

»Mylady Hawethorne.« Er verneigte sich vor mir, nahm meine Hand und hauchte einen Kuss darauf. »Darf ich Euch zum Essen begleiten?«

Da ich meiner Stimme nicht traute, nickte ich. Er legte meine Hand auf seinen Arm und geleitete mich zu einem Platz ihm gegenüber. Ich dankte ihm und beobachtete, wie er sich auf der anderen Seite niederließ.

Er ist gar nicht so unangenehm, wie ich ihn mir ausgemalt hatte. Vielleicht ist das alles nur Schau. Allerdings sollte ich wenigstens so tun, als würde ich ihm eine Chance geben. Immerhin hat er einen weiten Weg hinter sich.

Mutter blickte mich flehentlich an. Fürchtete sie, dass ich ihn sofort vergraulen würde?

»Lord Ragby, hattet Ihr eine angenehme Reise von England auf unsere schöne Insel?«, fragte ich mit einem gewinnenden Lächeln.

Ich hatte nicht vor, ihn zu umgarnen, doch ich wollte den Schein vor meinen Eltern wahren.

»Sie war äußerst angenehm. Tatsächlich ist Euer Vater ein Genie auf dem Gebiet der Sagen und Märchen von Stella Maris und ebenso mit vielen anderen Geschichten über das Meervolk kennt er sich bestens aus. So wurde es uns keinesfalls langweilig und er hat mir versprochen, mir ein paar seiner Schätze zu zeigen.«

Plötzlich lachte er auf. »Was plaudere ich über die Arbeit, ich bin mir sicher, dass es die Damen langweilt, zu hören, was wir Herren den ganzen Tag lang zu tun haben.«

Damit wandte er sich Mutter und belangloseren Themen wie unserer Dienerschaft und den gesellschaftlichen Ereignissen dieser Insel zu.

Zu schade, ich hätte mich für seine Arbeit interessiert. Er legt wohl keinen besonderen Wert darauf, dass seine Frau seine Neigungen teilt.

»Unsere Tochter wird eines Tages eine hervorragende Hausherrin abgeben. Sie ist blitzgescheit, jedermann mag sie und außerdem näht sie ausgezeichnet. An Sticken und Malen hat sie große Freude. Auch das Klavier spielt sie passabel«, fuhr Mutter im Plauderton fort.

Ich durchschaute sie sogleich: Sie wollte mich ihm um jeden Preis schmackhaft machen. Leider entsprachen ihre Versprechen nicht der Wahrheit. Das Klavier beherrschte ich in der Tat sehr gut und an Verstand mangelte es mir nicht, aber sonstige häusliche Qualitäten konnte ich nicht vorweisen. Meine Stickkünste waren kaum vorhanden und beim Nähen kamen lediglich krumme Stiche und schlecht verwahrte Fäden heraus.

»Miss Serena, Ihr seid ja ein wahres Talent, wenn ich Eurer Mutter glauben darf.«

Zu gerne hätte ich ihm erzählt, dass es alles Humbug war, traute mich in der Gegenwart meiner Eltern allerdings nicht. So lächelte ich und nickte. *Er muss denken, dass ich den Verstand einer Fliege besitze*, seufzte ich innerlich.

»Das Essen ist wirklich ganz vorzüglich, Lady Hawethorne. Schon lange habe ich keinen so guten Fisch mehr gegessen. Ein Lob an Euren Küchenchef.«

Mutter lief bei diesem Kompliment ein bisschen rot an, gerade als wäre sie diejenige, die Lord Ragby heiraten wollte.

»Ein Lob an unsere Bediensteten ist ein Lob für mich. Ich danke Euch, Lord Ragby.«

»Bitte, nennt mich Robin.«

Nun kicherte Mutter tatsächlich.

»Sehr gerne! Dann nennt mich Elsa und meine Tochter Serena. Wir fühlen uns geehrt.«

»Nicht doch, meine Liebe. Wir sind ja schließlich bald eine Familie, da sind solche Formalitäten nicht weiter notwendig.« Er zwinkerte mir zu, als wären wir geheime Verbündete.

Mutter klatschte vor Freude in die Hände. »Ist das Euer Ernst?«

Vater räusperte sich.

»Wollt Ihr also um die Hand von Serena anhalten?«

In mir breitete sich Entsetzen aus. Er wollte wohl nicht nach den paar Stunden, die wir bisher zusammen verbracht hatten, einen Antrag machen?

In meinem Kopf drehte sich alles. Unfähig, nur ein Wort zu sagen, starrte ich meine Eltern unentwegt an, die wiederum Lord Rag… Robin verzückt anblickten.

»Ja«, entgegnete er schlicht auf die Frage meines Vaters und wandte sich mir zu. »Mir ist bewusst, dass ich es geschickter hätte angehen können, doch ich konnte nicht anders, wo mich Eure Eltern so herzlich bei Euch empfingen. Ihr scheint mir die Art von Frau zu sein, die mir auf dem Anwesen in England fehlt, da ist es mir unmöglich, länger an mich zu halten. Eure Schönheit und die vielen Qualitäten, welche mir Eure Mutter so nahegebracht hat, haben in mir den Wunsch bestärkt, Euch so schnell wie möglich zu ehelichen. Mit Euer Eltern Einverständnis natürlich.«

Bei diesen Worten stand er auf, umrundete den Tisch und kniete sich neben mir auf den Boden. Ich war zu perplex, um irgendetwas herauszubekommen. Da nahm er meine Hand, führte sie zum Mund und hauchte einen Kuss darauf.

Mit gelblich-grünen Augen blickte er mich an, und beinahe könnte man glauben, ich würde die Entscheidung fällen und nicht meine Eltern. Ich spürte ihre beiden Blicke auf mir – sie würden kein Nein gelten lassen.

Nun ist es so weit. Auf diesen Moment haben sie lange genug gewartet. Jetzt liegt es an mir, meine Verpflichtungen zu erfüllen, dachte ich. *Und eigentlich ist Robin gar nicht so übel. Zumindest wenn der erste Eindruck nicht trügt. Vermutlich könnte ich es schlechter treffen. Immerhin ist er ein Lord und wird dafür sorgen, dass ich ein gutes und angenehmes Leben habe. Wäre es wirklich so schlimm, einmal auf meine Eltern zu hören?*

Diese Gedanken erschreckten mich selbst – immerhin hatte ich mich immerzu dagegen gewehrt. Aber vielleicht, nur vielleicht, wäre es wirklich nur halb so übel.

»Lord Ragby. Robin. Gerne nehme ich Euren Antrag an, solange meine Eltern gewogen sind dem nachzugeben, werde ich mich ihrem Urteil beugen.«

Ich wollte ein glaubwürdiges, ehrliches Lachen zur Schau stellen und es schien mir zu gelingen, denn alle klatschten in die Hände und Mutter zog meinen Verlobten in eine ihrer seltenen Umarmungen.

»Bald werden wir eine Hochzeit feiern, ach ist das aufregend! Werdet Ihr es uns erlauben, die Zeremonie auf unserem Anwesen auszurichten? Wenn unsere einzige Tochter schon von uns wegzieht, erweist uns die Ehre, alles zu organisieren.« Nun schniefte Mutter tatsächlich und versuchte ihre Tränen zurückzuhalten.

»Na, na. Jetzt werde nicht rührselig. Wir wussten beide, dass es irgendwann so weit sein würde, stell dich nicht so an.«

Vaters Reaktion ließ mich lächeln.

Er ist wirklich kein Mann der großen Gefühle.

»Robin, würdet Ihr mich auf einen Brandy und eine Kubanische ins Kaminzimmer begleiten? Es gilt viele Dinge zu regeln und zu besprechen.«

»Sehr gerne, danke. Lasst mich nur von meiner bezaubernden Verlobten verabschieden.«

Wieder wandte er sich mir zu und in meiner Kehle bildete sich ein Kloß. »Es ist mir eine außerordentliche Freude, Euch kennenzulernen, und eine noch größere Freude, Euch als meine Verlobte zu wissen.

Schon bald werden wir vermählt sein und zurück nach England reisen. Ich freue mich auf unsere Zweisamkeit bereits jetzt.«

Mit einem Handkuss und einer Verbeugung verabschiedete er sich. Das Gefühl, keine Luft mehr zu bekommen, bemächtigte sich meiner immer stärker und so empfahl ich mich für den Abend und flüchtete nach oben.

Dort angekommen warf ich mich auf das Bett und ließ den Tränen freien Lauf. Ich schniefte und weinte so lange, bis ich das Gefühl hatte, ich wäre völlig ausgetrocknet. Gleichzeitig fühlten sich meine Augen verquollen an und ich wusste, dass sie krebsrot waren.

Hier saß ich und heulte mir die Augen aus, wegen eines Mannes, der so schlimm gar nicht war. Vermutlich glaubte er auch, mir einen Gefallen zu tun, indem er mich heiratete.

Und trotzdem ist es mir unmöglich, bei der Vorstellung, bald seine Frau zu sein, nicht zu weinen. Was stimmt nur nicht mit mir?

Das Gefühl, in einen goldenen Käfig gesperrt zu werden konnte ich nicht abschütteln. Er würde Dinge von mir verlangen, die ich ihm weder geben konnte noch wollte.

Ich sehe mich nicht als Herrin eines Anwesens, die über ihre Angestellten richtet und Partys plant und ein wohlbehütetes Leben führt, welches von ihrem Mann bestimmt wird. Die sich um die Kinder kümmert und ein braves Frauchen ist.

Bei dem Gedanken lief es mir eiskalt den Rücken herunter.

»Miss Serena? Ist alles in Ordnung?«

Josefines besorgte Stimme erklang vor meiner Zimmertür. »Ihr seid so schnell aus dem Salon gerannt, da dachte ich, dass ich einmal nach Euch sehen sollte. Was soll ich tun?«

Eigentlich möchte ich alleine sein, doch wohin würde das führen? Ich brauche wirklich jemanden zum Reden. »Komm herein, Josefine. Und schließe die Tür wieder hinter dir.«

Sie schlüpfte durch die Tür und zog sie ins Schloss. Langsam kam sie auf mich zu und ich bekam den Eindruck, dass sie mich für ein scheues Tier hielt, das jeden Moment die Flucht ergreifen würde.

»Miss, kann ich Euch helfen? Was ist passiert? War Lord Ragby nicht galant?«

Unter Josefines Gewicht bog sich die Matratze durch und auf eine seltsame Weise tröstete das allein mich schon.

»Nein, er ist äußerst galant. Robin, ich meine Lord Ragby war nett zu mir und meinen Eltern und dann hat er schließlich um meine Hand angehalten. Und er hat davon geredet, wie wir zusammen nach England reisen und dort auf seinem Anwesen leben und … und Mutter hat mit meinen kaum vorhandenen hausfräulichen Qualitäten geprahlt und … es ist zu viel. Ich bin die Letzte, die das will. Von mir aus würde ich gar nicht heiraten, doch meine Familie würde dies nicht zulassen. Und jetzt weiß ich nicht, was ich tun soll. Bald wird die Hochzeit stattfinden und ich bin nicht bereit dafür«, schniefte ich in das Kissen.

Josefine strich mir sachte über den Rücken und Hinterkopf.

»Miss, so beruhigt Euch. Es wird gut ausgehen, das verspreche ich. Wir kriegen das schon hin, ich werde Euch helfen. Vieles lernt man erst mit der Zeit. Ihr werdet eine wunderbare Gemahlin abgeben und sollte Lord Ragby wirklich so liebenswert sein, wie Ihr sagt, dann wird alles ins Lot kommen. Ihr verliebt Euch und werdet ein langes und zufriedenes Leben führen. Glaubt mir, so wird es sein.«

Wieder schniefte ich in das Kissen. »Josefine, du verstehst das nicht! Ich *will* nicht heiraten, egal welchen Mann! Ich will nicht tun, was irgendein reicher Schnösel sagt, nur damit er gut in der Gesellschaft dasteht. Ich möchte die Welt bereisen und so viele Orte sehen wie Afrika, Amerika und … Europa insgesamt. Wie soll ich mehr über das Meer erfahren, wenn ich in einem Anwesen festsitze, dass sich vermutlich weit weg vom Strand befindet? Von dem, was ich liebe?«

Josefine schien vollkommen überfordert und hatte wohl keine weiteren tröstenden Worte. In dem Versuch, meine Gedanken zu ordnen, setzte ich mich auf. »Ich benehme mich wie eine Furie. Bestimmt denkst du, dass dieses Verhalten albern und kindisch ist. Das ist nicht die Welt, in der ich leben will. Ich möchte hinaus und Abenteuer erleben. Und jetzt wäre ich gerne ein bisschen allein. Danke, du bist mir eine echte Freundin.«

Ich umarmte sie kurz und sie drückte mich an ihre Brust.

»Miss Serena, das versteht sich von selbst. Ich bin für Euch da, egal was Ihr braucht.« Sie schenkte mir ein aufmunterndes Lächeln und in diesem Augenblick hatte ich das Gefühl, dass alles gut werden würde. Dann erhob sie sich, ging leise zur Tür und schloss sie hinter sich, während ich noch immer wie betäubt auf meinem Bett saß und hoffte, dass mir eine gute Idee kam, wie ich der ganzen Sache entgehen konnte. Auch, wenn ich kaum Hoffnung darauf hatte.

Unweigerlich bildete sich ein Kloß in meinem Hals und ich konnte gerade so an mich halten, um nicht erneut in Tränen auszubrechen.

Im nächsten Moment wurde mein Selbstmitleid unterbrochen, als ich ein leises Klopfen an der Tür vernahm.

»Wer ist da?«, rief ich verwundert.

»Ich bin es, Kind. Deine Mutter.«

Damit hatte ich nicht gerechnet. »Kommt herein.«

Sie folgte meiner Einladung sofort und schloss die Tür wieder hinter sich. Dabei bedachte sie mich mit einem nachdenklichen Blick. War sie von meinem Benehmen enttäuscht und kam, um mir eine Strafpredigt zu halten?

»Es tut mir leid, dass ich dich zu so später Stunde stören muss, doch ich wollte dir gratulieren. Du hast heute eine wahrlich gute Wahl getroffen. Dein Vater und ich sind sehr stolz auf dich.«

Ob dieser Aussage konnte ich ein verächtliches Schnauben nicht zurückhalten. Nachdem ich ihretwegen mein gesamtes Leben fortgeworfen hatte, war diese Gratulation das Letzte, was ich wollte.

Sie bedachte mich mit einem strengen Blick. »Mir ist durchaus bewusst, dass du hiermit nicht einverstanden bist und dass du dir dein Leben anders ausgemalt hast. Doch eines möchte ich hier klipp und klar sagen, sodass du all deine Optionen deutlich vor dir hast.«

Verwirrt runzelte ich die Stirn. Mir schwante Übles. Ihre Mimik verriet nichts, also blieb mir nichts anderes übrig, als zu nicken und abzuwarten.

Sie verschränkte die Arme vor der Brust und zum ersten Mal wirkte sie nicht wie eine Lady, sondern wie eine enttäuschte Mutter.

»Serena. Was ich nun sage, geschieht, weil ich dich liebe und dein Bestes will. Dein Vater weiß darüber Bescheid und wir sind uns einig, dass es nur diese beiden Möglichkeiten für dich gibt. Du kannst Robin in drei Tagen ehelichen und mit ihm zurück nach England gehen. Es wird sich dabei um eine kleine Zeremonie handeln, mit enger Familie und Freunden. Du darfst sogar Melissa einladen, wenn dir so viel an ihr liegt.« Mit einem schweren Seufzen fuhr meine Mutter fort und ich merkte, dass ihr diese Ansprache schwerfiel. Mühsam ignorierte ich das Rauschen in meinen Ohren und ich versuchte, mir einzureden, dass es gut für mich ausgehen konnte. »Wenn dir die erste Möglichkeit nicht passt, bleibt uns nur eines. Du wirst in drei Tagen eine Tasche packen, mit so vielen Dingen, wie du tragen kannst. Damit werden wir dich in der Mitte der Stadt absetzen und du wirst niemals wieder zurückkommen dürfen. Sei dir bewusst, dass dich in diesem Fall nichts mehr mit diesem Haus und dieser Familie verbindet. Nicht mehr länger wirst du unsere Tochter sein«

Sie legte eine künstlerische Pause ein und ich starrte sie ungläubig an. Sie konnte das nicht ernst meinen, oder? Vater hätte dem niemals zugestimmt!

»Aber … wie könnt Ihr … nein! Ich gehöre genauso zu dieser Familie …«

Mutter schüttelte den Kopf. Sie wandte sich zum Gehen und schenkte mir zum Abschied ein trauriges Lächeln, das beinahe mitfühlend wirkte.

»Die Wahl liegt bei dir, Tochter. Du kannst dir genug Zeit nehmen, doch sei dir bewusst, dass die Entscheidung getroffen werden muss. Jetzt schlaf schön, meine Liebe. Du wirst es benötigen. Oh, und bevor ich es vergesse: Während dieser drei Tage wird ein Bediensteter vor deiner Tür Wache stehen und dafür sorgen, dass du hierbleibst.« Mit diesen Worten wandte sie sich um, ging zur Tür und verschwand, ohne sich noch einmal zu mir umzudrehen.

Ich wollte nicht glauben, dass es wirklich wahr war. Meine Eltern drohten, mich zu enterben und aus der Familie zu werfen, nur weil ich nicht heiraten wollte?

Auch wenn mir in dieser Sekunde wirklich nach Weinen zumute war, rollte keine Träne über meine Wangen. Beinahe, als hätte ich schon viel zu lange mit einer solchen Strafe gerechnet.

Ein Plan musste her … zumindest innerhalb der nächsten drei Tage.

Was ich jetzt brauchte, war meine Ruhe. Und die würde ich hier drinnen nicht finden. Nicht, wenn ich wusste, dass jemand vor meiner Tür Wache stand und darauf achtete, dass ich in meinem Zimmer blieb.

Einige Minuten saß ich noch auf meinem Bett, überlegte, was ich tun sollte. Schließlich stand ich auf, schlich zum Fenster, öffnete es und sofort strömte die kalte Abendluft durch das Zimmer. Dabei fühlte ich mich so frei wie selten. Die salzige Meeresluft wehte durch mein Haar und ich glaubte beinahe, am Meer zu sein. Da durchzuckte mich ein Gedanke.

Ohne groß darüber nachzudenken, lief ich zu meinem Kleiderschrank, zog einige Laken hervor, band sie aneinander und warf sie aus dem geöffneten Fenster. Ich befestigte sie am Rahmen und prüfte, ob es tragfähig war und bis zum Boden reichte. Nun musste ich nur ein dickes Kleid überziehen, das ich schnüren konnte. Meine Entscheidung fiel auf ein rotes, das in der dunklen Nacht nicht zu sehr auffiel. Es dauerte länger als gedacht, doch ich schaffte es schlussendlich. Nun fehlten nur Schuhe und mein Reisemantel, welchen ich ebenfalls aus dem Schrank holte. Er war schwarz mit ein paar zarten, eingewobenen Goldfäden, die ein filigranes Muster ergaben. *Er ist vielleicht nicht sonderlich praktisch, aber es muss reichen.*

Derart eingekleidet begab ich mich zum Fenster und kletterte vorsichtig das improvisierte Seil hinunter.

Jetzt bloß nicht nach unten schauen, sonst wird mir schwindelig und ich falle auf den Rasen. Außerdem würde ich dann entdeckt werden.

So schlich ich mich fort von unserem Anwesen und versuchte dabei keine Geräusche zu machen.

Als ich endlich durch das große Tor schlüpfte, begann ich zu rennen. Schon bald ließen meine Kräfte nach und ich stand schwer atmend am Straßenrand. Versuchte, wieder Luft in meine Lunge zu pumpen, die wie Feuer brannte.

Es war mir selbst beinahe unheimlich, wie einfach ich es bis hierher geschafft hatte. Ich hatte damit gerechnet, sofort gefasst und zurück ins Zimmer geschickt zu werden, doch das Glück war auf meiner Seite. Selbst die Sterne schienen in dieser Nacht, was es mir erleichterte, den Weg vor mir zu erkennen. Plötzlich strauchelte ich und war gerade so in der Lage, das Gleichgewicht zu halten. Leise fluchend öffnete ich die Riemchen an den Absatzschuhen und zog sie aus. Erleichterung breitete sich augenblicklich in meinem Körper aus und das Gefühl kehrte langsam in meine Füße zurück.

Der Wind frischte auf und ich roch die salzige Luft. Ich kam dem Strand mit jeder Minute näher. Meine Schritte beschleunigten sich und mit jedem Schritt, den ich mich von unserem Anwesen entfernte, spürte ich, wie ein Gewicht von meinen Schultern genommen wurde. Mutter würde ihre Drohung, mich auf die Straße zu setzen, wahrmachen. So sehr sie sich auch um die Familie sorgte, so glaubte sie doch, dass es besser wäre, mich loszuwerden, anstatt für immer den Schandfleck einer unverheirateten Tochter auf der Familienehre zu haben.

Dieser Gedanke trieb mir Tränen in die Augen, doch ich wischte sie fort. Niemals würde ich die Möglichkeit bekommen, das Meer vor meiner Abreise noch einmal zu sehen. Vermutlich würde ich nicht einfach aus Lord Ragbys Anwesen fortschleichen können und falls er in London oder einer ähnlich großen Stadt wohnte, bliebe mir das Meer verwehrt.

Aber ich konnte meine Heimat nicht verlassen, ohne ein letztes Mal diese Freiheit zu spüren, die nur die Wellen in mir hervorriefen. Als wäre hier der einzige Platz auf der Erde, der mich von der schwarzen Wolke befreite, die seit Langem über meinem Kopf hing.

Ach, was würde ich dafür geben, ein Teil dieser geheimnisvollen Welt zu sein. Es gibt so viel mehr zu erkunden, aber ich werde das alles nicht sehen.

Das Herz wurde mir schwer bei diesem Gedanken. Doch ich wollte mich nicht der Schwermut hingeben, sondern den Wind im Haar und das Rauschen des Meeres genießen. Schon immer hatte es eine beruhigende Wirkung auf mich gehabt.

So wie die Sterne und der Mond leuchteten, konnte man weit aufs Wasser hinausblicken und das Glitzern darauf beobachten. Was war das? Weiter hinten auf dem Meer schien etwas durch die Meeresoberfläche zu brechen.

Ich kniff die Augen zusammen.

Ist das ein großer Fisch? Oder ein Treibholz? Nein, dafür schwamm es viel zu schnell und gegen die Strömung. Unentwegt bewegte sich dieses Etwas auf mich zu und langsam bekam ich es mit der Angst zu tun.

Vorsichtig setze ich einen Fuß hinter den anderen und entfernte mich weiter vom Meer.

Plötzlich verschwand die Schneise auf den Wellen. Ich rührte mich nicht von der Stelle und traute meinen Augen kaum.

Aus dem Wasser tauchte der Oberkörper einer Frau auf.

Das durfte nicht wahr sein, ich musste den Verstand verloren haben. Anstatt von Beinen besaß die Frau einen langen, im Sternenlicht rosa glitzernden Fischschwanz. Er sah der Flosse eines Hais nicht unähnlich.

Ich hatte in Vaters Büchern mehrere Berichte über Meerjungfrauen gelesen und darüber, dass sie ein friedliches Volk waren, das niemandem etwas zuleide tat. Zumindest schrieben das die Wissenschaftler und Forscher, die sich näher mit dem Thema befasst hatten.

Jedoch hat keiner von ihnen eine echte gesehen, hoffentlich liegen sie nicht falsch.

»Hübsches Kind, komm zu mir herüber. Ich spüre, dass es einen Herzenswunsch gibt, den ich dir erfüllen könnte. Du musst allerdings etwas näher kommen. Wie soll ich dir helfen, wenn du so weit weg stehst? Deine Sehnsucht nach dem Meer fühle ich deutlich.«

Ihre Stimme klang geschmeidig wie Honig und etwas rauchig.

Genau das, was die Männer mochten.

Kann ich ihr trauen? Oder ist das eine Falle? Was für eine Abenteurerin wäre ich, wenn ich mir solch eine Gelegenheit entgehen lassen würde?

Langsam ging ich auf die Frau in der Brandung zu, noch immer nicht wissend, was ich davon halten sollte.

Je näher ich ihr kam, desto deutlicher erkannte ich ihre Gesichtszüge. Zuerst hatte ich gedacht, dass die Frau atemberaubend schön aussah, aber nun bemerkte ich die nadelspitzen Zähne und die Augen, welche der einer Schlange glichen. Kurz schreckte ich zurück und blieb mehrere Schritte von ihr entfernt stehen.

Trotz der ungewöhnlichen Pupillen und des Gebisses war sie unglaublich gut aussehend mit den blonden Haaren und Kurven, um die sie jede Frau beneidete.

»Na, schönes Kind. Was kann ich für dich tun? Willst du, dass ich dir deinen größten Wunsch erfülle?«

»Wer bist du? Und was möchtest du von mir?« Die Fragen sprudelten aus mir hervor.

»Mein Name ist Aquaria und ich bin eine Sirene. Du hast von uns gehört, oder?«

Ich nickte unbeholfen.

»Sehr gut, das ist immerhin ein Anfang.« Die Sirene klatschte in die Hände. »Nun mach ein bisschen Platz, Kind, sonst bin ich nicht in der Lage, mich frei zu bewegen.«

Sie zwinkerte mir zu und ich trat sofort einige Schritte zurück. Die Frau robbte ein wenig mehr an den Strand und stellte ihren prächtigen Schwanz zur Schau.

Währenddessen war ich außer Stande, meinen Blick von ihr zu nehmen und jede Bewegung genau zu beobachten.

Aquaria schnippte mit ihren Fingern und ein helles Leuchten

umgab ihre Hand. Damit strich sie einmal über ihren Unterkörper und vor meinen Augen verwandelte sich der Fischschwanz in zwei schlanke, grazile Beine.

Ich blinzelte und schüttelte den Kopf. Noch immer verstand ich nicht, was vor sich ging und ob das alles echt war.

»So, das ist viel besser«, seufzte die Frau. »Oh, du bist ein wirklich hübsches Ding, das sehe ich erst jetzt richtig. Wieso versteckst du alles, was du zu bieten hast, unter so vielen Lagen Stoff? Ach, was tratsche ich. Ich bin wegen dir und deinem Herzenswunsch hier. Du sehnst dich nach dem Meer, nicht?«

Ich konnte nur nicken. Die Frau hatte etwas an sich, dass es mir unmöglich machte, den Blick abzuwenden.

»Hast du die Stimme verloren? Wie ist dein Name? Fangen wir erst einmal damit an.«

Das schien ein unverfängliches Thema zu sein.

»Ich heiße Serena Hawethorne. Ich wohne in Shurlake.«

»Serena. Wie passend.« Die Sirene lächelte in sich hinein.

»Und … wer bist du?«

»Weshalb so verlegen? Wie ich dir schon sagte, ist mein Name Aquaria und ich bin eine Sirene. Ich wohne in der wunderschönen Stadt Teyloa, welche in Aquaris liegt. Dort bin ich zur Magierin ausgebildet worden und nun bin ich für die Belange der Bürger zuständig. Außerdem setze ich mich für die Beziehungen zwischen unserem und deinem Volk ein, wir müssen zusammenhalten, nicht wahr?«

Sie zwinkerte mir verschwörerisch zu. »Wie es der Zufall will, bin ich in der Lage, Wünsche zu gewähren. Allerdings nur die tiefsten Herzenswünsche.«

Das war doch gar nicht möglich, oder? Hieß es nicht immer, dass, wenn etwas zu gut klang, um wahr zu sein, dann konnte es nicht real sein?

Ich musste verrückt geworden sein. Wenn ich lediglich einen äußerst lebhaften Traum hatte, konnte es kaum schaden, mehr herauszufinden.

»Wie habt Ihr … hast du …« Ich brachte keinen zusammenhängenden Satz heraus.

»Wie ich wusste, dass du einen Wunsch hast? Tja, ich möchte nicht alle Geheimnisse an dich verraten, oder?« Sie kicherte mädchenhaft. Noch immer war mir die Situation suspekt, doch ich wollte mehr hören, denn irgendwie musste ich wissen, ob sie die Wahrheit sprach.

Bildete ich mir das alles nur ein? Meerjungfrauen, nein, Sirenen gab es in Wirklichkeit doch nicht. Selbst, wenn ich es mir mehr als alles andere wünschte.

Und trotzdem hatte ich zugesehen, wie die Frau einen Fischschwanz in zwei Beine verwandelt hatte.

»Nur keine falsche Scheu. Komm her und lass mich deine Hand anschauen.«

Instinktiv war ich vor der Frau zurückgewichen und näherte mich ihr jetzt zaghaft. Sie streckte ihre schlanke Hand nach mir aus und sobald ich meine in ihre legte, packte sie blitzschnell und mit ungeahnter Kraft zu.

»Ah, das Schicksal hat Großes mit dir vor. Dich erwartet ein Abenteuer, welches deine Vorstellungskraft bei Weitem überschreitet. Oh, und da erkenne ich einen jungen Mann. Dir scheint einiges bevorzustehen, Serena Hawethorne. Wirst du dieses Schicksal annehmen? Oder wirst du auf ewig in dieser kleinen, behüteten Welt leben und alles andere ignorieren? Man sieht es in deinen Augen: Du willst hinaus in die weite Welt und dein eigenes Leben führen. Frei sein.«

Sollte ich die Wahrheit sagen? Aber wie sollte ich jemanden belügen, für den ich offenbar ein offenes Buch war?

»Ich … weiß nicht, woher du das weißt, aber es stimmt. Schon seit langem sehne ich mich nach etwas anderem und Unbekanntem.«

Ich erschrak, dass ich so mit einer Wildfremden redete. Nicht einmal Melissa hatte ich diese Gedanken anvertraut und nun kam irgendeine Märchengestalt daher und ich plauderte gleich aus dem Nähkästchen? Was war nur in mich gefahren?

Die Sirene schien von diesen Bedenken wenig beeindruckt, gab meine Hand frei und begann auf und ab zu hüpfen.

Irgendwie ist sie seltsam. In einem Moment kommt sie einem vor, als hätte sie mehrere Jahrhunderte erlebt, und im anderen wie ein kleines, aufgeregtes Mädchen.

»Nun sag mir ehrlich: Willst du das Angebot annehmen? Ich erfülle dir einen Herzenswunsch, allerdings musst du mir dafür ein kleines Geschenk machen. Schließlich ist nichts auf dieser Welt umsonst, selbst der Tod kostet dich das Leben.«

Die Sirene grinste hinterhältig. *Ist das wirklich eine gute Idee? Was will sie von mir? Geld? Ein Opfer? Oder … etwas Schlimmeres? Bevor ich mich kopfüber in etwas stürze, das ich nicht abschätzen kann, muss ich wissen, was es genau ist, das sie will.*

Aber egal, wie negativ es auch aussah, allein die Vorstellung, aus meinem Leben entfliehen und endlich frei zu sein, war so aufregend, dass ich den Handel nur zu gerne eingegangen wäre.

Meine Eltern hatten klargemacht, was mir blühte, wenn ich Robins Antrag nicht annahm. Ohne einen Penny in der Tasche wäre ich gezwungen zu arbeiten. Wenn ich überhaupt eine Stelle finden würde – immerhin besaß ich keinerlei Qualifikationen und ich hatte nicht vor, meinen Körper für Geld zu verkaufen. Ich hasste meine Eltern dafür, dass sie mich vor eine solche Wahl stellten, doch auf eine verdrehte

Weise wusste ich, dass sie nur taten, was sie für das Beste hielten.

Trotz allem hörte ich mich sagen: »Was ist der Preis, den ich zahlen muss? Ich … ich denke nicht, dass ich etwas habe, das du willst.«

Erneut blitzte in den Augen der Sirene etwas auf, das ich nicht einzuordnen vermochte. Eigentlich hätte mir dies eine Warnung sein sollen, aber die Verlockung erschien zu groß, sodass ich den Verstand in die hinterste Ecke meines Kopfes verbannte. Alles war besser, als arm und mittellos auf der Straße leben zu müssen.

»Liebe Serena, du hast etwas außerordentlich Kostbares, das ich nur zu gerne gegen deinen Wunsch nach einem Abenteuer und dem Meer eintauschen würde.«

»Was immer es ist, ich werde es zurückbekommen, oder nicht? Ich möchte nichts permanent hergeben, wenn ich nicht einmal weiß, um was es sich handelt«, antwortete ich vorsichtig. »Bevor ich dem zustimmen kann, muss ich wissen, was genau von mir verlangt wird, sonst ziehe ich es nicht weiter in Betracht.«

Aus mir unerklärlichen Gründen wollte ich den Handel eingehen, obwohl mein Instinkt mir riet, so schnell und so weit wie nur möglich von dieser Frau wegzukommen. Allerdings träumte ich höchstwahrscheinlich nur. Und wenn das der Fall war, konnte mir nichts passieren.

Ich wog beide Möglichkeiten gegeneinander ab und kam zu dem Entschluss, dass ich lieber einen Handel mit einer fremden Frau einging, als mich dem Willen meiner Mutter zu beugen und mich einfach so verheiraten zu lassen, ohne dass ich daran Interesse hatte.

»Folgendes biete ich dir: die Erfüllung deines Wunsches im Tausch für … deine Stimme.«

Ich blickte Aquaria verdutzt an.

Was sollte meine Stimme für einen Nutzen haben? Und wie soll ich mich ohne verständigen?

Die Hexe schien die Zweifel zu bemerken und fügte rasch hinzu: »Natürlich nur, wenn es dir das wert ist. Allerdings werde ich keinen anderen Preis akzeptieren und das Angebot besteht nur dieses eine Mal. Was sagst du?«

Ein törichter Gedanke, doch ich sah mich selbst, wie ich die Wunder des Meeres kennenlernte und endlich frei war. Daher gab es für mich nur eine Antwort. Die Antwort, die mir helfen würde aus diesem goldenen Käfig zu entkommen und etwas Unbekanntes zu entdecken.

»Ja, ich nehme den Handel an. Meine Stimme gegen meinen sehnlichsten Wunsch.«

Kaum hatte ich es ausgesprochen, strahlte die Sirene bis über beide Ohren.

»Wusste ich doch, dass du die richtige Entscheidung treffen würdest. Solch ein einengendes Leben ist nichts für eine junge Frau wie dich, ich sehe schon. Nun gut, mündlich ist der Vertrag besiegelt. Um ihn allerdings in die Tat umzusetzen, fehlt ein bisschen Magie. Komm her zu mir, Kind.«

Ich tat wie mir geheißen und blieb kurz vor Aquaria stehen. Ihre Erscheinung war wirklich eigenartig, doch wirkte sie eine ungeahnte Faszination auf mich aus. »Was muss ich tun? Bestimmt ist eine Formel oder ein Ritual notwendig …«

Aquaria winkte ab.

»Nichts von diesem Humbug ist nötig, um den Wunsch wahr werden zu lassen. Schließe deine Lider und denke an das, was in Erfüllung gehen soll. Nur die größte Sehnsucht von dir wird funktionieren, also überlege gut. Ich werde dich küssen und das wird den Wunsch in Erfüllung gehen lassen.«

Etwas seltsam fand ich die Sache mit dem Kuss schon, aber ich nickte ergeben und schloss die Augen.

»Nun ist es so weit, führe dir genau vor Augen, was du möchtest.«

Und als sich ihre Lippen warm und voll auf meine legten, dachte ich nur an eines:

Lass mich frei sein. Ich will mein Leben allein bestimmen. Dem Meer will ich nahe sein und all seine Geheimnisse aufdecken.

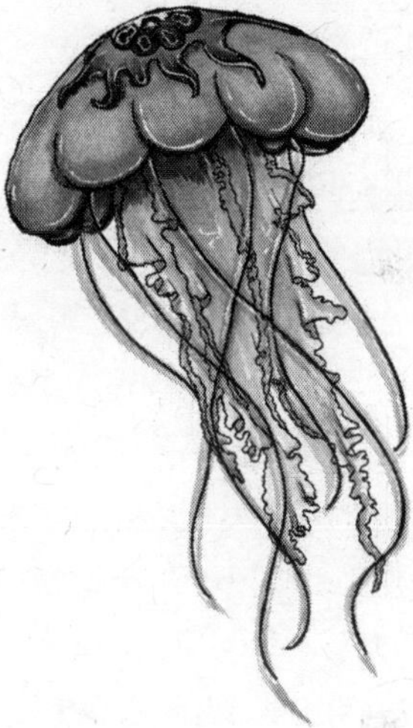

Kapitel 4

Aramis

Einfach von einem königlichen Fest zu verschwinden, würde jede Menge Ärger bedeuten, vor allem da es zu meinen Ehren abgehalten wurde. Ich hatte es dort nicht länger ausgehalten. All die Meermenschen, die einzig und allein nach ein bisschen Aufmerksamkeit des Königs oder einem der Prinzen gierten, widerten mich an. Eher hätte ich mich über interessante Gesellschaft gefreut und mich über wichtigere Dinge unterhalten als die neuste Mode oder die Musik, welche gerade von jeder Muschelband gespielt wurde. Ein Seufzer entfuhr mir.

Viel lieber würde ich mit meinem Leben anstellen, was ich möchte. Stattdessen bin ich an all die Verpflichtungen gebunden. Nicht einmal den Wunsch nach Abenteuer will Vater mir gewähren. Wie gerne wäre ich mit dabei bei den Jagden auf die schwarzen Hexen der Sirenen, welche den Menschen ihre Sinne raubten, nur um selbst für ein paar Stunden oder Tage an Land zu verbringen.

Wieso die Sirenen aus Teyloa nicht glücklich mit ihrem Dasein unter Wasser waren, wusste ich nicht. Allerdings schien es in Verbindung mit ihrer Erscheinung zu stehen. Sie sahen schön aus, das ja. Doch verdankten sie es den raffinierten Zaubern, die sie stets um sich und ihre Stadt woben. Wer einmal eine Sirene ohne diese Magie gesehen hatte, erschrak sich beinahe zu Tode.

Ihre Gestalt war den von Aalen sehr ähnlich mit ihrem schlängelnden Körper, der nur obenherum dem eines Menschen ähnelte. Außerdem besaßen sie rasiermesserscharfe Zähne und furchterregend große Augen mit geschlitzten Pupillen. Ein deutlicher Hinweis auf ihre raubtierartige Natur. Die Sirenen lebten so weit unten im Meer, dass sich ihr Aussehen im Laufe der Generationen wohl an das der Tiefseebewohner angepasst hatte.

Zwar unterschieden wir Meermenschen uns von den Menschen an Land, doch würden wir, abgesehen von unseren leuchtenden Fischschwänzen, nicht weiter auffallen. Die Sirenen neideten uns diese Art von Schönheit, die sie nur mithilfe von Illusionen zu erzeugen vermochten. Nicht zuletzt deshalb hatte es schon mehr als einen Krieg zwischen den beiden Völkern gegeben.

Nicht immer waren alle Meerwesen in Aquaris unter König Poseidon vereint gewesen. Früher hatte jede Spezies ihr eigenes Königreich und ebenso eine Königsfamilie besessen. Nach einem langen und verlustreichen Krieg war Vater siegreich emporgestiegen und von Vertretern aller Spezies zum neuen König gekrönt worden. Die Sirenen fühlten sich jedoch benachteiligt und willigten nicht ein, König Poseidon anzuerkennen.

Dies lag schon viele Jahre zurück, trotzdem saßen das Misstrauen und der Zwist zwischen den beiden Völkern tief.

Die Sirenen hatten oft den Wunsch laut werden lassen, eine der ihren auf den Thron zu setzen, um endlich Macht und Einfluss zu haben, der ihnen ihrer Magie wegen eher zustand, als jedem anderen Meervolk. Zumindest behaupteten sie dies. Nie hatten sie es geschafft, den Thron an sich zu reißen – zu unser aller Glück.

Ich war mit meinen Gedanken so sehr beschäftigt gewesen, dass ich gar nicht bemerkt hatte, wie weit ich mich von zu Hause entfernt hatte.

Bin ich so weit geschwommen? Moment, ist das nicht in der Nähe der Küste, die ich heute früh beobachtet habe?

Bei dieser Vorstellung regte sich etwas in mir, das ich nicht so recht benennen konnte. Vorfreude? Oder Aufregung? Jedenfalls klopfte mein Herz spürbar schneller und in mir erwachte der Wunsch, den Strand zu beobachten und zu sehen, ob sie nicht vielleicht wieder dort spazieren ging.

Du benimmst dich wie ein liebestoller Delphin – es ist sonst nicht deine Art, immer nur an eine Frau zu denken oder überhaupt an eine. Ich sollte nachsehen, ob ich sie entdecke und falls nicht, kehre ich nach Stella Maris zurück und stelle mich Vaters unweigerlichem Zorn. Das schulde ich ihm, schalt ich mich.

Ich beschleunigte die Flossenschläge und bald kam der Felsen in Sicht, hinter welchem ich mich das letzte Mal versteckt gehalten hatte. Während ich die Wasseroberfläche durchbrach, umfing mich das Licht der Sterne und des Mondes. Es sah wunderschön aus. Ich wünschte mir, dass wir Meermenschen ab und zu an Land gehen könnten, um die fremde Welt zu erkunden. Es gab bestimmt einiges, was wir von den Menschen lernen könnten.

Mehrere Minuten hielt ich Ausschau nach dem Umriss eines Menschen am Strand. Vergeblich.

Du Dummkopf, wieso sollte sie in der Nacht am Meer sein? Sicher schläft sie in einem Haus, weit weg. Sie ahnt höchstwahrscheinlich nicht einmal etwas von meiner Existenz, so, wie es richtig ist. Keiner von uns sollte dem anderen näherkommen. Vater wäre fuchsteufelswild, erführe er, dass ich einem Menschen hinterher schwimme wie ein kleiner Fisch.

Enttäuscht tauchte ich unter und ließ mich ein wenig absinken, sodass ich auf einem Riff Platz nahm. Wieso war es mir unmöglich, nicht an sie zu denken? Auch, wenn ich sie bisher stets nur aus der Ferne bewundern konnte, berührte sie etwas tief in mir. Eine melancholische Seite, die sich danach sehnte, diese fremde Welt, in der diese schöne Menschenfrau lebte, kennenzulernen. Vielleicht auch einfach eine hoffnungslos romantische Seite, die sich nach Liebe und Zuneigung sehnte.

Ein letztes Mal wandte ich den Blick zum Strand um und erstarrte mitten in der Bewegung. Was war das dort vorn im seichten Wasser?

Ein Fisch, der sich in einem der Fischernetze verfangen hatte?

Vorsichtig schwamm ich an das arme Ding heran und glaubte, meinen Augen nicht zu trauen. Das, was dort wie verrückt zappelte, war kein Fisch in einem Netz, sondern eine wunderschöne Meerjungfrau. Sie hatte nachtschwarze Haare, die ihr in sanften Wellen über die Schultern flossen, eine durchaus ansehnliche Figur, mit Kurven genau an den richtigen Stellen und einem glitzernden, feuerroten Schwanz. *Wer ist sie? Noch nie habe ich sie im Palast oder wo anders gesehen. Ob sie aus einem der anderen Königreiche stammt? Exotisch genug sieht sie zumindest aus.*

»Ganz ruhig, es ist alles in Ordnung. Was hat dich so erschreckt, dass du zappelst wie ein Fisch auf dem Trockenen?«, sprach ich sie an. Die fremde Frau fuhr zu mir herum, wie von einer Seeanemone gestochen, und blickte mich mit schreckgeweiteten Augen an. Etwas an ihr kam mir bekannt vor.

Sie bewegte ihren Mund, doch kein Wort kam über ihre Lippen.

Panisch fuhr sie sich mit beiden Händen über den Hals und ihre Brust.

»Beruhige dich, du bist in Sicherheit. Ich heiße Aramis. Du scheinst nicht zu wissen, wo du bist, kann ich dir helfen? Gerne würde ich dich mit zu mir nach Hause nehmen, dort gibt es bestimmt jemanden, der weiß, was zu tun ist.«

Ich versuchte, meiner Stimme einen beruhigenden Klang zu geben, und es schien von Erfolg gekrönt. Sie wand sich nun nicht mehr wie von Sinnen in meinen Armen, starrte mich aber trotzdem mit großen Pupillen an.

Ihre Iriden sind wunderschön, so grün wie frisches Seegras im Frühling. Plötzlich wusste ich, an wen sie mich erinnerte. An die junge Menschenfrau von heute Morgen.

Das kann nicht sein, sie lief eindeutig auf zwei Beinen.

Noch immer verwirrt nickte die junge Frau und schenkte mir ein dankbares Lächeln. Auch ich konnte ein Grinsen nicht unterdrücken, es war einfach zu ansteckend.

»Dann komm, ich werde dich nach Stella Maris bringen.«

Auf dem Weg blickte sie sich mit einer Neugierde um, die sonst nur Kinder besaßen, wenn man ihnen etwas völlig Neues zeigte. Ständig hielt sie an, um ein Tier zu beobachten oder eine Pflanze mit ihren Fingern zu befühlen. Außerdem schwamm sie nicht gerade schnell, obwohl ich sie immer wieder dazu anhielt. Ihre Flossenschläge schienen ungleichmäßig und unbeholfen.

Erst jetzt machte ich mir Gedanken darum, was ich mit ihr anstellen sollte und was Vater dazu sagen würde, wenn ich einen Gast mitbrachte.

Ich hatte ihr nur helfen wollen. Was für ein Licht hätte das auf mich und meine Familie geworfen, einem Fremden Hilfe zu verwehren?

Vielleicht konnte ich sie als Besucherin aus der Südsee vorstellen, die mehr über das Königreich und die Bräuche wissen wollte. Eventuell würde man sie so lange genug am Hofe dulden, dass ich herausfinden konnte, was hinter ihrem Erscheinen steckte.

»Nun komm, ich würde gerne heute in Stella Maris ankommen«,

ermahnte ich sie, weil sie wieder fasziniert anhielt.

Sie reagierte nicht und besah sich einfach weiter die Seeanemonen um sie herum.

Das kann nicht wahr sein!

Ich schwamm zu ihr zurück, packte sanft ihr Handgelenk und zog sie hinter mir her. Ihre Augen blitzten zornig. Erneut bewegte sie die Lippen, doch ich hatte keinen blassen Schimmer, was sie von mir wollte. Nach einiger Zeit fügte sie sich ihrem Schicksal und wehrte sich nicht länger gegen mich.

»Na, siehst du. Ich will dir doch nur helfen, es ist alles in Ordnung.«

Auch wenn ich nicht weiß, wie.

Nach einer gefühlten Ewigkeit erreichten wir die Stadt, aber niemand war mehr auf den Straßen unterwegs, es war schließlich weit nach Mitternacht. Ganz in der Nähe des Palastes lag eine Herberge, zu der ich sie führte. Ich kannte die Familie, da sie Vater schon lange Zeit dienten, und so klopfte ich, trotz der fortgeschrittenen Stunde, an die Tür. Mir war zwar bewusst, dass es nicht üblich war, nach Einbruch der Nacht unangemeldet in einer Herberge aufzutauchen, doch ich war mir sicher, dass man in diesem Fall eine Ausnahme machen würde.

»Was …? Wer ist da, zum Seeteufel noch mal! Habt Ihr keinen Anstand?«, ertönte die dunkle und verschlafene Stimme des Herbergenvaters.

»Entschuldigung, ich wollte Euch nicht wecken, Meister Aaler. Allerdings habe ich einen unerwarteten Gast, der sich über ein Zimmer freuen würde. Seid versichert, dass ich persönlich die Kosten für ihren Aufenthalt übernehmen werde.«

Meister Aaler bekam große Augen. »Mein Prinz Aramis. Gewiss soll sie ein Zimmer bekommen! Verzeiht mir die Frage, aber das ist nicht Eure …?« Sein Blick huschte zu der Meerfrau neben mir.

Sicher, wie sollte es sonst für ihn aussehen. Schließlich wurde meine Brautschau bereits offiziell in allen Königreichen verkündet.

Ich schüttelte vehement den Kopf.

»Nein, sie ist nicht … sie ist keine Braut, falls Ihr das denkt. Ich habe sie zufällig gefunden und sie schien mir verwirrt und nicht ganz sicher, wo sie sich befand. Ich hielt es für die beste Idee, sie erst einmal nach Stella Maris zu bringen, alles weitere lässt sich morgen früh klären.«

Bei diesen Worten hatte mich die Frau neben mir entsetzt angeblickt und ebenfalls vehement den Kopf geschüttelt.

Das war die erste Frau, die es schrecklich fand, als potentielle Braut des Prinzen betitelt zu werden.

»My Lady, ich werde dich in den durchaus fähigen Händen von Meister Aaler lassen. Ruh dich aus und iss etwas. Vielleicht gelingt es uns morgen, Genaueres herauszufinden. Ich werde zur achten Stunde wieder hier sein und dir die Stadt ein wenig zeigen.«

Zu meiner Überraschung nickte sie und ein zaghaftes, fast scheues Lächeln trat auf ihre Lippen.

Bei Nayla, sie ist wirklich wunderschön.

Bevor ich etwas tat, was ich später bereuen würde, stürzte ich fluchtartig aus der Herberge und machte mich auf den Weg zum Palast. Doch ihr Lächeln und ihr Blick verließen meinen Verstand nicht für einen Moment.

Kapitel 5

Serena

Ich schlug die Augen auf und blickte auf eine dunkelblaue Decke, die übersät war von allen möglichen Krebsen.

Moment, Krebse?

Schlagartig wachte ich aus meinem Dämmerzustand auf und sah mich panisch in dem fremden Zimmer um.

*Das ist alles ein Traum, v*ersuchte ich, mir selbst Mut zuzusprechen. Ohne Erfolg.

Vorsichtig ließ ich den Blick an mir heruntergleiten und schnappte erschrocken nach Luft. Meine Brüste wurden nur von zwei rosé gefärbten Jakobsmuscheln gehalten. Ich war kaum in der Lage, die aufsteigende Angst in mir zu beruhigen. Mehrere Male atmete ich durch die Nase ein und aus, bis mein Puls sich beruhigte und mein Herz gleichmäßiger schlug.

Wer hat mir das angezogen? Soll ich so unter die Leute gehen? Die Hälfte meiner Brüste ist zu sehen, das schickt sich nicht!

Nachdem die erste Welle des Schocks abgeklungen war, ließ ich den Blick tiefer gleiten und erschrak erneut. Also hatte ich mir das alles nicht nur eingebildet oder erträumt. Eine feuerrote Flosse.

Vor lauter Überraschung entschlüpfte mir ein Aufschrei, aber kein Ton kam über meine Lippen. Wieder versuchte ich etwas zu sagen, ohne Erfolg. Langsam stieg Panik in mir hoch, bis ich mich an die Worte der Hexe erinnerte. Ich hatte die Stimme getauscht und war im Gegenzug zu einer … Meerjungfrau geworden. Probeweise schlug ich einmal mit den Beinen und tatsächlich bewegte sich die Flosse, fast so wie Beine es getan hätten.

Tief durchatmen, Serena. Du wolltest ein Abenteuer, oder? Nun hast du eines! Und dazu einen gutaussehenden jungen Mann, oder besser gesagt einen Prinzen, der dich heute durch diese Stadt führen wird.

Da erst fiel mir auf, wie er die Stadt genannt hatte. Stella Maris. Stern des Meeres. War es nicht eben jene Stadt, die Vater in seinen Erzählungen so oft erwähnt hatte? Mein Magen verknotete sich und das Gefühl, mich übergeben zu müssen, wurde übermächtig. Zum Glück konnte ich mich einigermaßen beruhigen. Ein Bündel nervöser Energie blieb jedoch in mir zurück und ich fragte mich, ob ich bald etwas sehen würde, das den meisten Menschen verwehrt blieb. Dieser Gedanke gefiel mir und ängstigte mich zugleich. Allerdings konnte ich jetzt nicht mehr zurück – wenn ich schon ein Abenteuer erleben wollte, sollte ich es voll und ganz auskosten.

Ich setzte mich auf und betrachtete das Zimmer, in dem ich schlief, genauer. Es sah schön aus, jedoch spärlich eingerichtet mit einer Muschel als Bett, einem Korallenregal und ein paar Steinen, die eine Sitzecke darstellten. Alles in allem sah es, abgesehen von den Dingen des Meeres, nicht anders aus als jedes Zimmer in der Menschenwelt. Das überraschte mich sehr. Was genau ich mir von einer Unterwasserstadt erhofft hatte, wusste ich nicht, aber sicherlich nicht, dass die Gegenstände auf dem Boden blieben. Vielleicht waren sie befestigt oder mit einem speziellen Zauber belegt, damit sie nicht im Wasser trieben. Allerdings war ich auch froh, dass es sich nicht allzu sehr von zu Hause unterschied. So fühlte ich mich nicht ganz so verloren in einer fremden Welt, obwohl mir bei dem Gedanken an unser Anwesen und Josefine schwer ums Herz wurde. Sie sollte eigentlich lediglich eine Angestellte sein, doch über die Jahre war sie so viel mehr geworden. Vermutlich sogar so etwas wie eine Freundin. Den Anflug von Traurigkeit vertrieb ich allerdings schnell wieder. Ich sollte dieses Abenteuer genießen, solange es anhielt. Stattdessen betrachtete ich mein Zimmer noch einmal genau. Nur die Farbe und Beschaffenheit der Wand unterschied sich von dem, was ich kannte. Es handelte sich um eine unebene Struktur mit unzähligen Löchern, aus denen immer wieder Fische hervor schwammen. Sie schillerte in einem satten Grün, welches mich an die Wiesen der Insel erinnerte.

Vermutlich eine Koralle oder eine ähnliche Unterwasserpflanze. Das Grummeln meines Magens unterbrach meine Überlegungen.

Seit dem Abendessen mit Lord Ragby hatte ich nichts mehr zu mir genommen.

Ich schwamm unbeholfen zur Tür und öffnete sie. Der Gang vor dem Zimmer war leer und ich erblickte ein Loch, das die Treppe ersetzte. Nach mehreren Versuchen schaffte ich es hindurch, ohne mir den Kopf zu stoßen, und fand mich in einer Art Gaststube wieder.

Es gab eine Bar, ein paar Sitzgelegenheiten und einen Torbogen, der wohl in die Küche führte.

»Guten Morgen, junge Dame.« Ein Mann erschien hinter dem Tresen. Er hatte freundliche blaue Augen, Lachfalten und einen durchaus beachtlichen Schnauzer. Trotz seines fortgeschrittenen Alters schien er vergnügt und keineswegs außer Form. »Habt Ihr gut ausgeruht? Prinz Aramis sagte mir, dass Ihr Euch nicht besonders wohl fühlt und nicht wisst, wohin Ihr wollt. Ich soll mich während seiner Abwesenheit um Euer Wohlergehen kümmern. Seid Ihr hungrig?«

Ob alle Männer so gut alterten? Hatte es etwas mit dem Wasser zu tun?

Der Mann hinter der Theke war mir mit seinem freundlichen Lächeln und den kleinen Grübchen in den Wangen sofort sympathisch und ich setzte mich ihm gegenüber auf einen Stein, der einem Stuhl nicht unähnlich sah.

»Mein Name ist Hellmer Aaler und ich bin der Herbergsvater. Und Ihr seid?«

Ich seufzte innerlich.

Erneut versuchte ich, einen Laut über meine Lippen zu bringen, obwohl ich nicht mit einem Erfolg rechnete.

Der Meermann blickte mich mit großen Augen an. Also zeigte ich auf den Mund, dann auf den Hals und schüttelte den Kopf.

Das sollte genügen.

Tatsächlich nickte er verständnisvoll.

»Ich mache Euch meine berühmten Seetangröllchen und schenke eine Tasse voll Waltran ein, das bringt Euch bald auf die Beine.«

Damit verschwand er in der Küche und ich hörte Geschepper und Geklapper. Wie das alles schmeckte? Ich war wirklich gespannt und neugierig.

Wenige Minuten später kam Meister Aaler aus der Küche zurück und stellte einen großen Teller mit dunkelgrünen Rollen vor mir ab. Daneben platzierte er einen Becher mit einer gelblichen, zähen Flüssigkeit.

Soll ich das trinken? Das sieht unappetitlich aus. Die Rollen sind keine Augenweide, doch probieren schadet kaum und ich glaube nicht, dass ich etwas anderes bekäme, selbst wenn ich es möchte.

Zaghaft nahm ich eine Rolle zwischen die Finger, schnupperte daran und verschluckte mich erst einmal an all dem Wasser, das sich plötzlich in meinen Atemwegen befand. Moment – ich konnte gar nicht mehr atmen, schließlich befand ich mich im Meer. Müsste ich nicht längst qualvoll erstickt sein? Woher bekam ich genug Sauerstoff? Mein verwunderter Blick wanderte zu dem Herbergsvater, da entdeckte ich an den Seiten seines Halses mehrere unscheinbare Schlitze, die in der leichten Strömung des Wassers flatterten. Kiemen.

Sogleich schoss eine Hand zu meinem Hals, wo ich die gleichen Atmungsorgane, wenn man sie so nennen wollte, auch bei mir vorfand. Vermutlich sollte ich nicht erleichtert, sondern verwirrt sein, doch eigentlich war ich gerade nur froh, dass mein neuer Körper von selbst funktionierte.

Also wandte ich meine Aufmerksamkeit wieder dem Essen zu und biss hinein.

Es schmeckte fischig und ein bisschen wie Salat. Allerdings überraschte mich der Geschmack angenehm.

»Schmeckt es Euch?«, fragte der Mann neugierig. Eifrig nickte ich und lächelte ihn an. Sobald ich mit dem Essen fertig war, wurde mir bewusst, dass ich kein Geld hatte, um den guten Mann zu entlohnen. Welches Zahlungsmittel nutzte man unter Wasser? Tauschte man vielleicht gegen andere Gegenstände?

Meister Aaler beantwortete meine Fragen, ohne dass ich sie stellte.

»Keine Sorge, Liebes, Ihr müsst nichts bezahlen. Prinz Aramis sagte mir, dass er für das Zimmer und das Essen aufkommen würde. Er ist ein besonderer junger Mann, er wird sein Wort auf jeden Fall halten.«

Prinz Aramis.

Er hatte mich zwar gestern gerettet und hierher geführt, doch ich war zu verwirrt und verängstigt gewesen, um ihm viel Beachtung zu schenken. Einzig an seine Augen erinnerte ich mich genau. So warm und braun wie flüssige Schokolade. Ich hatte das Gefühl gehabt, in diesen Augen versinken zu können.

Trotzdem lag unter der glatten Oberfläche etwas Tiefgründiges verborgen – zumindest schien es mir so. *Ich möchte ihn gerne wiedersehen und kennenlernen. Hier unten kenne ich niemanden und weiß nicht, wie ich meine Menschengestalt oder die Stimme wiederbekomme. Vielleicht hilft er mir. Sollte ich ihm von dieser Sirene, Aquaria, erzählen? Vielleicht weiß er, wie man mich entzaubert. Schließlich will ich nicht den Rest des Lebens stumm wie ein Fisch verbringen.*

Fast hätte ich ob dieses schlechten Wortspieles lachen müssen. Doch jetzt, da ich genauer darüber nachdachte, wusste ich nicht einmal, ob ich wieder ein Mensch sein wollte. Es war zwar ein Nachteil, ohne Familienbande zu sein, aber vielleicht hatte es auch den Vorteil, dass ich mich nicht den Konventionen und Vorstellungen meiner Eltern beugen musste. Dann wären meine Sorgen rund um Lord Ragby und die Heirat obsolet und wer wusste schon, vielleicht konnte ich sogar glücklich werden?

Nachdem ich satt und gestärkt war, wollte ich die Herberge am liebsten sogleich verlassen, um mir diese unbekannte Welt anzusehen, und hatte mich schon von meinem Platz erhoben, als die Haustüre aufflog.

»Guten Morgen, Eure Hoheit«, beeilte sich Meister Aaler zu sagen.

Da ich nicht wusste, was bei königlichem Besuch die angemessene Begrüßung war, verbeugte ich mich. Hoffentlich tief genug. Mit der Flosse zu schlagen, voranzukommen und nicht vorn über zu kippen, war ziemlich schwer.

»Guten Morgen, Meister Aaler. Ich hoffe, Ihr hattet meinetwegen keine Unannehmlichkeiten?«, grüßte der Prinz freundlich.

»Nein, keineswegs! Euer Gast ist höflich, wenn auch sehr still.« Er warf mir einen entschuldigenden Blick zu. »Wir haben diese Sprachbarriere allerdings überwunden und nun sollte sie bereit sein für einen Tag in Stella Maris. Möchtet Ihr etwas essen?«

Der Prinz winkte dankend ab und wandte sich an mich. »Bist du soweit unsere Stadt kennenzulernen? Ich hoffe, du bist ausgeruht und hast keine Angst mehr.«

Der Meermann lächelte gewinnend und seine Iriden glühten in einem warmen Schein, sodass ich meine Angst hinunterschluckte und ihm ein freundliches Lächeln schenkte, während ich nickte.

Er ist ein wunderschöner Mann. Aufmerksam und keine fünfunddreißig, dachte ich, während ich ihn möglichst unauffällig beobachtete. Das Haar trug er kurz geschnitten und es wogte wild um den Kopf herum, sodass er etwas verschlafen wirkte. Die Farbe glich fast der seiner Augen: ein dunkles Braun, das mich an frisch gebackenes Brot erinnerte. Er besaß volle Lippen in einem leicht roten Ton, die einen zum Küssen einluden. Auch der Rest seines Körpers war nicht zu verachten: Unter der recht hellen Haut spannten sich deutliche Muskelstränge, die von enormer Kraft seinerseits zeugten.

Langsam folgte mein Blick diesen Muskeln über die breite Brust, den flachen Bauch, bis hin zu den Hüften, an die sich seine Flosse anschloss. Sie sah, im Gegensatz zu meiner, um einiges größer und kräftiger aus und schillerte in bläulich grünen Farben.

»Gefällt dir, was du siehst?«, sagte er und grinste. Sofort schoss mir die Hitze in die Wangen.

»Das ist dann wohl ein Ja«, feixte er und zwinkerte dem Barmann zu.

Ach du meine Güte, wieso benehme ich mich wie eine läufige Hündin? Allerdings kenne ich keinen Mann an Land, der so gut aussieht.

Allein schon für diese kindischen Gedanken hätte ich mich am liebsten geohrfeigt.

Er ist der Prinz und wird kaum Interesse an einer dahergelaufenen Frau haben, die nicht spricht und über die er nur weiß, dass sie wohl nicht mehr alle beisammen hat.

»Jetzt komm, wir haben heute viel vor.«

Wieder nahm er mich bei der Hand und zog mich aus der Tür. Ich winkte dem älteren Herren zum Abschied.

»Was wollen wir zuerst tun … ah, ich weiß! Bestimmt hast du den Palast nie aus der Nähe gesehen.«

Er wies in Richtung Norden der Stadt, wo ein riesiges Anwesen über allen anderen thronte. Es sah selbst aus der Ferne beeindruckend aus mit seinen Türmen, Erkern und Fahnen, welche sich in den Wogen des Meeres wiegten.

»Möchtest du ihn dir ansehen?«

Ich nickte. Ich wollte so viel wie nur möglich über diese fremde Welt erfahren.

Je näher wir dem Palast kamen, desto wunderschöner wirkte er. Wie die meisten Häuser schien er aus Korallen erbaut worden zu sein. Er funkelte in einem wunderschönen Orange-Rot und Muscheln, deren perlmuttfarbenes Inneres glänzte, zierten ihn. Liebend gerne hätte ich dem Prinzen an meiner Seite gesagt, wie unglaublich schön die Stadt war. Sie trug ihren Namen wahrlich zu Recht. Stattdessen nickte ich nur zu seinen Anekdoten, lächelte ihn an und hoffte, dass er die Dankbarkeit spürte.

»Wenn du möchtest, zeige ich dir den Palastgarten. Er ist für alle Bürger unseres Landes zugänglich – und natürlich für alle Gäste.« Er zwinkerte mir zu, legte die Hand auf den unteren Teil meines Rückens und führte mich mit sanftem Druck zum Palast hin.

Bei seiner Berührung zog sich mein Magen zusammen und ich glaubte beinahe, meine Innereien würden sich verknoten. Komischerweise war es ein zugleich eigenartiges und angenehmes Gefühl.

Nie hatte mich ein Mann so offen und intim berührt, schon gar nicht die nackte Haut. Bei den Meermenschen schien dies gang und gäbe zu sein, denn keine der Frauen trug mehr am Leib als ich.

Keine Panik, für ihn ist das etwas Normales. Passe dich an, du willst ja nicht, dass du noch mehr auffällst als ohnehin schon.

Nie in meinem Leben hatte ich einen schöneren Garten gesehen. Korallen und Seegras strahlten in den verschiedensten Farben und verliehen der Umgebung etwas Magisches. Auf anderen Feldern wuchsen Schwämme in allen Formen und Größen. Ich konnte mich nicht sattsehen an den Pflanzen und Tieren, die ich sonst nie zu Gesicht bekommen hätte. Überall schwammen Krebse und Hummer und ich entdeckte einen Schwarm von Fischen, die leuchteten und sich aufplusterten, sobald man in ihre Nähe kam. Fragend deutete ich auf sie und sah Aramis an.

»Was das für Fische sind? Das sind Plusterfische. Sie sind weit verbreitet in diesen Gewässern. Um ihre Feinde abzuschrecken, haben sie eine solche leuchtende Farbe, die sie giftig wirken lässt. Das Aufplustern soll bedrohlich wirken. Wirklich gefährlich sind sie nicht. Diese kleinen Racker werden dir höchstens mal in den Finger zwicken.«

Ich musste bei der Vorstellung grinsen.

»Möchtest du hierbleiben? Oder willst du lieber den Marktplatz sehen? Die Stände und Händler gefallen dir gewiss.«

Sein kindlicher Übermut steckte mich an. Tatsächlich mochte ich Kleidung und Schmuck sehr gerne, allerdings fragte ich mich, was unter Wasser wohl angeboten wurde. Schließlich waren die Meerfrauen sehr spärlich bekleidet.

Östlich des Palastes, etwas abseits von all dem Treiben der Stadt, erkannte ich den Markt schnell. Hier wimmelte es nur so von Meermenschen. Einige hatten geflochtene Körbe aus Algen oder Ähnlichem dabei, in welchen sich Nahrungsmittel, Stoffe und andere wundersame Dinge stapelten. Waren die Meermenschen in Stella Maris so reich, dass alle sich das leisten konnten?

Es muss schön sein, dass niemand Hunger leidet. Zu Hause habe ich oft genug arme Leute gesehen, die auf der Straße oder in heruntergekommenen Hütten leben. Ob der König sich um alle kümmert?

An einem Stand wurden Stoffe verkauft. Sie glänzten und funkelten wie Edelsteine. Fasziniert nahm ich ein Stück in die Hand und stellte fest, dass es wassergleich durch meine Hände glitt. Die Seidigkeit überraschte mich. Trotz des Wassers, das mich umgab, fühlte es sich kühl und angenehm auf der Haut an.

Aramis, der mich anscheinend beobachtet hatte, begann mit dem Händler um den Preis zu verhandeln.

»Was wollt Ihr für drei Flossenlängen hiervon? Ich biete Euch für jede Länge eine goldene Münze aus Vaters Schatzkammer.«

Die Augen des Kaufmannes vergrößerten sich.

»Eure Hoheit! Dieser Stoff ist nicht so viel wert, wie Ihr bietet. Ich möchte Euch nicht berauben, sondern fühle mich geehrt, dass Ihr meinen bescheidenen Stand besucht und dann in Begleitung einer solch wunderschönen Dame.« Er verbeugte sich vor mir, was mir etwas unangenehm war. »Dieser Stoff passt mit seiner silbernen Färbung perfekt zu den Haaren Eurer Begleitung, mein Prinz. Sie wird darin aussehen wie eine Königin!«

Er übertreibt nur, damit wir die Ware kaufen. Ich kenne diese Taktik zur Genüge. Hoffentlich fällt Aramis nicht darauf herein.

»Ihr habt nicht ganz unrecht, Meister. Wir werden die drei Flossenlängen nehmen. Geht zum Palast und fordert mit diesem Schrieb Eure drei Goldmünzen ein. Den Stoff nehmen wir sogleich mit, Ihr braucht ihn nicht an den Palast zu liefern.«

»Habt Dank, Eure Hoheit! Es ist eine außerordentliche Ehre, Euch bedienen zu dürfen.«

Während Aramis dem Mann das Stück Papier übergab, fragte ich mich, wie das Schreiben unter Wasser funktionierte. Warum verschwamm die Tinte nicht? Welches Papier weichte bei Nässe nicht durch? Aramis bemerkte meinen interessierten Blick, doch sagte er nichts. Vielleicht verstand er nicht, dass es für mich an ein Wunder grenzte, so etwas zu sehen. Bei Gelegenheit würde ich versuchen, ihn darauf anzusprechen. Diese neue Welt faszinierte mich so sehr.

»Ich hoffe, dieser Stoff ist in Ordnung für dich – er passt wirklich gut zu deinem Haar und deiner Flosse. Das wird wirklich wunderschön an dir aussehen.«

Ob des offensichtlichen Komplimentes schoss mir das Blut in die Wangen und ich wandte mich ab. Aber nicht bevor ich ihm einen bösen Blick zugeworfen hatte. Wusste er nicht, dass es unhöflich war, eine Dame zum Erröten zu bringen? Aramis interessierte das nicht im Geringsten, denn er grinste mich verschmitzt an und ich konnte nicht anders, als es ihm gleichzutun.

»Wir werden dir einen Umhang fertigen, damit du nicht versuchen musst, dich mit deinen Armen zu bedecken.«

Vielsagend blickte er auf meine Arme, welche ich ständig vor der Brust oder dem Bauch verschränkte, um die nackte Haut zu verstecken. Beschämt sah ich zur Seite. Ich wollte nicht, dass er für mich Geld ausgab, nur weil ich mich nicht anpasste.

Sein warmer Blick und das schelmische Lächeln jedoch ließen mich einknicken und so nickte ich erleichtert. Er hatte etwas an sich, dass ich ihm nicht lange böse sein konnte. Zwar war dieser Gedanke nicht ganz uneigennützig, doch ich würde hier unten einen Freund brauchen und so, wie er sich gab, war Aramis genau der Richtige hierfür.

Ich schüttelte leicht den Kopf, um den Gedanken an einen längerfristigen Aufenthalt in dieser Stadt loszuwerden. Wer wusste schon, wie lange mir das Abenteuer vergönnt war. Die Meerhexe hatte nichts dergleichen erwähnt.

Du bist töricht, wenigstens danach hättest du fragen sollen, bevor du deine Stimme verkauft hast, schalt ich mich.

Aramis sah mich von der Seite an, ein leises Lächeln auf den Lippen, doch bemerkte er meine gedankliche Abwesenheit offensichtlich nicht.

»Komm, wir gehen in den Palast. Ich habe meinem Vater, dem König, von dir erzählt und er möchte dich kennenlernen. Sicherlich wird er uns helfen, herauszufinden, was zu tun ist.«

Erneut zog er mich in eine Richtung davon, weg vom Markt. Das bunte Treiben würde ich sicherlich vermissen, auch, wenn ich es eben erst entdeckt hatte. Auf den ersten Blick wirkte die Welt hier unten zwar der meinen sehr ähnlich, doch ich spürte, dass die Meermenschen glücklicher waren. Vielleicht war es die Aura, welche die Verkäufer und Besucher des Marktes versprühten, oder einfach das Lächeln, das auf jedem Mund zu finden war. An Land waren die meisten Menschen mit sich selbst beschäftigt und schenkten einander höchstens ein verkniffenes Lächeln, wenn es ihnen etwas brachte. Davon war hier unten nichts zu bemerken und die gute Laune wirkte ansteckend. Allerdings bereitete es mir Sorge, dass Aramis mich zu seinem Vater mitnehmen wollte. Immerhin wusste ich nicht, in wie weit sich die Monarchie von Stella Maris von der von England unterschied. Ob die Frauen hier auch lediglich Zierwerke waren? Hübsch anzusehen, aber innen hohl?

Bei diesem Gedanken konnte ich ein lautloses Kichern nicht mehr zurückhalten. Aramis hatte die Bewegung wohl aus dem Augenwinkel gesehen und sah mich mit hochgezogener Braue an.

»Was ist denn so lustig?«

In einem schwachen Versuch, seine Frage abzutun, zuckte ich mit den Schultern. Allerdings machte ihn das offensichtlich nur neugieriger.

Da mir kein Weg in den Sinn kam, wie ich meine Gedanken pantomimisch darstellen konnte, zeigte ich stattdessen auf den Fetzen Papier, der aus einer seiner Hemdtaschen hervorlugte. Vielleicht würde er dann Ruhe geben und ich würde mehr über diese Welt erfahren.

Schnell zog er den kleinen Fetzen hervor und hob ihn mir hin, sichtlich verwirrt. »Das ist nur ein Stück Tangpapier – was ist daran so besonders? Sicherlich kennst du es.«

Vehement schüttelte ich den Kopf und nahm es ihm aus der Hand. Von der Beschaffenheit war es unserem Pergament sehr ähnlich, doch wenn ich es gegen das Licht hob, erkannte ich einzelne feine Pflanzenfasern. Allerdings war es mir ein Rätsel, wie man darauf schreiben konnte, und Aramis war es offenbar eines, wieso ich die einfachsten Dinge nicht kannte.

Ich rechnete schon damit, dass er mich auslachte, doch stattdessen erklärte er: »Ähm … nun ja, dieses Papier wird aus gepressten und gewebten Algen und Seetang hergestellt. Zumeist wird die Tintenfischtinte mit einem spitzen Gegenstand direkt hineingeritzt, sodass sie zwischen den Fasern verankert wird und nicht verschwimmt. Was Buchstaben sind, muss ich dir sicher nicht erklären, oder?«

Entnervt verdrehte ich die Augen und boxte ihm gegen den Oberarm. Gleich darauf starrte ich ihn geschockt von meiner Reaktion an und hoffte, dass meine Unachtsamkeit keine Konsequenzen nach sich ziehen würde. Woher sollte ich wissen, welche Strafe darauf stand, einen Prinzen zu schlagen?

Aramis begann lauthals zu lachen. Ein angenehmes Geräusch, das tiefer war als seine normale Stimme und einen leichten Schauer über meinen Rücken jagte.

»Wer hätte gedacht, dass du ein solches Temperament besitzt! Und keine Sorge, ich schlage keine Frauen, also bist du vor meiner Rache sicher«, entgegnete er und zwinkerte mir dabei verschwörerisch zu, als teilten wir ein Geheimnis.

»Aber jetzt komm mit, ich glaube nicht, dass der König sonderlich länger warten will«, rief er, schnappte sich meine Hand und zog mich so schnell hinter sich her, dass ich Mühe hatte, mitzuhalten. Und auch, wenn es sich eigenartig anfühlte, öffentlich mit einem jungen Mann Händchen zu halten, musste ich zugeben, dass es sich auch gut anfühlte. Befreiend und gleichermaßen aufregend.

Doch bevor die düsteren Gedanken wieder Überhand nehmen konnten, konzentrierte ich mich auf das Gefühl von seiner Haut auf meiner und hoffte, dass das hier nicht das letzte Mal wäre, dass ich diese Möglichkeit bekam.

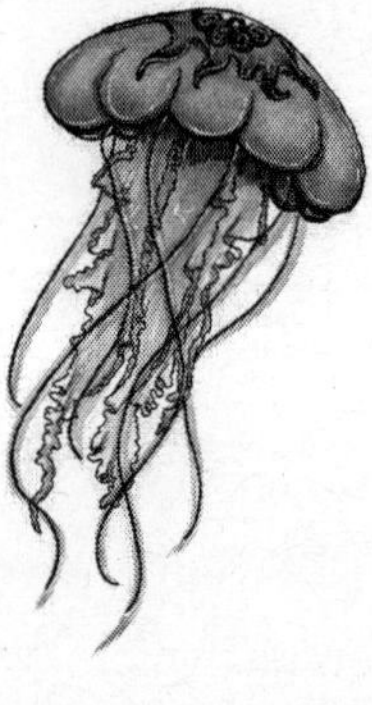

Kapitel 6

Aramis

Als wir im Palast ankamen, brachte ich den Stoff vom Markt zu einer unserer Schneiderinnen. Die unbekannte Schöne nahm ich mit, damit sie bei ihr Maß nehmen konnten. Dies immerhin schien ihr bekannt zu sein, sie schwebte einfach im Wasser und hielt sich mit gelegentlichen Flossenschlägen auf einer Höhe. Verschwunden schien jegliche Ungeschicktheit, die sie gestern an den Tag gelegt hatte. War sie vielleicht unter dem Einfluss eines Rauschmittels oder Ähnlichem gestanden? Oder war sie eine Spionin – der Sirenen womöglich?

Ich beäugte sie unauffällig. Nein, für eine Spionin benahm sie sich zu unerfahren. Sollten sie jemanden schicken, dann niemanden, der so auffiel. Mit einer Hand fuhr ich mir übers Gesicht.

Ich sehe schon Geister. Vater hat mich eindeutig zu viel in diese Fehde eingespannt. Nun sehe ich überall nur Verrat, Heimtücke und Hinterlist. Doch sie ist so anders als alle, die ich sonst kenne. Erfrischend. Wie ihre Haare sich um ihren Kopf schlängeln und ein paar Strähnen auf ihren milchigen Schultern liegen, sieht sie so verletzlich aus.

Am liebsten hätte ich sie in meine Arme geschlossen und ihr versichert, dass alles wieder gut werden würde. Auch ihren Blick, der zwischendurch immer so traurig erschien, hätte ich nur zu gerne aufgehellt. *Sicher ist sie wunderschön, wenn sie wirklich glücklich ist. Schöner als ohnehin.* Sie zog mich wie magisch an und mein Herz schlug schneller, wenn sie in meiner Nähe war. Ich konnte nicht beginnen, mich für jemanden zu interessieren, den ich kaum kannte. Was Vater wohl denken würde, wenn ich ihm davon erzählte? Sicher würde er mich auslachen und sagen, ich solle mir die Hörner abstoßen und dann eine Frau suchen, mit der ich eine Familie gründen möchte.

Allerdings … Ich wage kaum, den Gedanken weiterzuspinnen, schließlich kenne ich sie kaum und weiß nicht, ob sie überhaupt in Stella Maris bleiben wird. Erst einmal sollten wir herausfinden, wo sie herkommt und was es mit ihrer verlorenen Stimme auf sich hat. So lange muss ich mich zurückhalten – es wird besser sein.

Nachdem die Schneiderinnen mir versichert hatten, dass der Mantel gegen Nachmittag abholbereit sein würde, begaben wir uns zum königlichen Thronsaal.

»Hinter diesen Türen wartet Vater auf uns. Es kann sein, dass er keine sonderlich gute Laune hat – dann wird er meist laut und meint es doch nicht böse. Ich hoffe, dass er sich besser benehmen wird, weil du ein Gast in unserem Hause bist und Gastfreundschaft ist uns außerordentlich wichtig. Ich wollte dich nur vorbereiten – nicht, dass du schlecht von ihm denkst.«

Mit großen Pupillen blickte sie mich an und schüttelte den Kopf. Ein selbstsicherer Ausdruck trat in ihre Augen und sie hob trotzig ihr Kinn.

Sie wird sich nicht so leicht unterkriegen lassen. Vater wird seinen Spaß mit ihr haben, immerhin liebt er Herausforderungen.

Ich gab den beiden Wachen an der Tür ein Zeichen und sie öffneten uns die Tür.

»Eure Majestät, Aramis, der Prinz des Königreichs Aquaris, und seine Begleitung«, kündigte Seylo uns an.

Ich schwamm voraus und machte vor dem Thron halt. Kurz darauf folgte die fremde Frau mir, hielt an meiner Seite an und sank in eine mehr oder weniger elegante Verbeugung. Es hatte beinahe den Anschein, als kenne sie sich in den höheren Kreisen der Gesellschaft und der dort vorherrschenden Etikette aus, was durchaus ein Vorteil wäre.

»Vater, das ist die Frau, von der ich Euch erzählt habe«, ergänzte ich unnötigerweise und spürte seinen prüfenden Blick auf uns.

»Komm her und stell dich vor. Mein Sohn sagte mir, dass er dich weit draußen am Riff gefunden hat. Ganz in der Nähe des Strandes. Was wolltest du dort? Und was wichtiger ist: Woher kommst du?«

Er blickte sie forschend an. Nachdem sie den ersten Schrecken überwunden hatte, reckte sie ihr Kinn in die Höhe und verschränkte die Arme vor der Brust. Sie zeigte auf ihre Kehle und schüttelte den Kopf.

Innerlich seufzte ich und hätte am liebsten den Kopf geschüttelt. Vater wusste sehr wohl, dass sie nicht sprechen konnte doch er versuchte vermutlich herauszufinden, ob sie log oder nicht. »Vater, sie kann nicht sprechen, das habe ich dir doch bereits gesagt. Vielleicht kann sie etwas aufschreiben, sodass wir ein paar Anhaltspunkte haben«, versuchte ich, ihn zu besänftigen.

Er nickte. »Bist du des Schreibens mächtig, junge Dame?«

Sie nickte, offensichtlich erfreut, dass sie von Nutzen sein konnte.

»Bringt ihr eine Muschel, Papier und Tinte!«, forderte der König und ein Diener kam seiner Bitte sofort nach.

Er überreichte mir eine angespitzte Muschel und die Tinte eines Tintenfisches. Außerdem ein Stück Tangpapier.

Ich übergab alle Utensilien an die Frau und wies sie an, sich an den kleinen Sekretär zu setzen, der sich in der hintersten Ecke des Saales befand.

Sie tauchte die Muschel in die Tinte, legte sie auf die Alge und schrieb seltsam geformte Buchstaben.

Ich starrte zuerst auf das Papier und dann wieder in ihre Augen, die voller Erwartung leuchteten. Mir allerdings sank das Herz, denn ihre

Schrift sah vollkommen anders aus als unsere. Die Buchstaben ähnelten keiner Schrift, die ich lesen konnte. Sie zeigte immer wieder darauf und dann auf sich.

»Ist das dein Name?«

Sie nickte.

Immerhin ein Hinweis. Wenn auch kein großer, da ich nicht sagen konnte, was es bedeutete. Also blieb mir wohl nichts anderes, als weiter zu raten.

»Es tut mir wirklich leid, aber ich kann deine Schrift nicht lesen, du wirst mir also helfen müssen.«

Ein entschlossener Ausdruck trat in ihre Augen und sie wartete darauf, dass ich etwas sagte.

»Gut, ähm. Kann ich deinen Namen von einem anderen Wort ableiten?«

Ein schnelles Nicken war ihre Antwort und währenddessen zeigte sie sowohl auf ihre Schwanzflosse als auch auf ihren Hals. Eine eigenartige Kombination und ich konnte mir nicht erklären, was es bedeuten sollte. Aufgeregt gestikulierte sie erneut zu ihrem Hals und bewegte dabei den Mund, als würde sie lauthals singen.

»Gesang und die Schwanzflosse … meinst du damit - oh, du meinst eine Sirene, habe ich recht?« Der Geistesblitz kam mir gerade recht. Ein Name also, der so ähnlich wie Sirene klang.

»Sirena?«, riet ich ins Blaue und sie lachte kopfschüttelnd.

»Serenade?«, fragte ich nach einem Moment. Sie wackelte mit dem Kopf hin und her. Kein klares Nein, aber auch kein Ja.

»Serena?«

Bei dem Namen begann sie zu strahlen und ich tat es ihr gleich. Es freute mich irgendwie, dass wir beide uns auch unterhalten konnten, ohne dass sie ein Wort sagte.

»Gut, das wäre geklärt«, schaltete sich der König wieder ein. »Serena, es ist für Meereswesen sehr ungewöhnlich, stumm oder taub zur Welt zu kommen. Du hast deine Stimme verloren – gehe ich richtig in der Annahme?«

Er besah sie mit einem prüfenden Blick und wieder nickte sie, wenn auch zaghafter.

»Dachte ich es mir. Wir sollten herausfinden, was dich deine Stimme gekostet hat. So etwas ist nur mit einem mächtigen Zauber oder Fluch möglich …« Er strich sich über den weißen Bart. »Aramis, geh mit ihr in die königliche Bibliothek. Dort gibt es genug Aufzeichnungen über Magie und Flüche – vielleicht werdet ihr fündig. Kehre danach zu mir zurück oder schicke eine der Wachen mit euren Erkenntnissen.«

An Serena gewandt fügte er hinzu: »Das alles scheint neu für dich zu sein, aber ich hoffe, du gewöhnst dich an uns, schließlich ist es durchaus möglich, dass du einige Zeit bei uns festsitzt.«

Sie sah ihn verwirrt an, machte aber keine Anstalten zu antworten. Ihre Miene verriet nicht, ob sie von dieser Aussicht begeistert war.

»Was meinst du damit, Vater? Wieso festsitzen? Sie ist doch wohl keine Gefangene?«

Den leichten Anflug von Panik konnte ich nicht aus meiner Stimme verbannen und Poseidon schien das zu amüsieren.

»Nein, Sohn, das ist sie nicht. Sondern unser Gast. Da sie uns allerdings nicht viel verraten kann, wäre es sinnvoll, erst einmal mehr über den Fluch herauszufinden. Vielleicht kann sie ihre Stimme wiederbekommen und dann sehen wir weiter. Ich werde eine junge Frau nicht allein in den offenen Ozean schwimmen lassen. Für was für ein Monster hältst du mich? Und jetzt geht in die Bibliothek, es gibt viel zu tun.«

»Ja, Vater«, sagte ich und verbeugte mich tief.

Serena, die wieder an meiner Seite schwamm, tat es mir gleich und folgte mir danach hinaus in den Gang.

Eine merkwürdige Stille machte sich zwischen uns beiden breit und immer wieder überkam mich der Zwang, sie aus den Augenwinkeln zu beobachten. All ihre Bewegungen glichen meinen zwar aufs Haar, doch ihnen fehlte es an der eigentümlichen Eleganz des Meervolkes.

»Serena. Das ist ein wunderschöner Name. Er bedeutet so viel wie *Die mit der goldenen Stimme*«, plapperte ich los, um die Stille mit Worten zu füllen. Vor allem aber aus dem Gefühl heraus, dass ich es musste.

Mir fiel auf, was ich da gesagt hatte, und versuchte mich aus der peinlichen Situation herauszumanövrieren. »Nicht, dass ich weiß, wie deine Stimme klingt …«

Ich benahm mich wirklich nicht einfühlsam und das kannte ich so von mir gar nicht. Serena allerdings lachte, ohne dass ein Laut über ihre vollen Lippen kam.

Immerhin grollt sie mir wegen der unbedachten Aussage nicht.

»Sicher ist deine Stimme genauso schön, wie es dein Aussehen vermuten lässt«, sprudelte es aus mir hervor, in einem fruchtlosen Versuch, die Situation irgendwie zu entschärfen. Damit beschwor ich jedoch eine noch unbehaglichere Stimmung herauf.

Beschämt sah sie zu Boden, während sich ihre Wangen rötlich verfärbten. Es stand ihr gut zu Gesicht, doch sie selbst schien es nicht zu mögen und so wandte auch ich den Blick ab. Schließlich wollte ich nicht, dass sie sich unwohl fühlte.

Unabsichtlich war ich ihr immer näher gekommen, sodass wir nun nur eine Handbreit voneinander entfernt schwammen. Sie bemerkte es, denn sie schaute mich mit großen Augen an.

Langsam hob ich die Hand, strich ihr eine Strähne des Haares hinter die Ohren und streifte dabei sanft ihre Wange. Sie schloss die Lider und schmiegte sich in meine Berührung.

Doch der Moment wurde jäh von einer Wache unterbrochen. »Prinz Aramis, der königliche Bibliothekar erwartet Euch und Miss Serena bereits. Der König hat mich geschickt, um ihn über Eure Ankunft zu informieren. Soll ich Euch zu ihm bringen?«

Wie vom Schlag getroffen zuckten wir beide zurück.

»Ähm … nein, danke. Das ist nicht weiter nötig. Habt Dank«, sagte ich und versuchte, mir nichts anmerken zu lassen.

Die Wache nickte pflichtbewusst, schwamm von dannen und übersah Serenas und meine geröteten Wangen.

Schließlich haben wir nichts Verbotenes getan. Die Wachen haben vermutlich schon Schlimmeres gesehen.

Es war ein unschuldiger Moment gewesen, frei von etwas, für das ich mich hätte schämen müssen, und doch war es mir unangenehm, dass jemand anderes ihn zerstört hatte. In Liebesdingen hatte ich zwar kaum Erfahrung vorzuweisen, doch ich war nicht blind. Die Berührung war Serena nicht vollkommen unangenehm gewesen, sonst hätte sie meine Hand weggeschlagen – oder?

Ach, bei Nayla, ich machte mir schon wieder viel zu viele Gedanken um etwas, das vermutlich nur in meinem Kopf existierte. Ich sollte es dabei belassen.

Etwas aufgewühlt setzten wir den Weg zur Bibliothek fort. Sie befand sich im Ostflügel des Palastes und beherbergte mehr Bücher, als ich jemals würde lesen können. Von alten Reiseberichten, Märchen und Sagen über Rezeptbücher bis hin zu Liebesromanen war jedes Genre in dieser Bibliothek vertreten. Die Regale erstreckten sich bis unter die Decke und steinerne Leitern gaben einem die Möglichkeit, die oberen zu erreichen.

Trotz dass es sich um eine königliche Bibliothek handelte, hatten gewisse Meermenschen Zutritt, zum Beispiel Lehrer, Ärzte und

Geschichtenerzähler. Mit einem Schriftstück bekam man Einlass zu der Abteilung, die für den ausgeübten Beruf notwendig war, erteilt. Als Mitglied der königlichen Familie hatte ich natürlich uneingeschränkten Zugang.

Onorphius, der alte Bibliothekar, erwartete uns am Eingang, doch Serena schenkte ihm keine Beachtung. Sie hatte lediglich Augen für all die Bücher, die so tief und dicht in den Regalen standen, dass sie nicht davonschwammen. Die kostbarsten waren außerdem mit Schlingpflanzen befestigt worden und konnten nur ein Stück weit herausgezogen werden. Der alte Mann verneigte sich zur Begrüßung so tief, dass sein grauer Bart den Boden streifte. »Eure Hoheit, es ist mir eine Freude, Euch wieder in meinem Reich willkommen heißen zu dürfen.«

Mit einem Blick auf Serena fügte er hinzu: »Wie ich sehe, seid Ihr dieses Mal nicht allein. Wer mögt Ihr sein, verehrte Dame?«

Sie schenkte ihm ein gewinnendes Lächeln und ich antwortete für sie.

»Das ist Serena. Gestern habe ich sie am Riff gefunden, sie hat ihre Stimme verloren und hat uns lediglich ihren Namen mitgeteilt. Der König schickt uns hierher, um mehr über Magie und Flüche herauszufinden, die einem die Stimme rauben.«

Der alte Onorphius hatte aufmerksam gelauscht und seine Augen blitzten spitzbübisch. »Natürlich, Eure Hoheit. Folgt mir, ich bringe Euch zur Abteilung der weißen und schwarzen Magie, wie die Sirenen sie praktizieren.«

Serena blickte verwirrt zu mir.

»In den Adern der Sirenen fließt laut einer Sage das Blut der Meeresgöttin, welches ihnen die Macht der Magie verleiht«, erklärte ich ihr, während wir dem Bibliothekar hinterher schwammen. »Einige von ihnen setzen sie zum Wohl des Meeres ein und dazu, anderen mit ihren

Heilkünsten zu helfen. Jedoch sind nicht alle von ihnen gut. In ihrer Hauptstadt, Teyloa, kam es schon des Öfteren zu Übergriffen durch schwarze Hexen oder Magierinnen. Sie schließen sich zu sogenannten Zirkeln zusammen und verfolgen nur ein Ziel: die Herrschaft über Aquaria zu bekommen und meine Familie vom Thron zu vertreiben. Trotz der vielen Verhaftungen, die Vater durchführen lässt, wird es nur schlimmer.« Ich seufzte. »Bis jetzt haben wir keine Lösung gefunden, obwohl der Frieden zwischen den beiden Völkern alles ist, was Vater will. Er ist des Kämpfens müde … ich möchte dich allerdings nicht damit belasten. Aber deshalb ist die Magie mit den Sirenen verbunden«, beendete ich den Vortrag.

Serena schien fasziniert von unserem Thema und schwamm ein wenig schneller, um mit Onorphius Flosse halten zu können.

»Hoheit, wir sind da. Die Regale zu meiner Rechten befassen sich mit Flüchen und Zaubersprüchen. Sicher werdet Ihr dort fündig. Im Falle, dass Ihr gezielt nach Flüchen sucht, schlage ich Euch *Tausend Flüche und ihre Anwendung* vor. Oder ein Nachschlagewerk wie die *Enzyklopädie der Zauber* wäre bestimmt hilfreich. Wenn Ihr nach einem Fluch aus einer Legende oder einem nicht mehr angewendeten Fluch oder Zauber sucht, zieht Ihr am besten *Legenden der Flüche – wie sie angewendet wurden und ihre heutige Bedeutung* zu Rate. Soll ich Euch weitere Titel suchen, dass Ihr besser vorankommt?«

Er verbeugte sich abermals, ehe ich sagte: »Danke, Onorphius. Ihr habt uns genug geholfen, jetzt ist es an uns, das richtige Buch zu finden.«

Damit zog sich der alte Mann zurück, um sich seinen eigenen Aufgaben zu widmen.

»So, da wären wir. Ich würde sagen, wir beherzigen Onorphius' Rat. Er kennt sich in dieser Bibliothek aus wie in seiner Westentasche. Du nimmst dir die Enzyklopädie vor und ich werde mich den *Legenden der Flüche* widmen, in Ordnung?«

Wieder nickte sie, diesmal mit einem Funken Aufregung in ihrem Blick. Dieser verschwand, als sie die erste Seite eines Buches zu ihrer Rechten aufschlug und offensichtlich versuchte, die Wörter zu entziffern. Das Buch war in der gängigen Meersprache von Stella Maris verfasst worden und so wenig, wie ich ihre Schrift hatte lesen können, war sie in der Lage, die meine zu lesen. Ein Umstand, der unsere Situation vielleicht nicht leichter machte, doch wir würden es schaffen.

Vorsichtig berührte ich sie an der Schulter und sie sah mich betrübt an. »Mach dir keine Gedanken. Dann … leistest du mir eben einfach Gesellschaft. Ist das nicht besser, als allein zu sein?«

Dem hatte sie nichts entgegenzusetzen und ein trauriges Lächeln erschien auf ihren Lippen. Es versetzte mir einen Stich und nur zu gerne hätte ich es in ein wahres Lachen verwandelt, doch dazu blieb mir keine Zeit.

So fasste ich neuerlich nach ihrer Hand und zog sie zwischen den Regalen hindurch, während ich nach einem Buch suchte, das vielleicht des Rätsels Lösung sein würde. Schließlich wollten wir beide nicht, dass sie für immer stumm blieb. Serena vermutlich, da es ihr lästig war, nicht sprechen zu können und ich … ja, ich würde diese eigenartige Frau nur zu gerne besser kennenlernen. Eine Aufgabe, die mit Hilfe von Worten sicherlich leichter wäre als allein mit Taten.

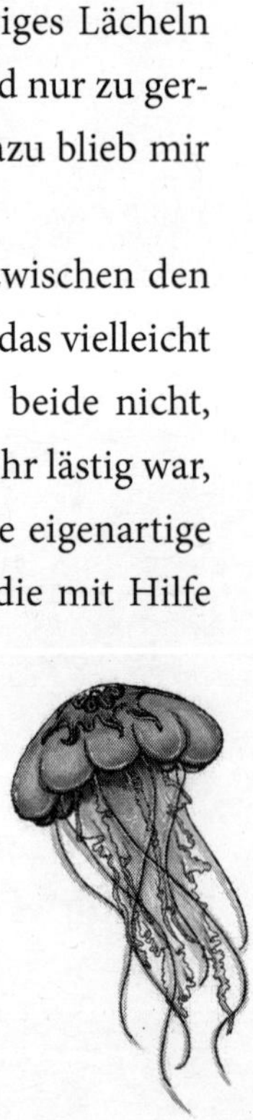

Kapitel 7

Serena

Ich spürte Aramis' Blick im Rücken, doch wandte ich mich nicht um. Was tat er nur mit mir? So wie vorhin verhielt ich mich sonst nicht, vor allem wenn ich einen Mann kaum kannte.

Serena, benimm dich gefälligst. Was würden deine Eltern zu diesem Verhalten sagen? Bei der Vorstellung, dass mir die Meinung meiner Eltern so wichtig war, erschrak ich selbst.

In seiner Nähe schaltete sich mein Verstand aus und der Körper übernahm das Ruder – nicht unbedingt die beste Entscheidung, doch seine Berührungen **fühlte**n sich so gut an. So richtig. Wann immer wir uns direkt anblickten, sprühten seine Augen Funken.

Sah er es ebenso? Konnte er dieses Kribbeln in der Magengrube auch spüren, wenn er mich berührte?

So ganz wollte ich dem nicht nachgeben, war doch alles viel zu neu und unbekannt und darauf wollte ich mich nicht verlassen.

Vielleicht werde ich bald erkennen, ob es ihm genauso geht wie mir. Da ist auf jeden Fall etwas zwischen uns, ich spüre es. Das ist keine Einbildung. Aber nur, weil ich ihn ausgesprochen attraktiv finde, heißt es ja noch lange nicht, dass ich ihn gleich heiraten muss, oder?

Legenden der Flüche fand Aramis schnell und zog das Buch vorsichtig aus dem Regal. Trotz, dass es unter Wasser lagerte, war es weder gewellt noch sonst irgendwie beschädigt – eine Tatsache, die mich noch immer in Staunen versetzte. Anscheinend gab es in Stella Maris nicht nur eigenes Papier, sondern auch Leder. Unter meinen Fingern fühlte sich der Einband der Bücher wie Fischhaut an. Die Verankerungen der

Bücher waren äußerst raffiniert und ich beobachtete die Regale fasziniert.

Das ist wahre Magie!

Neugierig schlug ich ein Buch auf und überflog die Seiten. Auch, wenn ich die beinahe schon malerischen Schriftzeichen nicht lesen konnte, machte es Spaß, sie mir anzusehen. Dann fühlte ich mich immerhin nicht ganz so nutzlos. Auch wenn ich mich fragte, weshalb ich die gesprochene Sprache des Meervolkes verstehen, jedoch nicht ihre Schrift lesen konnte. Vermutlich hing es mit dem Fluch der Sirene zusammen, der mich in eine Meerjungfrau verwandelt hatte. Immerhin war ich so nicht ganz verloren und konnte minimal mit den Meermenschen kommunizieren.

Als ich meine Aufmerksamkeit wieder auf das Buch lenkte, sah ich, dass es farblich illustriert war. Es stellte vermutlich die Anwendung der Flüche in Szenen dar. Bisher hatte ich allerdings nichts erkennen können, was meiner Erfahrung gleichgekommen wäre.

Während ich weiter suchte, kam ich nicht umhin, zu bemerken, dass Aramis mich immer wieder aus den Augenwinkeln beobachtete und so schmeichelhaft es zu Anfang auch gewesen sein mochte, wurde es langsam unangenehm.

Hatte er kein Anstandsgefühl?

Die ungekannten Aufmerksamkeiten waren mir ein wenig unangenehm. Trotzdem musste ich das zugeben: Prinz Aramis war wachsam. Außerdem sehr freundlich. Auch wenn er mich ab und zu gefoppt hatte, war er weder aufdringlich noch uninteressant.

Ich sollte mir weniger Gedanken um den Prinzen und mehr um mein eigenes Schicksal machen, dachte ich und blätterte weiter durch das Buch.

Innerlich seufzte ich und ließ mich mit dem Rücken zu den Regalen gewandt auf den Boden sinken. Mittlerweile kam ich mit der Flosse besser zurecht. Auch an Land hatten meine Bewegungen nicht immer grazil gewirkt, wie es sich für eine Tochter aus gutem Hause geziemte, doch das hatte mich nie gekümmert. Schließlich hatte ich niemals vorgehabt, mich wegen eines Mannes zu verstellen.

Ob sie mein Fehlen bereits bemerkt haben? Sie werden ganz krank vor Sorge sein. Denken sie, ich sei tot? Oder durchgebrannt? Wird Mutter sich Vorwürfe machen, dass sie mir ein Ultimatum gestellt hat? Hoffentlich erlauben sie Lord Ragby, die Verlobung ohne viel Aufsehen zu lösen – er ist ein guter Mann, er wird eine Frau glücklich machen. Allerdings nicht mich.

Erneut sah ich zu Aramis hinüber, der in einer ähnlichen Sitzposition an den Regalen gegenüber lehnte. Hübsch anzusehen war er, keine Frage. Verbarg sich dahinter mehr? Oder war das alles nur Schau? Weshalb fragte ich mich das überhaupt? Warum blies ich Trübsal, wenn ich wusste, dass sich mein Wunsch nach Freiheit erfüllt hatte? Zumindest mehr oder weniger.

Die Antwort darauf war schnell gefunden – so angenehm ich das Leben unter Wasser bisher fand, wollte ich nicht ein Leben lang auf meine Stimme verzichten. Sie wiederzubekommen war erst einmal das Wichtigste. Ja, das schien mir ein schlauer Schritt, schließlich konnte ich nicht alles auf einmal in Angriff nehmen. Der König hatte zumindest den Anschein gemacht, als dürfte ich im Palast wohnen. Hier war es auch am wahrscheinlichsten, dass ich etwas über meine verlorene Stimme herausfand.

Gerade da ich die Augen abwenden wollte, hob Aramis seinen Kopf und unsere Blicke trafen sich. Seine Iriden strahlten solch eine Wärme aus, dass ich dachte, sie wirklich zu spüren, und die Lippen des Prinzen kräuselten sich zu einem leichten Lächeln.

Als er mich weiter unverhohlen musterte, wurde es mir zu bunt. Schließlich war ich kein Tier! Zuerst sah ich zur Seite, um die aufsteigende Röte in meinen Wangen zu verstecken, das Glucksen, das von der anderen Regalseite zu hören war, machte mich jedoch wütend. Was bildete er sich ein?

In diesem Moment wusste ich mir nicht anders zu helfen, nahm das Buch in meinem Schoß und pfefferte es in seine Richtung. Offensichtlich hatte er nicht mit so einem Angriff gerechnet. Er sah das Buch zu spät und es erwischte ihn mit voller Wucht am Kopf.

Erschrocken fuhr ich auf und eilte zu ihm hinüber. Denn damit hatte ich nun wiederum nicht gerechnet – ich war davon ausgegangen, dass der Wasserwiderstand die Wucht abbremsen und das Buch Aramis nicht treffen würde.

Ist er verletzt? Oh, ich dumme Gans, wie bin ich nur auf die Idee gekommen, einen schweren Gegenstand nach ihm zu werfen? So schlimm ist sein Lachen nicht gewesen …

Aramis sah mich verwundert an und rieb sich den Kopf.

»Du bist gefährlicher, als du aussiehst, Serena. Ich sollte den Wachen und Höflingen Bescheid sagen, nicht dass jemand in deiner Gegenwart lacht und du ihn mit einem spitzen Stein bewirfst«, scherzte er.

Ich versuchte, ebenfalls darüber zu lachen, doch die Besorgnis, ihn ernsthaft verletzt zu haben, war größer.

»Hör auf, so dreinzublicken, mir ist nichts passiert. Das ist nur ein Kratzer. Glaube mir, mit älteren Brüdern habe ich wesentlich schlimmere Wunden davongetragen, so leicht haut mich das nicht um.«

Sein Ausdruck wich einem jungenhaften Grinsen, das ihn jünger und abenteuerlustig aussehen ließ. Sanft, aber bestimmt schob er mich ein Stück nach hinten.

»Du hast dich wirklich um mich gesorgt, oder? Das ist … nett.«

Nun rieb er sich den Hinterkopf und blickte entschuldigend zu mir auf.

Um mein Bedauern auszudrücken, überwand ich meine Scheu und strich ihm sacht über den Oberarm. Seine Haut fühlte sich glatt an und ich spürte, wie sich die Muskeln unter der Haut zusammenzogen. Auf seinem Arm bildete sich eine Gänsehaut, die ihm ein leichtes Zittern entlockte.

Er ist angespannt, stellte ich fest. *Wieso nur?*

Meine Erziehung hatte mir immer verboten, fremde Menschen ohne ausdrückliche Erlaubnis zu berühren, doch hier schien eine kleine Berührung gang und gäbe zu sein. Das, was vorhin im Gang passiert war … irgendetwas war da zwischen uns geschehen. Es hatte sich seltsam angefühlt und trotzdem richtig.

Um ihn nicht weiter in Verlegenheit zu bringen, zog ich die Hand zurück und sank vor ihm auf den Boden hinab. Eine Stille umgab uns, die keiner wagte zu durchbrechen. Es war eine angenehme Stille, die keiner weiteren Worte bedurfte.

Ich ließ den Blick durch die Reihen von Lederrücken schweifen. So viele Bücher hatte ich im ganzen Leben nicht gesehen. Ob Onorphius sie alle gelesen hatte? Dazu müsste er mehrere Jahrhunderte alt sein. Wie alt wurden Meermenschen überhaupt? Alterten sie wie Menschen? An so etwas sollte ich jetzt nicht denken, schließlich hatte ich noch Zeit, das herauszufinden.

Plötzlich sah Aramis nach unten und wollte das Buch ,welches ich geworfen hatte, aufheben, da hielt er mitten in der Bewegung inne. Es lag aufgeschlagen auf dem Boden und die Zeichnung auf der rechten und der Text auf der linken Seite weckten meine Aufmerksamkeit. Zwei Frauen an einem Strand. Eine von ihnen geschmückt mit einer riesigen Schwanzflosse und die andere offensichtlich ein Mensch.

»Gesang der Götter«, las Aramis vor und zog es zu sich, um den Rest lesen zu können. Schnell überflog er die Doppelseite und murmelte immer wieder vor sich hin.

Aufgeregt deutete ich auf das Buch, doch Aramis schien zu sehr in Gedanken versunken, um etwas davon mitzubekommen. Ich fasste mir ein Herz und kniff ihn in die Seite, was ihn jäh aus den Überlegungen riss.

»Au, was tust du da? Zuerst sorgst du dich um mich und dann kneifst du mich? Also irgendwas läuft gewaltig schief«, ereiferte er sich, bis er merkte, wie verzweifelt ich versuchte, ihn auf die aufgeschlagenen Seiten hinzuweisen.

»Das Bild? Kommt es dir bekannt vor? Ist es das, was du versuchst, mir zu sagen?«, fragte er und ich nickte schnell.

Bei meinen Gesten begannen seine braunen Augen förmlich zu strahlen, so wie die Sterne über dem Meer.

»So ist das also … kann das wahr sein? Bisher hatten wir angenommen, es handle sich hierbei um eine Legende. Ein Märchen, dass die Ammen den kleinen Kindern zum Einschlafen erzählen …«

Er murmelte ein paar andere Sachen vor sich hin, die ich nicht verstand. Konnte ein Buch, das mit Legenden und sagenumwobenen Flüchen gefüllt war, des Rätsels Lösung sein? Eventuell bekam ich meine Stimme schneller als gedacht zurück. Aber hieß das, dass ich auch auf den Rest verzichten und in mein Zuhause zurückkehren musste?

Bei dem Gedanken, diese Welt hinter mir lassen zu müssen, zog sich etwas in mir schmerzhaft zusammen. Obwohl ich erst so kurz darin verweilte, wollte ich sie nicht verlassen. Es gab so vieles, das ich nicht entdeckt hatte, und ich würde nicht eher ruhen, bis ich alles gesehen hatte.

»Serena, ich denke, du bist da auf etwas gestoßen. Kann es sein, dass du deine Stimme gegen einen Wunsch eingetauscht hast?«

Ich nickte.

»Das ist gut, einen Schritt näher an des Rätsels Lösung sind wir nun immerhin. Und … wurde dein Wunsch erfüllt? Hat sich der Handel für dich gelohnt?«

Ich wusste nicht, ob ich nun den Kopf schütteln oder nicken sollte. Hatte er sich erfüllt? Da war ich mir selbst nicht so sicher, daher wiegte ich den Kopf erst ein wenig unentschlossen hin und her und nickte am Ende doch.

»Du bist sonderbar, weißt du das?« Er lachte. »Gut, beantworte mir die Frage nicht. Ich gehe trotzdem davon aus, dass dich die Legende interessiert.«

Dieses Mal hatte er mit seiner Vermutung ins Schwarze getroffen. Es klang zwar irgendwie albern, sich auf Märchen und Sagen zu verlassen, doch ich wollte wissen, was sich dahinter verbarg und so nickte ich eifrig, während ich ihm ein Lächeln schenkte.

Dem Prinzen schien meine Neugierde zu gefallen, denn er begann sogleich zu erzählen. »Früher waren wir Meermenschen und die Sirenen ein Volk, bis zu einem verheerenden Krieg. Als er nach langen Jahren des Verlustes und des Entbehrens geschlagen wurde, stellten wir Meermenschen den neuen König: ein Vorfahre meines Vaters. Seither ist meine Familie die königliche Familie von Aquaris. Den Sirenen passte dies überhaupt nicht, da sie etwas von der Macht und dem Ansehen abhaben wollten. Doch würde meine Familie niemals zugunsten der Sirenen auf ihr Geburtsrecht verzichten und so hat sich der Hass auf uns immer mehr verstärkt. Die Anführerin der Sirenen, die sich selbst Königin nennt, möchte Vater und unsere Familie tot sehen oder zumindest weit weg vom Thron. Nun kommt die Legende ins Spiel. Sie besagt, dass es den Sirenen mit Hilfe ihrer Magie möglich ist, einen mächtigen Gesang zu erschaffen, der alle Lebewesen kontrollieren vermag, ohne dass sich jemand seiner Macht entziehen kann. Der Gesang der Götter. Angeblich soll die Meeresgöttin Nayla diesen Gesang beherrscht haben und so ihre Geschwister dazu gebracht haben, den Krieg zwischen den Göttern zu beenden.«

Wie gebannt hing ich an seinen Lippen und er genoss es sichtlich, meine volle Aufmerksamkeit zu besitzen. Schon jetzt nahm seine Erzählung vor meinem inneren Auge Gestalt an und ich fragte mich, wie sie weitergehen würde. Eigentlich war es traurig, dass auch hier unten Krieg um ein Königreich geführt wurde, ich hatte gehofft, dass die Welt unter Wasser friedlicher als meine wäre. Gleichzeitig fragte ich mich, was mit den Sirenen wohl geschehen war, dass ein solcher Zwist zwischen den Völkern herrschte.

»Sie nutzte die Gabe ausschließlich für den Frieden, doch ihre ältesten Kinder, die Sirenen, waren machthungrig und wollten nicht nur das Meer, sondern ebenso das Land erobern. Schließlich waren sie in der Magie bewandert, wieso sollten sie sich von einem König beherrschen lassen, der genauso gewöhnlich war wie ein Mensch? Mit schwerem Herzen verbannte Nayla ihre Kinder auf den Grund des Meeres und raubte ihnen ihre Schönheit. Wallendes Haar und glitzernde Fischleiber wichen einem grotesken Aussehen, das an die Tiefseefische erinnerte. Messerscharfe Zähne, geschlitzte Pupillen und ledrige Haut bedeckten nun ihre Körper, außerdem wandelte sich ihre Flosse zu der eines Haies. Sie wurden als das ausgewiesen, das sie waren: Raubtiere und Wesen der Dunkelheit. Es erzürnte sie und sie wüteten am Grunde des Meeres. Bis heute wächst dort unten so gut wie nichts. Nur besonders hartnäckige Pflanzen und Tiere überleben dort. Natürlich war der Zorn der Sirenen nie ganz verflogen und so organisierten sie sich, um gegen meinen Vater vorzugehen. Bisher ist es keinem der Attentäter gelungen, in seine Nähe zu kommen. Die Leibgarde des Königs nimmt nur die Besten der Besten auf, um die Sicherheit zu gewährleisten. Allerdings heißt es, dass die Sirenen Bücher besitzen, die nicht einmal in dieser Bibliothek vorhanden sind. Verbotene Schriften, mit altem Wissen aus den Tagen der Göttin. In einem dieser Originale fanden sie einen Fluch, der die Gabe der Göttin, den Gesang der Götter, selbst in einer Sirene erwecken könne. Doch ist das Ritual schwer und nicht ohne Opfer zu bewerkstelligen. Die Sirene muss stark genug sein, den Kräften der Meeresgöttin zu trotzen und lebend davonzukommen. Außerdem bräuchten sie zwei weitere Zutaten für das Ritual. Einen Mann und eine Frau, in wahrer Liebe verbunden, mit der Stimme des Herzens.«

Aramis legte eine Verschnaufpause ein. Ich versuchte, ihn nicht zu sehr anzustarren oder zum Weiterreden zu drängen, doch ich musste unbedingt wissen, wie die Geschichte ausging. Sie war viel zu spannend, als dass ich es verpassen wollte. In unserer Bibliothek hatte ich ab und an einmal einen Folianten mit alten Geschichtsaufzeichnungen gefunden und auch mein Lehrer hatte mich unterrichtet, doch unsere Vergangenheit war bei weitem nicht so spannend und voller Magie.

Irgendwann dauerte mir sein Schweigen zu lange und ich streckte meine Flosse aus, sodass meine seine ganz sanft berührte, was Aramis, der mit gläsernem Blick in die Ferne schaute, aus seinem Tagtraum riss. Erst blinzelte er verwirrt und ich schenkte ihm ein Lächeln. Er verstand sofort.

»Oh, tut mir leid, ich war so in Gedanken versunken, dass ich vergessen habe, weiter zu erzählen. Was wollte ich sagen? Ach ja! Die Stimme des Herzens. Es ist die Essenz des Zaubers und nur sie, die Stimme der wahren Liebe, befähigt die ausgewählte Sirene dazu, die Macht der Göttin zu erlangen und ihren Sirenengesang so zu erweitern, dass er unwiderstehlich wird. Niemand würde sich ihr mehr in den Weg stellen und der Thron von Aquaris und unser gesamtes Königreich wäre das ihre. Diese Stimme zeigt sich nur, wenn zwei Herzen im selben Rhythmus schlagen und ihre Besitzer das erkennen. Besiegeln sie ihre Liebe mit einem Kuss, wird die Macht freigesetzt und kann von der Frau, der sie innewohnt, genutzt werden. Der Kuss ist lediglich der Katalysator, der alles ins Rollen bringt. Was sie wirklich brauchen, sind die Stimmen der Menschen. Du fragst dich bestimmt wieso. Unsere geliebte Göttin Nayla hat einen Bruder, Ernobius. In unserem Glauben ist er ihr Gegengewicht. Der Gott des Landes, der Erde und Schutzgott der Menschen. Sie liebte ihn mehr als sonst eines ihrer zahlreichen Geschwister und schon immer verband die beiden tiefe Zuneigung und Achtung gegenüber ihren Kindern und Schutzbefohlenen. Ohne das Wasser besteht das Land nicht und selbst im Ozean findet man Sand auf dem Grund. Dieser besonderen Art von Geschwisterliebe ist es geschuldet, dass Naylas Erbe nicht ohne einen Anteil ihres Bruders vollendet werden kann. Die Menschen fürchten sich nicht umsonst vor schönen Sirenen, welche singend auf Felsen und Riffen sitzen und auf unachtsame Seefahrer warten, um sie in ihr Verderben zu ziehen. Der Ozean ist tief und viele Seefahrer sind ohne Wiederkehr auf See verschollen.«

Aramis seufzte schwermütig. Offensichtlich lag ihm etwas auf dem Herzen und ich wollte wissen, was es war. Deshalb legte ich den Kopf schrägt und sah ihn fragend an.

Er lachte leise und erklärte sich. »Dieses Thema ist mir unangenehm, weil die Menschen keinen Unterschied zwischen uns Meermenschen und den Sirenen machen. Selbst wenn wir uns ihnen offenbarten. Sie würden uns hassen und jagen, ganz gleich ob wir für ihr Leid verantwortlich sind oder nicht. Schließlich liegt es nicht in der Natur der Menschen, zuerst zu denken und dann zu handeln. Nicht nur ein Meermann hat sein Leben gelassen, während er die Menschen beobachtet oder versucht hat ihren Booten nahe zu kommen. Seit sich diese Vorfälle häufen, ist ein Oberflächenverbot verhängt worden. Ohne ausdrückliche königliche Erlaubnis darf kein Bewohner von Stella Maris an die Oberfläche schwimmen.«

Nun verstand ich seine betrübte Stimmung und auch, wenn mir bei seinen Worten das Herz schwer wurde, konnte ich nichts dagegen vorbringen. Man musste sich bloß die Geschichte der Menschheit anschauen, die voll von Blut und Leid war, um zu wissen, dass sie nicht auf Frieden aus waren, sondern auf ihren eigenen Vorteil. Sollten sie wirklich auf die Bewohner des Meeres treffen wäre es sicherlich nicht anders, davon war ich überzeugt. Seit ich in Stella Maris angekommen war, hatte ich mir überlegt, wie ich Aramis beibringen könnte, dass ich einmal ein Mensch gewesen war, doch als ich ihn nun so sprechen hörte, beschloss ich kurzerhand, das gar nicht erst zu versuchen. Abgesehen davon, dass ich keine Ahnung hatte, wie ich „Ich bin ein Mensch und keine Meerjungfrau“ gestikulieren sollte, fürchtete ich, dass er mich dann aus dem Palast verbannen würde. Menschen waren hier offensichtlich nicht gern gesehen.

Aramis fing sich wieder und der beinahe intime Moment verschwand so rasch, wie er gekommen war.

»Nun, diese Stimmen sind keinesfalls etwas Unsichtbares, wie du vielleicht vermutest. In den Legenden heißt es, dass die Stimme aussieht wie eine kleine Leuchtschnecke: ein kreisrundes Gebilde, das schwach leuchtet. Nachdem die Sirenen die Stimme dem menschlichen Körper entzogen haben, wird sie in einen Algenbeutel gepackt und nach Teyloa gebracht, in den Schrein der Göttin. Es heißt, dass in dem Schrein eine Vase in Form der Göttin aufgestellt wurde. Sie ist mit einem Bann belegt, sodass sie die Stimmen in sich aufnehmen, doch nicht mehr herauslassen kann. Es sei denn, man fügt die letzte benötigte Stimme hinzu. Leider besagt die Legende nicht, wie viele menschliche Stimmen notwendig sind, um diesen Zauber in Gang zu setzen – wenn dieser Zauber nicht wirklich nur ein Mythos ist. Die Entstehungsgeschichte der Sirenen ist durchaus real und hat sich so abgespielt. Doch über diesen Zauber wissen wir zu wenig, als dass ich es mit Sicherheit sagen könnte«, schloss er die Erzählung und er sah mich so an, als vermutete er, dass ich ihm nicht glauben würde.

Mich faszinierte das Ganze allerdings sehr. Schließlich konnte niemand sonst von sich behaupten, so etwas bereits miterlebt zu haben, und ich freute mich darauf, mehr von dieser neuen, faszinierenden Welt zu erfahren. Während seiner Erzählung hatte ich geglaubt, die Sirenen und Meermenschen aus vergangenen Zeiten direkt vor mir zu sehen – so bunt hatte die Geschichte ihre Farben in meinen Kopf gemalt. Immerhin wusste ich nun auch, dass es einen Unterschied zwischen diesen Völkern gab.

Konnte es sein, dass die Sirene, die mich verwandelt hatte, Stimmen für den Gesang der Götter sammelte? Es würde Sinn geben, aber mein Kopf war mit all dem überfordert.

Vor ein paar Tagen wusste ich nicht einmal sicher, ob es im Meer etwas anderes abgesehen von Fischen gibt, und nun steckte ich mitten drin in einem Zwist zwischen Meermenschen und Sirenen.

Am liebsten würde ich mir die Haare raufen. Was sollten wir nur tun? Schließlich sagte die Geschichte nicht, wie man das Ganze wieder rückgängig machte.

»Komm, wir holen deinen Mantel ab, dann fühlst du dich gleich wohler«, unterbrach Aramis meine Gedanken. Dankbar lächelte ich.

Er winkte mich zu sich und Seite an Seite schwammen wir durch die Reihen der Bücher.

»Seid Ihr fündig geworden, Eure Hoheit? Oder soll ich noch etwas für Euch und Eure wunderschöne Begleitung tun?«

Der alte Onorphius schien ganz erpicht darauf uns zu helfen. Aramis lachte, doch winkte dankend ab.

»Das wird nicht nötig sein, Meister Onorphius, wir haben gefunden, was wir gesucht haben. Ihr habt uns genug geholfen, ich danke Euch.«

»Gern geschehen, Eure Hoheit. Ich bin schließlich Euer ergebener Diener.«

Er verbeugte sich schnell und wandte sich ab, aber die hektischen roten Flecken auf seinen Wangen konnte ich nur zu deutlich erkennen.

Es ist schön, zu sehen, wie Aramis mit den Angestellten am Hof umgeht. Er ist höflich und nett. Das würden unsere Angestellten daheim von Mutter nicht sagen. Ich schäme mich richtiggehend für ihr Verhalten gegenüber dem Hauspersonal … Ich sollte froh sein, dass Aramis mich gefunden hat und niemand sonst. Nicht auszudenken, was geschehen wäre, hätte mich ein Mann gefunden, der weniger Manieren und Anstand besitzt. Noch dazu, da ich kaum Kleider am Leib trage …

Wieder schielte ich an mir herunter und musste dem Drang, das Dekolleté und den nackten Bauch zu bedecken, widerstehen.

Unsere Völker waren, was die Sexualität und die offene Zurschaustellung von Liebe anging, sehr unterschiedlich. Hier küssten sich Paare hemmungslos in der Öffentlichkeit, und während wir durch die Stadt schwammen, sah ich in manchen Schatten das ein oder andere eng umschlungene Paar.

Daheim hatte ich lange Kleider mit Corsagen und vielen Lagen Stoff tragen müssen. Bis auf das Dekolleté, welches betont wurde, war für die Männer kaum etwas vom Körper der Frauen zu sehen. Erst in der Hochzeitsnacht bekamen sie ihre Angebetete zu Gesicht, wie Gott sie schuf. Allerdings sprach man über solche Dinge nicht, das ziemte sich nicht. Als junge Mädchen waren Melissa und ich neugierig gewesen und hatten ältere Frauen über die Hochzeitsnacht ausgefragt. Mir blieb deutlich im Kopf, wie alle plötzlich puterrot angelaufen waren und uns angesehen hatten, als hätten wir geschworen, Kinder des Teufels zu sein.

»Das fragt man nicht, Serena. Solche Worte in den Mund zu nehmen, schämt euch! Ihr werdet den Tag bei uns in der Teestube verbringen und darüber nachdenken, was ihr gerade gesagt habt. Wir werden euch alles Wichtige beibringen, sobald eure Hochzeit kurz bevorsteht. Geht schon, holt euch die Stickutensilien und nehmt Platz. Und keine Widerrede!«

Heute musste ich bei dem Gedanken daran schmunzeln. Natürlich hatten wir uns trotzdem in der Bibliothek umgesehen. Die meisten Bücher hatten einfache Kräuterkunde, Kochrezepte oder Abschriften alter Klöster enthalten. Doch in einer der hintersten Ecken fanden wir ein altes Liebeshandbuch aus dem Fernen Osten. Unbedarft, wie wir waren, hatten wir uns damit in eine Ecke verzogen und es durchgesehen. An vieles erinnerte ich mich nicht. Damals war ich auf solche detaillierten Bilder nicht vorbereitet gewesen und wir hatten unsere Recherche wieder abgebrochen.

Egal was alle sagen, wieso sollte eine Frau einen Mann brauchen? Sie kommt prima allein zurecht. Sicherlich könnte ich ebenso arbeiten und mein eigenes Geld verdienen, wenn diese blöden, arroganten …

Ich wurde jäh aus der innerlichen Schimpftirade gerissen, da Aramis plötzlich innehielt und ich nicht rechtzeitig in der Lage war, zu bremsen.

»Hast du mir nicht zugehört? Oder wolltest du die Tür einrennen?«

Erneut bildeten sich Lachfalten um seine Augen, welche ihn so freundlich wirken ließen.

»Nun geh schon rein und hole dir den Mantel ab, dann führe ich dich ein bisschen durch die Gegend. Heute Abend sind wir zu einem Essen bei Vater eingeladen. Falls du überhaupt Lust hast, mit uns zu essen. Meine drei Brüder werden anwesend sein, also stell dich auf ein paar unangenehme Fragen ein.«

Der Glanz verschwand bei diesen Sätzen aus seinen Iriden. Ich nickte und sofort hellte sich seine Miene auf.

»Du kommst? Wirklich? Oh, da werden sie sich freuen! Schließlich bist du ein Gast und ich werde dafür sorgen, dass du im Palast schlafen kannst und nicht zurück in die Herberge musst. Immerhin hilfst du uns herauszufinden, was die Sirenen planen und wie wir ihnen am besten entgegentreten.«

Ich hatte keine Ahnung, wie ich dabei helfen sollte, doch ich freute mich, länger bei Aramis bleiben zu dürfen.

Seine Nähe hatte etwas Beruhigendes an sich und ich hatte mich auf Anhieb wohl und beschützt gefühlt.

Vielleicht liegt es daran, dass er ein Prinz ist und du eine einfache Frau. Bestimmt geht deine Vorstellung mit dir durch, wenn du an Märchenprinzen denkst. Du brauchst keinen Mann, schon vergessen?

Diese Gedanken beruhigten mich, während ich den Umhang aus der Schneiderkammer abholte. Überrascht stellte ich fest, dass ich ihn überhaupt nicht auf der Haut spürte.

»Dies ist eine besondere Webkunst, die mit solch fließenden Stoffen möglich ist«, erklärte mir Aramis, als ich zurückkehrte. »Er umhüllt dich nun wie das Wasser oder wie eine zweite Haut.«

Glücklich strahlte ich ihn an.

Er wird einmal ein toller König. Und wir beide hoffentlich gute

Freunde.

»So, jetzt haben wir genug Zeit vertrödelt. Bist du bereit für ein kleines Abenteuer? Zuvor werde ich noch schnell eine Notiz an meinen Vater senden müssen, aber danach bin ich ganz der deine. Schließlich werden wir in den nächsten Tagen noch genug Recherche vor uns haben, da können wir uns ein paar Minuten Zeit nehmen. Was sagst du? Klingt das gut?« Er hielt mir die Hand hin und ich zögerte keine Sekunde, sondern legte meine in die seine. Mich durchlief ein wohliger Schauer, während er die Hand warm und fest um meine schloss.

»Dann komm mit, du wirst Augen machen.«

Kapitel 8

Aramis

Nachdem ich die Notiz an meinen Vater verfasst und einer Wache übergeben hatte, zog ich Serena hinter mir her, aus dem Palasthof und hinein in die Stadt. Sie stupste mich immer wieder an, was wohl so viel heißen sollte wie

»Wo gehen wir hin?«

Ich achtete nicht darauf. Wo blieb die Überraschung, wenn ich unser Ziel sofort verriet? Während ich einen Blick zurückwarf, sah ich, wie sehr sie damit beschäftigt war, das Treiben und die Bewohner von Stella Maris zu beobachten. Das hielt sie sogar davon ab, weiter gegen meinen Arm zu stupsen.

Es ist seltsam. Nie hatte ich ernsthaft darüber nachgedacht, mir eine Frau zu nehmen. Aus Liebe möchte ich heiraten und nicht, weil irgendeine höfische Etikette es mir vorschreibt. Eine Frau, die mich ansieht und lächelt. Deren Augen vor Freude strahlen, wenn sie mich sieht, und bei der es mir ebenso ergeht. Ist das zu viel verlangt? Dann kommt diese Fremde daher und mein Herz schlägt schneller. Bin ich dabei, mich in sie zu verlieben? Fühlt sie genauso? Trotz dass sie ihren Körper stets versteckt, scheint sie meiner Berührung nicht abgeneigt.

Verzweifelt fuhr ich mir mit der freien Hand durch die Haare. Selbst unsere Stallburschen hatten eine Dame an jedem Finger und sie waren nicht königlicher Abstammung. Wieso stellte ich mich wie der letzte Idiot an?

Einmal hatte ich den Fehler gemacht, meine Brüder um Rat zu bitten, was die Frauen angeht. Schließlich schäkerten die drei mit allem, was nur annähernd weiblich aussah, und das wurde von den Damen am Hofe liebend gerne angenommen.

»Sei nicht so steif, Aramis. Du siehst das viel zu ernst. Stell dir vor, es wäre ein Spiel, und sobald du eine von ihnen einfängst, dann hast du gewonnen«, hatte Damaris mir erklärt. »Solltest du dich nicht trauen: Trinke einen Schluck.«

Lachend war er davongeschwommen. Ich hatte gehofft, der Wein, der aus fermentiertem Zuckertang gewonnen wurde und eine orangene Farbe besaß, würde gegen die Nervosität helfen. Da diese Algen nicht bei uns wuchsen, importierten wir sie aus den östlichen Unterwasserkönigreichen, die davon mehr als genug besaßen. Im zarten Alter von dreizehn hatte ich noch nie Alkohol getrunken und mir war so schlecht geworden, dass ich mich glatt auf die Flosse meiner Auserwählten übergeben hatte. Noch heute zog Damaris mich damit auf. Ich seufzte. Das sollte mir bei Serena nicht passieren.

Ich hoffte, den perfekten Ort für ein ungezwungenes und trotzdem intimes Treffen gefunden zu haben: das Riff, welches sich nicht weit von Stella Maris erstreckte. Es sah vielleicht nicht so bunt aus wie eines der tropischen Riffe, doch hier lebten zahlreiche Tiere und nicht zuletzt eine Herde von Seepferdchen, die Vater vor mehreren Jahrzehnten geschenkt worden war. Normalerweise **überlebten** sie in den Gewässern der Irish Sea nicht, allerdings waren sie mit einem Zauber belegt worden, sodass sie sich jeder Bedingung unter Wasser anpassten. Die scheuen Tiere hielten sich meist nicht gern in der Nähe von Menschen auf, doch wir hatten diese Herde ausgebildet, um sie als Reittiere zu benutzen.

Mit genügend Abstand, um die Tiere nicht zu erschrecken, hielt ich an und ließ Serena aufholen. Immer noch blickte sie sich fragend um.

»Es tut mir leid, ich wollte dich nicht hinter mir her schleifen, aber ich wollte keine Zeit verschwenden. Du wirst es lieben, vertrau mir.«

Sie sah immer noch nicht sonderlich begeistert oder überzeugt aus.

»Ich weiß, es sieht nicht sonderlich spannend aus, doch das ist nur die erste Station der Reise. Wir holen unser Transportmittel ab und machen uns erneut auf den Weg. Bist du schon mal geritten?«

Zögerlich nickte sie.

Ich klatschte in die Hände und wies auf die Seepferdchen, welche friedlich grasend vor uns schwammen.

»Das, verehrte Dame, sind unsere Reittiere. Wir werden einen kleinen Ausritt unternehmen, zu einem Riff in der Nähe. Da es inzwischen auf den Abend zugeht, ist es zu dieser Zeit am schönsten.«

Mit Skepsis, Faszination und ein wenig Furcht betrachtete sie die Tiere. Ihre wechselnden Farben schienen ihr zu gefallen.

»Gibt es dort, wo du herkommst, keine Seepferde?«

Sie schüttelte den Kopf, zeigte auf die Tiere und brachte Daumen und Zeigefinger fast zueinander, als wollte sie etwas Kleines aufheben.

»Oh, du meinst, dass sie kleiner sein sollten? Du hast recht, das ist nicht ihre normale Größe. Wie ich allerdings schon sagte, sind das hier keine normalen Seepferdchen, denn sie werden in der Tiefsee in Concasia gezüchtet. Dabei handelt es sich um eine Rasse, die deutlich größer wird als ihre Verwandten. Allerdings sind sie vom Aussterben bedroht und im offenen Meer kaum noch zu finden und wenn doch, dann verstecken sie sich vor den Meerwesen.«

Die Trauer, die sich in meine Stimme schlich, war nicht gespielt, denn es bereitete mir wie allen anderen Meerwesen Sorge, dass sich das Wasser in den Ozeanen langsam, aber stetig erwärmte und auch die Korallenriffe abstarben und somit einigen Fischen den Lebensraum stahlen. Serena sah ebenfalls betrübt darüber aus, doch den Funken an Neugierde konnte sie nicht verbergen.

»Komm, du brauchst keine Angst zu haben, ich bin ja bei dir. Ich zeige dir, wie man auf ihnen reitet, und ich bin mir sicher, es wird dir gefallen.«

Wieder sah ich sie auffordernd an und sie schwamm an mir vorbei, direkt auf die Pferde zu.

Sollte sie Angst haben oder sich unwohl fühlen, zeigte sie es nicht und begegnete der Situation mit erhobenem Kopf.

Als ich sie eingeholt hatte, zeigte ich auf ein Pferd, welches am linken Rand der Herde graste.

»Das dort hinten mit dem blauen Geschirr, das ist Enua. Sie ist eine der älteren Stuten und äußerst gelassen. Für jemanden, der nie auf einem Seepferd gesessen hat, perfekt. Lass dich von ihrer ruhigen Fassade nicht täuschen, sie hat es faustdick hinter den Ohren«, erklärte ich ihr mit einem Zwinkern.

Anstatt sich davon abschrecken zu lassen kicherte Serena lautlos.

Sie scheint nicht so ängstlich oder verschreckt zu sein, wie es den Anschein hat. Ich unterschätze sie wohl.

Hand in Hand schwammen wir zu Enua hinüber.

»Solltest du ihr Herz für dich gewinnen wollen, dann habe einfach etwas Seetang dabei und streiche ihr über den Hals. Sie wird zahm sein, keine Sorge.«

Vorsichtig näherte Serena sich der Stute, welche erst einmal misstrauisch zu ihr aufblickte. Geschickt angelte sie Seegras vom Boden und hielt es dem Pferd mit der flachen Hand entgegen.

Zuerst schnupperte Enua nur, dann siegte ihr Appetit und sie verschlang das Grünzeug mit einem Happen. Erneut blickte sie mit großen, runden Augen zu Serena auf, woraufhin diese etwas mehr Gras pflückte, um es an die Stute zu verfüttern. Dabei streichelte sie das Pferd, wie ich es ihr beschrieben hatte.

»Nun erkläre ich dir, wie man auf diesen schönen Tieren reitet. Sie sind bereits gesattelt, da dies hier die Tiere sind, welche zum Ausreiten bereit sind. In den königlichen Stallungen gibt es noch mehr, doch es würde zu viel Zeit in Anspruch nehmen, wenn jeder Bote sie selbst satteln müsste und deshalb stehen diese hier immer zur Verfügung. Das reiten auf ihnen ist ganz leicht: Du setzt dich seitwärts auf den Sattel, ja, genau so. Und die Zügel nimmst du locker in die Hand. Am Knauf hältst du dich fest, sollte es etwas wilder zugehen. Wie gesagt, Enua ist brav, du wirst keine Schwierigkeiten mit ihr haben.«

Sie lächelte mich an und ich schwang mich auf mein eigenes Seepferd, Pelo. Er war ein Hengst und ruppiger und ungestümer als Serenas Pferd, doch wir passten perfekt zueinander. Schon immer hatte ich eine besondere Verbindung zu Tieren gehabt und meinte beinahe zu fühlen, was sie mir sagen wollten.

Sobald ich im Sattel saß, blickte ich zu Serena hinüber und freute mich, zu sehen, dass sie mit ihrem Pferd ein paar Proberunden drehte.

Bei den beiden scheint es gefunkt zu haben. Sie hat irgendetwas an sich, dass man sie gern haben muss – und nicht nur die Tiere wissen das.

»Bist du bereit, ein bisschen weiter zu reiten? Los, mir nach!«

Mit einem Schlag der Zügel trieb ich Pelo an und er gehorchte aufs Wort. Das Wasser rauschte an mir vorbei und brachte meine Frisur durcheinander, doch ich genoss jeden einzelnen Moment.

»Alles in Ordnung bei dir?«, rief ich über die Schulter nach hinten und im gleichen Augenblick zischte etwas an mir vorüber.

Ich verlagerte das Gewicht und spornte Pelo weiter an, denn das durfte ich nicht auf mir sitzen lassen.

Wenig später hatte ich die beiden eingeholt. Serena hatte Enua gezügelt und stand an der Klippe, welche das Riff überragte. Sie glitt von ihrem Pferd und schwamm über den Rand hinaus, wo sie nach unten blickte. Ich begab mich an ihre Seite.

»Gefällt es dir? Es ist kein exotisches Riff mit bunten Fischen, doch es gibt eine laue Strömung, welche durch eine Höhle fließt. Man kann sie wunderbar zur Entspannung nutzen – ich komme öfter her, wenn es mir zu Hause zu viel wird. Möchtest du es einmal versuchen?«

Sie beachtete mich nicht, sondern betrachtete nur das Treiben unter uns. Zahlreiche Fische schwammen durch das Riff, tauchten durch Korallenringe oder verschwanden in Felsspalten. Da dieses Riff weit entfernt vom Strand lag, war unseres Wissens nie ein Mensch zu ihm vorgedrungen und so entwickelte sich die Natur ungestört. Auf seine eigene Art beruhigte mich das Riff, weil jeder eine Aufgabe hatte und niemand sich langweilte. *Anders als am Hof.*

Ich ertappte Serena dabei, wie sie Tiere mit offenem Mund anstarrte, die versuchten Steine in eine kleine Felsspalte zu bekommen.

Irgendwie ist es süß, wie sie das Riff mit den Augen eines Kindes zu sehen scheint. Vielleicht ist sie ja keine von uns, aber wieso sollte eine Menschenfrau auf einmal zu einer Meerjungfrau werden? Haben die Sirenen wirklich ihre Finger im Spiel? In den nächsten Tagen werde ich mich mit Vater beraten müssen. Doch da er die Entscheidungen fällt, sollte ich ihm die Zeit geben, einen wasserfesten Plan zu entwerfen. Es bringt uns ebenso wenig weiter, wenn wir jetzt überstürzt in eine Falle schwimmen. Serenas Sicherheit und die des Volkes muss vorgehen.

Unwillkürlich ballte ich die Hände zu Fäusten. Woher kam nur dieser Drang, für sie zu sorgen? Sie hatte mir schon in der Bibliothek bewiesen, dass sie sich gegen mich zur Wehr setzen konnte, und mit etwas Übung würde sie gegen gefährlichere Gegner bestehen. *Sie scheint eine der wenigen Frauen zu sein, die nicht scharf darauf sind, zu heiraten und eine Familie zu gründen.*

Ich erinnerte mich an ihren Blick, als Meister Aaler uns für Mann und Frau gehalten hatte.

Hat sie schlechte Erfahrungen mit Männern gemacht? Diese Vorstellung vertrieb ich schnell wieder aus meinem Kopf, das war wirklich nichts, was mich anging. Ich sollte mir um wichtigere Dinge Gedanken machen. Das Abendessen zum Beispiel.

Meine Überlegungen wurden unterbrochen, da Serena mich am Arm vorwärts zog. Ihre Haut war warm und weich – ihre Berührung fühlte sich fremd und zugleich vertraut an. Verdammt, ich musste schleunigst an etwas anderes denken!

»Möchtest du, dass ich dir die Höhle mit der warmen Strömung zeige?«, fragte ich deshalb.

Die Höhle befand sich in der Mitte des Riffs, umringt von Korallen, die als Heim von vielen kleinen Fischen dienten, welche davonstoben, während wir uns näherten. »Bitte, ihr braucht keine Angst zu haben, wir wollen euch nichts tun, sondern nur in die Höhle«, redete ich beruhigend auf die Tiere ein.

Serena warf mir einen Blick zu, als hätte ich vollkommen den Verstand verloren. Wusste sie etwa nicht, dass man mit Fischen sprechen konnte? Ich blickte ihr ebenso offen ins Gesicht und zog spöttisch eine Braue nach oben. Kurz darauf verzog sich ihr Mund zu einer harten Linie.

Das sollte eigentlich keine Herausforderung sein.

Sie schien das allerdings anders zu sehen und schwamm erhobenen Hauptes an mir vorbei ins Innere der Höhle.

Kapitel 9

Serena

Seine Überheblichkeit in manchen Situationen brachte mich zur Weißglut. Er war einerseits lieb und fürsorglich, andererseits überheblich und herausfordernd. Ich wurde nicht schlau aus ihm. Es verwirrte mich umso mehr, dass mir seine Nähe und Berührung alles andere als unangenehm vorkamen.

Bilde ich mir das nur ein? Sollte ich etwas … Offensiveres versuchen?

Meine Wangen glühten. Diese Gedanken passten nicht zu einer jungen Frau aus gutem Hause.

Wieder hatte ich den liebsten Satz meiner Mutter im Kopf wiederholt. Ich hatte immer geglaubt, dass solch ein Blödsinn nicht auf mich abfärben würde, doch ich blieb trotz allem ihre Tochter, ob es mir gefiel oder nicht.

Ich seufzte lautlos und rieb mir die Stirn.

Nun habe ich in kurzer Zeit in Stella Maris mehr erlebt als in zwanzig Jahren an Land. Und wie es scheint, bin ich in eine Fehde hineingeraten - wo soll das nur hinführen?

Für weitere dunkle Gedanken hatte ich keine Zeit, denn Aramis holte mich ein und hielt mich am Handgelenk fest. Sachte, aber doch fest genug, damit ich dableiben musste.

»Serena, bitte. Das habe ich keinesfalls spöttisch gemeint. Du scheinst vieles, was für mich alltäglich ist, nicht zu kennen. Kommuniziert dein Volk nicht mit Fischen und anderen Meeresbewohnern? Ich möchte nicht, dass du denkst, ich mache mich über dich lustig.«

Er sah ehrlich bedrückt aus, was mir einen Stich versetzte. Hielt er mich für eine verwöhnte kleine Prinzessin? Deshalb setzte ich das versöhnlichste Lächeln auf, das ich zu bieten hatte, und sah ihn an. Ich zuckte mit einer Schulter, womit ich zu sagen versuchte: »Es tut mir leid, dass ich mich idiotisch verhalten habe.«

Seine Miene hellte sich bald auf. Um die Augen bildeten sich kleine Fältchen und auf seiner Wange erschienen Grübchen, die ihn jünger aussehen ließen.

»Manchmal benehme ich mich nicht, wie es sich gehört. Sollte so etwas erneut vorkommen: Ich will dich nicht durch eine Geste oder etwas Gesagtes verletzen. Mein Mund ist ab und an einfach schneller als der Kopf.«

Diese Wahrheit schien ihm nicht sonderlich zu gefallen, doch gerade deshalb wusste ich seine Entschuldigung zu schätzen. Ich deutete in das Innere der Höhle und legte den Kopf schief.

Er verstand. »Wir müssen ein bisschen tiefer in die Höhle hinein, es ist nicht mehr weit.«

Nur wenige Minuten später hatten wir eine Sackgasse erreicht und beim Anblick der Nische verschlug es mir den Atem.

In der Höhle konnte man nicht sonderlich viel sehen, da nur durch ein paar winzige Spalte Licht hineinkam. Unzählige Tierchen, welche an den Wänden und der Decke klebten, machten diesen Mangel wett. Bei näherer Betrachtung fiel mir auf, dass es sich hierbei um Schneckenhäuser handelte, die einen weichen gelblichen Schein absonderten und die Höhle in ein angenehmes indirektes Licht tauchten. Wie eine Art grüner Baldachin wucherten Pflanzen an der Decke und den Wänden. In der Mitte des Ganges wuchs eine Koralle, die in der Form einer Bank gewachsen war. Mit den vielen Schnörkeln und Schleifen verziert an der Rückenlehne sah sie sehr filigran aus. Ich glaubte nicht, jemals etwas so Schönes gesehen zu haben.

»Es gefällt dir, nicht wahr?«, drang eine vorsichtige Stimme an mein Ohr.

Ein Schauer lief mir dort über den Rücken, wo sein Atem meine Haut streifte.

Ich nickte.

Hinter mir hörte ich ein leises Lachen, bevor er mich mit sich auf die Bank zog und mich wohlige Wärme umfing. Ich seufzte und ließ mich nach unten gleiten.

Sofort entkrampften sich meine Muskeln.

Ich verstehe, wieso er oft und gerne an diesen Ort kommt. Es ist, als würden alle negativen Gedanken von einem abfallen. Ich habe das Gefühl, nichts Negatives kann mich erreichen.

Aramis entfuhr ein Seufzen, was mich fast an das Schnurren einer Katze erinnerte.

»Hier vergesse ich die ganze Welt für eine Weile. Für eine kurze Zeit hat man keine Pflichten oder Aufgaben. Keine Erwartungen, die auf einem lasten.«

Beinahe glaubte ich, er würde mit sich selbst reden, so leise kamen die Worte über seine Lippen. Er hielt die Lider geschlossen und hatte die Arme über die Lehne der Bank gelegt, dass er nicht nach unten wegrutschte.

Ich betrachtete ihn genauer. Normalerweise wäre er nicht die Sorte Mann, an die ich einen zweiten Gedanken verschwendet hätte und trotzdem fühlte es sich anders an. Es schien, als machte er sich ernsthaft Sorgen um mein Wohlergehen – er versuchte, mich zu beschützen.

Selbst wenn ich das nicht benötigte oder voraussetzte. Und auch wenn ich wusste, dass es mir auf die Nerven gehen sollte, fühlte es sich gut an, dass sich jemand aus freien Stücken um mich sorgte und nicht, weil meine Familie eine gute Partie bei einer Heirat darstellte. Irgendwie fand ich es schön, jemanden an meiner Seite zu wissen, der sich darum scherte, was mit mir geschah und ob es mir gut ging. Vielleicht weil das bei uns an Land nicht die Norm war.

Jetzt sitze ich hier und denke über diesen Mann neben mir nach. Ich muss mich zusammenreißen! Warum verhalte ich mich wie eine der Damen, die um jeden Preis einen Mann haben möchten? Schmachte einen gutaussehenden Mann an, der halb nackt neben mir sitzt. Lächerlich.

Beinahe hätte ich aufgelacht.

Ich werde ihm helfen und versuchen den Fluch, der auf mir liegt, zu brechen und herauszufinden, was die Sirenen planen. Danach werde ich in meine Welt zurückkehren müssen, auch, wenn ich das nicht will. Sicher verliere ich meine Flosse und Freiheit, wenn ich meine Stimme wiederhabe. Und das alles wird nicht mehr als ein Traum sein. Ein wunderschöner, und doch nur ein Traum. Es hat keinen Zweck, mir etwas anderes vorzumachen. Aramis gegenüber wäre es nicht gerecht, ihn glauben zu machen, er hätte Chancen, wenn es in Wirklichkeit gar keine gibt.

Mein Entschluss stand fest, ich würde mich nicht einlullen lassen von den schokoladenbraunen Augen oder seinem Charme … zumindest nicht so einfach.

Verzweifelt schüttelte ich den Kopf und rückte ein Stück von ihm ab. Ich sollte bei klarem Verstand bleiben – das konnte nicht so schwer sein, verdammt noch eins!

Er schlug die Lider auf und blickte mich an. »Glaubst du, dass ich auf einmal Gift absondere, sodass du dich wegsetzen musst?«, scherzte er halbherzig. Ich schlug bei seinen Worten die Augen auf und er erkannte wohl, dass ich es nicht sonderlich lustig fand. Sein Blick bohrte sich förmlich in mich hinein und ich glaubte, ihn auf der Haut zu spüren.

»Ist alles in Ordnung?«, fragte er vorsichtig.

Zur Antwort nickte ich knapp. Es tat mir leid, schließlich war es nicht meine Absicht, ihn unnötig zu verletzen, doch gerade deshalb durfte ich der Anziehung, die er auf mich ausübte, nicht nachgeben.

Ich hoffte, dass er mich verstehen würde. Tatsächlich ließ er mich in Frieden und ich versuchte wieder, mich zu entspannen, aber es ging mir zu viel durch den Kopf.

Nach gefühlten Stunden sprach Aramis erneut.

»Wir sollten zurück reiten. Es ist schon Abend und bald müssen wir uns im Speisesaal einfinden. Bestimmt möchtest du dich davor frisch machen.«

Er klang niedergeschlagen, was mir augenblicklich ein schlechtes Gewissen verursachte. Doch ich folgte ihm aus der Höhle und zurück zu den Pferden, die ein wenig abseits des Riffes auf einer Tangwiese grasten.

Enua stieß zur Begrüßung ihren Kopf gegen meine Schulter.

*Ich freue mich, dich wiederzusehen, d*achte ich und streichelte den Hals des Tieres.

Diesmal schaffte ich den Aufstieg ohne Hilfe und bald ritten Aramis und ich Seite an Seite in Richtung Stella Maris davon.

Am Schloss angekommen brachten wir die Seepferde zum Stallmeister und schwammen dann durch das Eingangstor in den Palast.

Aramis begleitete mich bis zu den Gemächern im Gästetrakt und ich konnte nicht glauben, dass ich in solch feinen Quartieren wohnen sollte. Normalerweise wurden hier Abgesandte anderer Reiche oder Verwandte des Königs untergebracht, so viel hatte er mir erzählt. Es bedeutete eine außerordentliche Ehre, dort nächtigen zu dürfen, und trotzdem konnte ich es nicht voll und ganz genießen.

Seit wir die Höhle verlassen hatten, war die Stimmung zwischen Aramis und mir angespannt.

Habe ich ihn beleidigt? Vielleicht hat Mutter recht, dass es in der Liebe niemals eine richtige Entscheidung gibt und wir Frauen froh sein sollten, dass sie uns abgenommen wurde.

Am liebsten hätte ich frustriert aufgeschrien.

»Das ist dein Gemach«, holte Aramis mich aus den Gedanken. »Bald wird ein Soldat an der Tür klopfen, um dich in den Speisesaal zu geleiten. Dort hinten ist eine Kommode mit Kämmen, Klammern und allem, was ihr Frauen sonst benötigt, um eure Haare hochzustecken. Wenn du möchtest, schicke ich ein Hausmädchen zu dir, welches dir bei deiner Frisur hilft.«

Ich nickte dankbar, doch mir entging nicht, dass er mich nicht direkt ansah.

Das muss schnellstens geklärt werden, ich möchte nicht den einzigen Freund verlieren, den ich habe.

Er verbeugte sich förmlich vor mir. »Ich sehe dich beim Essen, Serena.«

Aramis schenkte mir ein knappes Lächeln, welches seine Augen jedoch nicht erreichte, wandte sich ab und schwamm davon.

Das Zimmer sah dem in der Herberge ähnlich, doch war es um einiges größer und bunter eingerichtet. Selbst das Bett bot deutlich mehr Platz: eine Muschel, die von einem feinen, halbdurchsichtigen Stoff umgeben war, sodass es einem Himmelbett glich. Es gefiel mir auf Anhieb.

Ich kämmte mir die Haare, die vom Reiten noch immer zerzaust und wie ein Vogelnest aussahen.

So kann ich unter keinen Umständen vor den König treten, was wird er sich denken – dass ich eine Wilde ohne Manieren bin?

Kaum auszudenken, was geschah, wenn ich mit der falschen Frisur oder Kleidung vor den König trat. Zuhause hatte man größten Wert auf die äußere Erscheinung gelegt. Sie war in der Lage, dem Ruf einer Frau mehr zu schaden denn ein unbedachtes Wort.

Schließlich sprachen Damen niemals über wirklich wichtige Dinge, diese blieben ausschließlich den Männern vorbehalten.

»Frauen sind von Natur aus nicht dafür geschaffen, solche Themen zu erörtern. Es fehlt ihnen schlichtweg an Verstand und Intelligenz.« Diesen Satz hatte mein Vater nur zu gerne von sich gegeben.

Ich wusste, dass er niemals böse Absichten hegte, und trotzdem ärgerte es mich, dass alle anderen Frauen sich nicht daran zu stören schienen, dass sie eine untergeordnete Rolle zu spielen hatten. Den Haushalt und das Personal führen, Bälle ausrichten, Teegesellschaften und Nähkränze besuchen. Diese Tätigkeiten wurden von einer Frau meines Standes erwartet. Natürlich sollte man singen, tanzen, malen und das Piano perfekt beherrschen. Von Französisch und Latein als Fremdsprache einmal abgesehen. Schon immer hatte ich das verabscheut, trotz allem hatte ich diese Dinge erlernen müssen.

Plötzlich klopfte es an der Tür.

Schnell schwamm ich zur Tür und öffnete sie. Vor mir befand sich ein junges Mädchen, wohl um die sechzehn Jahre alt, mit goldblonden Locken und einem pinken Fischschwanz.

»Verzeiht, Miss, ich heiße Allegra und ich wurde von Prinz Aramis geschickt, um Euch behilflich zu sein.«

Bei der Erwähnung von Aramis kroch eine leichte Röte über ihre Wangen.

»Ich bin nun für Euch zuständig, solange Ihr bei uns verweilt. Darf ich hereinkommen?«

Sie verbeugte sich vor mir und ich nickte. Anscheinend verwirrte es sie nicht, dass ich keinen Ton von mir gab, Aramis hatte sie bestimmt eingeweiht.

Das Mädchen schwamm hinter mir her zu dem Frisiertisch und ich setzte mich auf den Stein, der dort bereitstand.

»Habt Ihr einen besonderen Wunsch, Miss? Ich kann Euch eine Frisur nach der höfischen Mode hochstecken oder eine schlichtere – ganz wie es Euch beliebt.«

Testweise hob ich einen Finger in die Höhe, um zu symbolisieren, dass ich die erste Möglichkeit wählte.

Die Zofe verstand sofort. »In Ordnung. Ihr habt wunderschöne dicke Haare, Miss. Daraus lässt sich sicher etwas zaubern, das einer Prinzessin würdig wäre.«

Vergnügt summend machte sie sich an die Arbeit. Mit kraftvollen Strichen befreite sie mein Haar von allen Knoten. Danach teilte sie es in mehrere Stränge und flocht es zu einem langen Zopf, der den Gräten eines Fisches ähnelte.

Ich bewunderte die filigrane Arbeit im Spiegel vor mir, während sie mir den Zopf bestimmt aus der Hand nahm.

»Nicht, ich bin nicht am Ende angelangt. Ihr möchtet Eure Frisur sicherlich nicht zerstören, bevor sie fertig ist, oder?«

Ich ließ den Zopf los und schüttelte den Kopf.

»Entschuldigt, Miss. Ich wollte Euch nicht dermaßen anfahren, ich weiß nicht, wie das passieren konnte, manchmal geht das Temperament mit mir durch.«

Ich schüttelte noch einmal den Kopf und lächelte sie an. Schließlich sollte sie nicht denken, ich würde ihr zürnen, denn ich kannte das Problem mit dem Temperament nur zu gut.

»Ich danke Euch. Ihr seid wirklich eine nette Frau, bestimmt habt Ihr es bei den Männern sehr leicht – wer möchte keine Frau haben, die ein großes Herz und ein schönes Aussehen besitzt?«

Mit einem Lächeln machte Allegra sich erneut ans Werk. Sie holte eine Muschel aus einer Schublade und steckte den Zopf zu einer kunstvollen Schnecke fest. Außerdem fügte sie glänzende und leuchtende Muscheln hinzu, die wegen meiner schwarzen Haare besonders gut zur Geltung kamen. An der Seite ließ sie zwei Strähnen frei, sodass sie mein Gesicht einrahmten.

»So, die Frisur ist fertig. Ich würde Euch gerne helfen, andere Kleidung und etwas Farbe für Eure Lippen und Augen aufzulegen, falls Ihr das wünscht?«

Sie sah mich erwartungsvoll an.

Eigentlich hatte ich vorgehabt den Mantel nicht abzulegen, denn ich fühlte mich nackt ohne ihn. Doch wenn die höfische Etikette eine andere Kleidung verlangte, so würde ich mich dem beugen.

Also nickte ich tapfer und schenkte ihr wieder ein dankbares Lächeln.

Allegra eilte zu einem riesigen Schrank, öffnete die beiden Türen und begann sogleich die verschiedenen Oberteile durchzusehen. Immer wieder hörte ich ein »Mhhh … dieses? Nein …« und ein »Was würde zu ihrer Flosse passen, es muss etwas Geeignetes geben!«

Ich hatte mich inzwischen auf das Bett gesetzt und sah ihr neugierig zu.

Triumphierend hielt sie ein Oberteil in die Höhe. »Ich habe etwas gefunden, das Euch wunderbar stehen wird und in dem Ihr Euch wohl fühlen werdet. Legt bitte diesen Reisemantel ab, damit könnt Ihr nicht zum Abendessen erscheinen.«

Zögernd löste ich die Schnürung des Mantels und er glitt über die Schultern auf das Bett. Das Oberteil bestand aus zwei Muscheln, doch war zusätzlich halbdurchsichtiger Stoff angenäht worden, sodass es bis zur Hälfte meines Bauches reichte. Es hatte kleine, leichte Ärmel, die meine Schultern freiließen. Der wunderschöne, kräftige Rotton passte perfekt zu meiner Flosse. Ein paar gelbliche und orangene Fäden durchzogen es, was den Eindruck erweckte, das Oberteil würde aus Feuer bestehen. Die Leichtigkeit des Materials verstärkte diesen Effekt.

Sobald ich das Oberteil mit Allegras Hilfe angelegt hatte, starrte ich mich mit offenem Mund im Spiegel an. Ich erkannte mich kaum wieder!

»Ihr seht atemberaubend aus, Miss. Jeder wird heute Abend nur Augen für Euch haben. Die Frauen werden Euch beneiden.« Sie klatschte begeistert in die Hände. In dem Moment, da sie meine Zurückhaltung bemerkte, fügte sie hinzu: »Keine Sorge, die Damen am Hof sind immer freundlich, zumindest die, die ich kennenlernen durfte. Sie werden Euch in ihrer Mitte begrüßen.«

Ihrer Stimme hörte ich an, dass sie davon nicht ganz überzeugt war, doch ich wusste ihren Aufmunterungsversuch zu schätzen. Trotz allem stieg bei der Aussicht, andere Mitglieder des Hofes kennenzulernen, die Nervosität in mir hoch und kribbelte durch meinen gesamten Körper.

Allegra wechselte prompt das Thema und ich merkte, dass sie mich ablenken wollte.

»Habt Ihr schon gehört, dass bald eine Prinzessin aus einem anderen Meerkönigreich zu Besuch kommen soll? Da Prinz Aramis unvermählt ist, versucht jeder Herrscher, seine Tochter für ihn vorzuschlagen. Ihr kennt ihn ja bereits und mir ist bewusst, dass sich diese Frage ganz und gar nicht gehört … habt Ihr mehr Zeit mit ihm verbringen dürfen?«

Ihre Augen wurden groß und sie glitzerten neugierig. Einen Moment später ruderte sie zurück.

»Ich möchte Euch damit nicht zu nahe treten, bitte verzeiht mir. Normalerweise bin ich nicht so vorlaut …« Erneut betrachtete sie die

Spitze ihrer Flosse.

Ich berührte leicht ihren Oberarm, sodass sie mich ansah. Danach lächelte ich. Langsam breitete sich auch auf ihrem Gesicht ein zaghaftes Lächeln aus.

»Ihr seid sehr nett. Ich will offen zu Euch sein: Nicht alle am Hof werden Euch gegenüber so offen und freundlich sein wie Prinz Aramis und ich. Viele Damen werden damit rechnen, eine Rivalin mehr zu haben im Kampf um das Herz des Prinzen. Ich wollte Euch vorhin keine Angst machen, aber wenn ich Euch richtig einschätze, dann lasst Ihr Euch nicht leicht unterkriegen. Ich hoffe, dass Ihr eine Chance habt, solltet Ihr das wollen. Prinz Aramis hat eine Frau verdient, die ihn nicht nur wegen des Titels und des Geldes heiratet.«

Allegra seufzte tief.

»Ich sollte eigentlich nicht so offenherzig sein, doch irgendwie gebt Ihr mir das Gefühl, als wäre ich nicht nur eine Dienerin, sondern dass wir unter anderen Umständen sogar Freundinnen sein könnten. Es hat mir viel Spaß gemacht, Euch beim Ankleiden und Zurechtmachen zu helfen, Miss Serena.«

Schon hatte sie sich verbeugt und verschwand blitzschnell durch die Türen.

Ich saß noch immer auf dem Bett, während die angekündigte Begleitung erschien.

»Miss Serena? Ich soll Euch zum Speisesaal geleiten. Die königliche Familie ist dort versammelt und wartet.«

Erschrocken blickte ich ihn an.

Sie warten? Wieso hat man mich nicht früher holen lassen?

Es war mir sichtlich unangenehm, doch der Mann vor mir versicherte mir, dass es wichtige Themen zu besprechen gab, und als Außenstehende hatte ich natürlich kein Recht, bei solchen Diskussionen anwesend zu sein.

Hätte ich schätzen müssen, hätte ich gesagt, dass es dabei um die Sirenen ging, auch wenn ich nicht sicher war. Auf irgendeine verdrehte Art und Weise war ich ein Spielball zwischen diesen beiden Mächten geworden und ich befürchtete, dass ich der einen oder anderen Seite helfen musste. Egal ob freiwillig oder aus Versehen.

Der Saal sah von außen schon pompös aus und ich schluckte schwer, um die Nervosität, die durch meinen Körper raste, zu besänftigen. Mit mäßigem Erfolg.

»Seid Ihr so weit, Miss?«

Ein Nicken von mir reichte aus und die riesigen, muschelbesetzten Türen öffneten sich wie von Geisterhand.

Zuerst erblickte ich eine Tafel, die bestimmt an die dreißig Fuß maß. Nicht alle Plätze waren besetzt, doch vor jedem Stuhl glitzerte ein goldener Teller und Becher. Von der Decke hingen goldene Kronleuchter, welche mich stark an die meiner Mutter erinnerten.

Langsam betrat ich den Saal und prompt verneigte sich wieder jemand vor mir. Damit hatte ich nicht gerechnet und schrak zurück.

»Oh, verzeiht, Miss. Ich wollte Euch keinesfalls erschrecken, sondern nur zu Eurem Platz führen. Folgt mir bitte.«

*Alles so fein und hochgestochen – wie in der Welt, die ich eigentlich hinter mir lassen wollte. Hoffentlich wird das Abendessen nicht so verkrampft, wie ich es mir gerade vorstelle. Ich bin aufgeregt genug. Nur gut, dass mich meine Stimme nicht verr***ät***, dachte ich ironisch. Am Kopf der Tafel hatte König Poseidon Platz genommen und überragte alle. Er hatte eine Art Frack angelegt, allerdings in wesentlich auffälligeren Farben, als ich es gewohnt war: Koralle, Türkis und andere Grün- und Blautöne erspähte ich. Auf seinem Kopf saß eine Krone, die mit Sicherheit aus massivem Gold gefertigt war und nur mit ein paar Edelsteinen und Muschelsplittern verziert war. Er verzog keine Miene bei meinem Näherkommen.

Zu seiner Rechten saß ein Mann, um die dreißig Jahre alt, mit roten, kurzen Haaren und einem Bart. Er sah Aramis ähnlich und so vermutete ich, dass es sich um einen Bruder von ihm handelte.

Aramis gegenüber saß ein blonder Mann, der schulterlanges Haar besaß und mich mit stechenden Augen musterte.

Am liebsten hätte ich mich ihm entzogen, doch das war leider keine Option.

Der letzte der Brüder fesselte meinen Blick allein schon durch die grüne Haarpracht, die ihm offen auf die Schultern herabfiel. Sonst glich er seinen Brüdern nicht sonderlich, da er eher drahtig gebaut und nicht so muskulös wie die anderen war. Er schenkte mir ein Lächeln, bei dem es einem wirklich warm ums Herz wurde. Die Lachfalten um die Augen machten ihn mir sofort sympathisch.

Aramis selbst hatte mich bis vor wenigen Momenten nicht direkt angesehen, doch nun fiel sein Blick auf mich und seine Pupillen weiteten sich und er schluckte. Ich musste gegen den Drang ankämpfen, die sichtbare Haut zu bedecken, denn seine Musterung glich beinahe einer Berührung.

Viel zu intim für die Menge an Menschen, die uns beobachteten.

Was denkt er sich dabei? Macht er das mit Absicht, nur um mich in Verlegenheit zu bringen? Na warte, Freundchen, dieses Spiel können zwei spielen!

Die Kleidung zeigte mehr von mir, als mir lieb war, doch das vermochte ich ebenso zum Vorteil zu nutzen. Schnell zog ich die Arme vom Bauch und versuchte mich an einer aufreizenden Pose: Die Schwanzflosse in die eine und die gegenüberliegende Hüfte in die andere Richtung zeigend, sodass diese betont wurde. Außerdem setzte ich ein verführerisches Lächeln auf und schaute ihm direkt in die Augen. Sogleich sah er weg von mir und wandte sich dem Mann ihm gegenüber zu.

Feigling!

»Serena, bitte setze dich neben meinen ältesten Sohn«, erhob da der König das Wort. »Damaris, sei ein Gentleman und hilf ihr, sich zu setzen.«

Der Kronprinz nickte knapp und schenkte mir ein strahlendes Lächeln.

»Ihr seid also die geheimnisvolle Schöne, welche mein kleiner Bruder in der Nähe des Strandes gefunden hat. Es ist mir eine Freude, Euch zu Diensten sein zu dürfen.« Sein Tonfall war freundlich und auch seine Verbeugung ließ ihn wie einen Gentleman aussehen, doch sein Blick wanderte immer wieder zu meinen Brüsten, was mir nicht behagte. Als ich ihn dabei erwischte, zog ich fragend eine Braue in die Höhe und er grinste mich nur anzüglich an.

Ein Schauer lief mir über den Rücken.

»Ist Euch kalt? Vielleicht kann ich behilflich …«

Gerade in dem Moment, da der blonde Mann den Arm um mich legen wollte, schlug Aramis mit den Händen auf die Tischplatte und drückte sich hoch.

»Lass deine Finger von ihr«, knurrte er.

Solch einen Ausbruch hatte ich nicht erwartet. Selbst seine anderen Brüder und sein Vater starrten ihn an. Von den Hofdamen etwas weiter unten an der Tafel ganz zu schweigen. Viele von ihnen warfen mir zornige Blicke zu.

Damaris ließ jedoch von mir ab, rückte mir den Stuhl zurecht und setzte sich wieder auf seinen eigenen Platz, ohne mich eines weiteren Blickes zu würdigen.

»Aramis, was ist mit dir los?«, höhnte er dann. »Sonst bist du nicht für deine Gefühlsausbrüche bekannt. Wegen dieser Frau lohnt sich solch ein Aufheben nicht. Man muss als zukünftige Prinzessin Hautkontakt ertragen können, immerhin hat man Erben zu zeugen und das geht nicht von allein, stimmts?«

Er zwinkerte Aramis und mir schadenfroh zu.

Was bildet sich dieser eingebildete Fatzke eigentlich ein? Kommt er mit diesem Verhalten etwa durch? Das ist unerhört! Aber auch hier wird von einer feinen Dame bestimmt erwartet, dass sie sich den Männern unterordnet und ihnen gehorcht. Schließlich sind die Damen anwesend, damit sie den Prinzen gefallen. Diese Fleischbeschau macht mich krank!

Genau aus solchen Gründen hatte ich vor Jahren beschlossen nicht zu heiraten und den ganzen Zirkus hinter mir zu lassen.

Noch immer blickte ich Aramis verwirrt an, der seinen Bruder wiederum anstarrte, als wollte er ihn gleich eigenhändig erwürgen. Seine sonst so warmen und freundlichen Augen schienen nun kalt und hart. Um seinen Mund hatte sich ein unnachgiebiger Zug gebildet.

So wie er seinen Bruder anfunkelte, konnte man Angst vor ihm bekommen.

Ob er das tut, weil ich mich ohne Stimme nicht wehren kann? Doch nach der Höhle hat er sich so seltsam benommen, ich habe das Gefühl, dass ich ihn verletzt habe. Wie soll ich das nur klären, ohne reden zu können?

Ich versuchte, die Situation zu entschärfen, indem ich Aramis eine Hand auf den Arm legte, doch er stieß sie weg.

Was hatte ich ihm getan?

Damaris grinste schadenfroh in sich hinein. Ich starrte ihn böse an.

»Aramis, Damaris! Benehmt euch, ihr seid keine Kinder mehr, die sich um ein Spielzeug streiten! Was sollen unsere Gäste von uns denken?«, donnerte der König und die Jungs zogen ihre Köpfe ein.

»Benehmt euch nicht wie Tiere, sondern wie die Prinzen, die ihr beiden Korallenköpfe seid!«

Er ließ sich wieder auf seinen Stuhl, der an einen Thron erinnerte, zurücksinken und wandte sich an die Damen, welche zu meiner Linken saßen. Es handelte sich um zehn Frauen, jede von ihnen so schön, dass ich mich gleichsam unbedeutend fühlte. Sie alle hatten kaum Kleidung am Leib und das, was sie trugen, brachte ihre Vorzüge perfekt zum Vorschein.

Eine rothaarige Schönheit präsentierte ihren üppigen Ausschnitt, während eine dunkelhäutige Frau ihren flachen Bauch und die muskulösen Arme mit grellfarbigen Bändern hervorhob. Die Haare leuchteten in Lila, Orange oder Türkis.

Alles war so anders, neu und vor allem viel freier und ungezwungener als bei uns an Land.

Sicher gab es ebenfalls höfische Benimmregeln und Etikette, doch die Teilnehmer des Abendessens unterhielten sich frei und lautstark über den ganzen Tisch hinweg.

Dafür hätte ich mir eine Rüge eingefangen. Wahrscheinlich sogar eine Backpfeife dazu.

Eigenartigerweise fand ich diesen Trubel angenehm, so hatte man zumindest das Gefühl, mit lebendigen Wesen am Tisch zu sitzen und nicht mit Puppen.

Die Damen scherzten miteinander, tauschten den neusten Klatsch und Tratsch aus und warfen den Prinzen schmachtende Blicke zu. Hinter vorgehaltener Hand hörte ich Aramis' Namen mehrmals im Flüsterton.

Wieso gefiel es mir nicht, dass diese Frauen ihn wie ein Stück Fleisch betrachteten und über ihn tuschelten? Er schien die Aufmerksamkeit nicht zu bemerken und häufig ertappte ich ihn, wie er sich abwandte, gerade als ich ihn ansah.

Mir selbst wurden ebenfalls Blicke zugeworfen, doch waren diese selten freundlicher Natur. Einige zeigten sogar mit dem Finger auf mich und ich wurde das Gefühl, ein Zirkustier zu sein, einfach nicht los. Davon ließ ich mich jedoch nicht beirren und hörte Aramis' grünhaarigem Bruder, der sich mit dem Name Serian vorstellte, gespannt zu.

Er war der Zweitjüngste und Aramis somit am nächsten. Selbst von der Ausdrucksweise und seiner ganzen Art ähnelte er Aramis. Ich schloss ihn sofort ins Herz und nahm mir vor, von ihm mehr über die anderen Brüder zu erfahren.

Auch wenn das ohne Stimme schwierig werden würde.

Der rothaarige Prinz hieß Angelo. Er schwieg die meiste Zeit und so bemerkte ich seine Anwesenheit kaum. Im Gegensatz zu Damaris, auf den ich gut und gerne verzichtet hätte.

Je länger wir bei Tische saßen, desto mehr festigte sich der erste Eindruck, den ich von ihm gewonnen hatte. Seine Frau saß ebenfalls am Tisch und trotzdem schäkerte er mit jeder Dame, die es sich gefallen ließ.

Ich wunderte mich gerade, dass bei einem Essen überhaupt nichts serviert wurde, da rief der König uns schon zur Ruhe. »Ich verlange, dass ihr Euch alle beruhigt, das Essen wird jeden Augenblick aufgetischt und meine Söhne werden sich je eine Partnerin suchen, die ihnen beim Essen Gesellschaft leistet. Jede von Euch hat die Chance, mit einem der Prinzen zu speisen, ich hoffe, ihr habt die Gespräche zuvor genutzt.«

An die vier Prinzen gerichtet fügte er hinzu:

»Söhne, es liegt bei euch, diese Damen mit eurer Anwesenheit zu beglücken.«

In seiner Stimme war ein Schmunzeln zu hören und ich wusste genau, wieso.

Er ist schließlich nicht blind und hat mitbekommen, was sein Ältester angestellt hat. Ihn scheint das herzlich wenig zu stören, dachte ich verärgert. Die Prinzen erhoben sich von ihren Stühlen, schwammen durch den Saal und beobachteten die wartenden Damen.

Wie auf einem Markt. Ich bin froh, wenn Damaris mich nicht aus reiner Gemeinheit auswählt. So wie ich ihn einschätze, ist er der Typ Mann, der so etwas aus Spaß an der Freude machen würde.

Zu meinem Glück widmete er sich der vollbusigen rothaarigen Frau, die mir schräg gegenüber gesessen hatte. »Mylady, würdet Ihr mir die Ehre erweisen, mit mir zu speisen?«

Galant verbeugte er sich und man hätte ihm den wohlerzogenen Gentleman beinahe abgekauft. Wie schon bei mir wanderte sein Blick eher in ihren üppigen Ausschnitt als sonst wo hin. Sie kicherte kokett und präsentierte deutlicher, was sie zu bieten hatte.

Widerlich.

Sie könnte sich ebenso gut auf der Stelle nackt vor ihm ausziehen. War sie nicht eigentlich nackt? Schließlich verdecken nur zwei Muscheln ihre Brüste und die Flosse war für alle sichtbar.

»Würdet Ihr mir die Ehre erweisen, heute Abend mit mir zu essen? Es würde mich überglücklich machen.«

Ich erschrak zutiefst, weil ich so in Gedanken versunken gewesen war, dass ich von der Umgebung gar nichts mehr mitbekommen hatte. Seine Stimme erkannte ich sofort und ich bemerkte seine Augen in dem Moment auf mir, da ich zu ihm aufblickte. Sonst war sein Blick eher beherrscht, nun schien ein Feuer in ihm zu brennen, das sein gesamtes Gesicht leuchten ließ.

Sogleich wurde meine Kehle staubtrocken.

Ich nickte und erhob mich, so elegant wie möglich, von dem Stuhl. Auch, wenn ich mir selbst vorgenommen hatte, mich nicht so einfach von ihm beeindrucken zu lassen, war es mir wohl kaum möglich, einem Prinzen seinen Wunsch zu verwehren, ohne noch mehr Aufsehen zu erregen. Das würde mir noch weniger gefallen.

Aramis verbeugte sich vor mir, nahm die rechte Hand, hob sie an den Mund und drückte die weichen Lippen auf die Knöchel. Wärme breitete sich in meinem ganzen Körper aus und wieder fühlte es sich so an, als würden meine Eingeweide sich zusammenziehen.

Was hatte er nur an sich, dass seine Berührungen so etwas in mir auslösten? Sanft, aber bestimmt zog er mich vom Stuhl hoch und zur anderen Seite der Tafel.

Essen etwa nicht alle zusammen? Wohin gehen wir nur?, wunderte ich mich. Die Prinzen und ihre Begleitungen setzten sich an die andere Seite der Tafel, welche zuvor leer geblieben war.

Eigentlich können einem die Mädchen leidtun. Sie kommen von weit her, um auf ihre Chance zu warten, und dann werden sie nicht ausgewählt und müssen bei den anderen Frauen bleiben. Nicht einmal der König bleibt bei ihnen.

»Wie ich sehe, habt ihr eure Begleitung für den Abend ausgewählt. Dann kann das Essen ja beginnen!«

Er klatschte in die Hände und sofort öffneten sich die großen Saaltüren und über ein Dutzend Diener strömten mit Tabletts, Schüsseln und Tellern herein. Sie stellten die Teller vor jeden von uns und die Platten mit Essen darauf verteilten sie in der Mitte des Tisches, sodass sich jeder davon bedienen konnte.

Als die Diener verschwunden waren, nahm sich der König den ersten Bissen.

Das war das Startsignal für uns, denn alle langten kräftig zu, während sie ihre Gespräche von vorhin fortsetzten. Die Damen lächelten kokett und trugen ihre Vorzüge zur Schau und die drei Prinzen schienen nicht abgeneigt dieser Einladung zu folgen. Einzig Aramis und ich saßen nebeneinander und starrten auf unsere leeren Teller.

»Du bist sicher hungrig, soll ich dir etwas aussuchen? Wie wäre es mit ein bisschen Seesalat mit Austernfleisch? Oder lieber den Tiefseeeintopf?«

Ich hob hilflos die Schultern. Woher sollte ich wissen, was mir schmecken würde? Er tat mir von beiden Gerichten eine kleine Portion auf den Teller, sodass ich sie kosten konnte.

»Diese Brötchen sind eine Spezialität unseres Küchenchefs. Ich weiß nicht, wie er sie zubereitet, doch sie schmecken fantastisch.«

Er legte mir eines auf den Teller und griff nach zwei weiteren.

Er hat einen gesunden Appetit.

Ich probierte einen Löffel voll Eintopf. Er war wirklich köstlich! Warm, würzig und genau die richtige Mischung aus fest und flüssig und zusammen mit den fluffigen Brötchen war er sogar noch besser. Es erinnerte mich an den Eintopf, den Josefine immer für mich zubereitet hatte. Ein altes Rezept aus ihrer Heimat. Meistens mit einer guten Prise Pfeffer gewürzt, dazu Schnittlauch und ein wenig Basilikum. Auch wenn ich mir sicher war, dass keines dieser Gewürze unter Wasser zu finden war, war es doch der beste Vergleich, den ich finden konnte.

Mit großem Appetit aß ich die Portion und den Salat hinterher. Erneut spürte ich Aramis' Blick auf mir. Er grinste. »Du scheinst Hunger zu haben. Möchtest du mehr?«, bot er an.

Ich hatte das Gefühl, er würde mich wieder auslachen, also schüttelte ich den Kopf.

»Nur keine falsche Scheu, wenn du Hunger hast, dann iss! Besser als die Frauen, welche das nie tun – es ist schön, jemanden zu sehen, der gesund essen kann.«

Zögernd schöpfte ich mir erneut von dem Eintopf.

Als alle fertig gegessen hatten und satt und zufrieden waren, beugte sich der König in seinem Sitz nach vorn und beäugte mich kritisch. Ich versuchte, überall anders hinzuschauen.

»Mein Sohn hat mir ausrichten lassen, dass ihr in der Bibliothek fündig geworden seid? Ich habe Onorphius angewiesen, mir besagtes Buch zu bringen, damit ich mir selbst ein Bild davon machen kann. Aramis, ist es wahr, dass das, was ihr widerfahren ist, genau auf das Ritual passt, welches mit der Stimme des Herzens in Verbindung steht?«

Auf einmal wurde es ruhig am Tisch, alle lauschten den Worten des Königs wie gebannt.

»Ja, Vater, es deutet alles darauf hin, dass sie einer Sirene zum Opfer gefallen ist. Allerdings wissen wir nicht, ob sie wirklich planen, dieses Ritual zu vollziehen oder wie viele Stimmen sie gesammelt haben und ob sie die wichtigste nicht von Serena genommen haben.«

Der König strich sich bedächtig über seinen Bart.

»Kind, sag mir: Hast du einen Liebsten daheim? Oder einen Ehemann, der auf dich wartet?«

Ich schüttelte vehement den Kopf. Die anderen am Tisch blickten zwar verdutzt drein, schwiegen jedoch. Unsere beiden Welten schienen in diesem Punkt nicht so unterschiedlich zu sein, was mich einerseits beruhigte und andererseits ein wenig verwirrte. Jeder wirkte entsetzt, dass ich nicht verheiratet war.

»Wie alt bist du, Kind? Achtzehn?«

Ich schüttelte den Kopf und hielt zwei Finger hoch.

»Du kannst unmöglich zwanzig Jahre alt sein! Sicherlich wärst du dann nicht mehr ungebunden«, entfuhr es einer Frau.

Sie saß neben Prinz Angelo und war eher unscheinbar anzusehen.

Auch die anderen Begleitungen der Prinzen sahen mich skeptisch an und flüsterten hinter vorgehaltener Hand. Daran würde sich nirgends etwas ändern.

»Mhm, es scheint reichlich unwahrscheinlich zu sein, dass von einer Frau ohne Liebsten oder Ehemann eine solch wertvolle Stimme gewonnen werden kann, da es sich um die der reinen Liebe handeln muss. Ich denke, diese Möglichkeit können wir ausschließen. Mich beunruhigt mehr, dass sie überhaupt Stimmen sammeln – zumindest, wenn wir der Theorie Glauben schenken. Wir müssen dringend mehr über das Ritual und die Pläne der vermaledeiten Sirenen herausfinden«, kam der König wieder zu Wort.

»Damaris, ich möchte, dass du mit deinen besten Männern ausrückst, um herauszufinden, was sie in Teyloa treiben. Nach all den Jahren der Herrschaft grollen sie mir und wollen mich nicht als rechtmäßigen König anerkennen, das ist inakzeptabel«, erhob er seine Stimme.

»Erstatte mir binnen drei Tagen Bericht, damit wir weitere Schritte zusammen mit dem Kriegsrat planen können.«

Das ist wirklich ein ernstes Thema für ein Abendessen. Wieso dürfen wir Frauen dabei anwesend sein? Ich hätte gedacht, dass solche Pläne unter Verschluss bleiben sollten.

Wie aufs Stichwort wechselte der König das Thema.

»Nun sprechen wir nicht weiter von Krieg und den Sirenen. Das ist kein Gespräch für die Damen.«

Er blickte vielsagend in die Runde und die anderen Frauen kicherten kokett. Wie albern.

»Damaris, wieso hast du nicht Silvy, deine Frau, mitgebracht?«, fragte die Frau rechts von mir.

»Ja, mit ihr kann man sich wunderbar über die neuste Mode unterhalten, sie weiß immer, was man tragen kann und welche Farben gefragt sind!«, fiel auch eine andere ein.

Ganz schön oberflächlich, wenn diese Themen die einzigen sind, die man mit ihr besprechen kann. Was habe ich erwartet, sie ist mit diesem Ekel verheiratet.

Noch immer wurde mir übel, als ich an Damaris' Berührung dachte.

Vielleicht war diese Frau diejenige, die bemitleidet werden musste. Hatte sie ihn gar nicht freiwillig geheiratet und war er zu ihr so kalt gegenüber, dass er mit jeder anderen schäkerte? Sie war wirklich nicht zu beneiden.

Damaris setzte nur ein lässiges Grinsen auf und schon schmolzen die Herzen der Damen.

»Silvy wollte sich mit einer der Damen weiter unterhalten und so hat sie mich gefragt, ob es in Ordnung wäre, wenn sie heute mit den anderen Frauen speist. Ich hatte nichts dagegen einzuwenden. Da ich wohl kaum allein zum Essen erscheinen konnte, musste ich eine Begleitung auswählen.«

Er zwinkerte der Dame neben sich zu, legte den Arm um ihre Schultern und zog sie näher zu sich heran.

Langsam kochte Wut in mir hoch: Wieso schien keiner von den Anwesenden, egal ob männlich oder weiblich, sich an seinem Verhalten zu stören? Sollten Prinzen, vor allem Kronprinzen, sich nicht anders benehmen? Plötzlich hörte ich ein leises mahlendes Geräusch neben mir. Aramis presste den Kiefer fest zusammen und die Augen blitzten **wütend**. Seine Hände umklammerten das Besteck so heftig, dass die Adern auf der Hand deutlich sichtbar wurden.

Wenigstens einer, der bei klarem Verstand ist und diese Eskapaden nicht gut heißt. Oder verstellt Aramis sich nur?

Bei dem Gedanken zog sich etwas in mir zusammen. Wieso löste dieser Mann solche Gefühle in mir aus?

Am liebsten hätte ich den Kopf in den Händen vergraben, doch das gehörte sich natürlich nicht und so musste ich weiterhin mit ansehen, wie Aramis neben mir seinen Bruder anfunkelte.

»Prinz Aramis, meine Mutter und ich geben kommende Woche einen Ball zu Ehren meines Namenstages. Mir ist klar, dass es viel verlangt ist, doch ich könnte nicht guten Gewissens nach Hause schwimmen, wenn ich Euch nicht gefragt hätte, ob Ihr teilnehmen wollt.«

Die Frau an Prinz Angelos Seite, die mit dem großen Mundwerk, versuchte sich an ihrem aufregendsten Augenaufschlag und lächelte süßlich. Ich hoffte inständig, dass er nicht auf solche billigen Tricks hereinfallen würde - weit gefehlt.

»Sehr gerne, Miss …?«

Sie kicherte verlegen. »Anastasiia.«

Er schenkte ihr ein Lächeln. »Ich werde an der Feier Eures Namenstages teilnehmen, Miss Anastasiia. Solltet Ihr nichts dagegen haben, dann werde ich eine Begleitung mitbringen.«

Anastasiia schürzte die Lippen, nickte jedoch schließlich. Die Aussicht, Aramis auf ihrer Feier zu haben, überstrahlte wohl alles andere, denn den Rest des Essens über war ein breites Grinsen auf ihr Gesicht gepflastert.

Nachdem wir fertig gegessen hatten, wandte sich der König erneut an seine Söhne.

»Ich hoffe, ihr wisst, wie wichtig es ist, dass ihr und eure Frauen unsere Familie repräsentiert. Wählt eure Frau also weise, doch wählt schnell, es gehört sich nicht, dass Prinzen das Leben eines Junggesellen führen.«

Bei den letzten Worten bedachte er Aramis und Serian mit einem bedeutungsschweren Blick. Dieser wich den Augen seines Vaters gekonnt aus.

»Der offizielle Teil des Abends ist hiermit beendet, ich werde mich zurückziehen. Ihr könnt tun und lassen was ihr wollt, ich bin mir sicher, dass ihr euch anders besser amüsiert.«

Mir nickte er ebenfalls zu. »Auch dir wünsche ich einen schönen Abend, Serena.«

Damit schwamm er aus dem Raum und ließ mich, die Prinzen und ihre Begleitung allein.

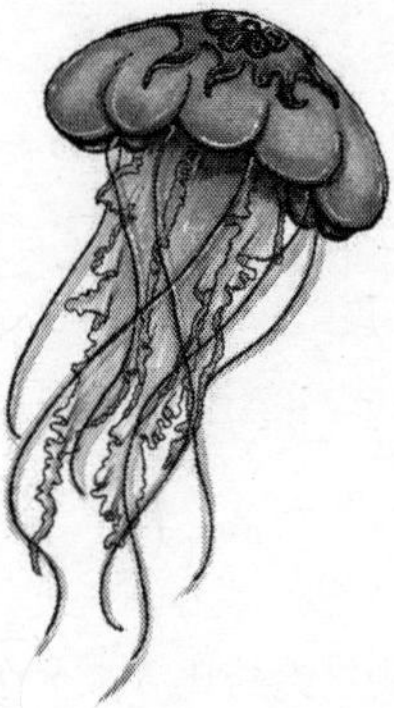

Kapitel 10

Aramis

Kaum war Vater aus der Tür hinaus geschwommen, erhoben sich meine Brüder.

»Ihr habt es gehört«, verkündete Damaris, »unser König sagt, wir sollen uns amüsieren, da sollten wir diese kleine Versammlung an einen anderen Ort verlegen, oder nicht? Da haben wir alle mehr Vergnügen.«

Ich wusste, was er dabei im Sinn hatte. Zu deutlich sah ich vor mir, wie er versuchte, sich an Serena heranzumachen, und das gefiel mir überhaupt nicht.

»Gehe zu deiner Frau, mit der kannst du feiern, so viel und so lange du willst …«, murmelte ich - anscheinend nicht leise genug.

Damaris fuhr zu mir herum.

»Was hast du da gerade gesagt?«, verlangte er zu wissen.

»Nichts, vergiss es.«

»Du hast etwas über mich und meine Frau gemurmelt. Wenn du so etwas sagst, sei ein Mann und sag es mir direkt ins Gesicht!«

Solch einen Ausbruch hatte ich nicht erwartet, verhielt er sich Silvy gegenüber sonst eher kühl und abweisend. *Sie tut mir leid, schließlich wurde sie gegen ihren Willen verheiratet. Mit einem Mann, der sich nicht um ihr Wohlergehen schert. Sie sieht seit langer Zeit nicht mehr glücklich aus. Damaris ist nie der Typ Mann gewesen, der gerne über Gefühle und Gedanken sprach. Selbst als Kind ist er nur auf seinen Spaß und Vorteil aus gewesen. So ist er leider geblieben und nicht herausgewachsen.*

Wenn er einmal den Thron von Aquaris bestieg, würde es dem

Volke nicht mehr so gut gehen wie jetzt. Unter Vaters Regentschaft war unser Königreich aufgeblüht wie eine Seeanemone und die meisten Menschen lebten ohne die Hilfe der Krone.

Jeder, der arbeiten konnte, hatte eine Beschäftigung und trug zum Gemeinwohl bei. Durch den Tauschhandel bekam jeder alles, was er wollte, und keinem mangelte es an etwas. Wenn ein Meermann oder eine Meerjungfrau zu alt oder zu krank waren, um zu arbeiten, erhielten sie zum Ausgleich in regelmäßigen Abständen Gold von der Krone.

So gern Vater Feste feierte und für das Wohlergehen seines Volkes Gold aufwand, so sparte er an sich und versuchte, nicht über die Stränge zu schlagen, damit die Schatzkammern nicht belastet wurden. Die Steuern hielt er so niedrig wie möglich, um es den Bürgern nicht schwerer zu machen. Damaris war niemand von der Sorte, der sparsam mit den Ressourcen anderer umging. Sobald er etwas haben wollte, nahm er es sich, egal wie hoch der Preis.

Ich seufzte und blickte zu meinen beiden anderen Brüdern, die sich uneins waren, ob sie seiner Einladung folgen sollten oder nicht. Schließlich endeten solche Feiern oftmals in Gelagen, was keiner der beiden schätzte.

Serian vor allem blieb ruhig und gelassen. Er war zusammen mit mir der einzig unverheiratete Prinz, doch verbrachte er die meiste Zeit in der Bibliothek, wo es ihm eher schwerfiel, eine geeignete Braut zu finden. Seit kurzem schien sich etwas verändert zu haben. Wenn man ihn auf Frauen ansprach, wurde er puterrot und wechselte schnellstens das Thema.

Ich musste lächeln. Während unsere älteren Brüder begannen *Erfahrungen* zu sammeln, hatten wir stets darüber gesprochen, wie es sein würde, sollten wir einmal *Erfahrung* haben.

Schlussendlich hatten wir beschlossen, dass uns Abenteuer,

Freundschaft und die Unabhängigkeit wichtiger waren als Frauen und so blieben wir beide ungebunden – sehr zum Missfallen unseres Vaters.

»Danke für die Einladung, Damaris, doch ich werde nicht mitkommen«, lehnte ich ab.

Er verzog spöttisch das Gesicht. »Hatte ich nicht erwartet, dass ein Langweiler wie du Spaß haben möchte.«

Seine Augen huschten an meine rechte Seite, an der Serena schwamm, unsicher, wohin sie schauen sollte.

»Was ist mit deiner kleinen Freundin? Sie hat vielleicht Lust, mit uns zu feiern? Schließlich ist sie neu in Stella Maris und jemand muss ihr zeigen, wo und wie man sich am besten amüsiert, nicht wahr?«

Wieso klang bei ihm nur alles so widerwärtig anzüglich? Und warum ließ er seine dreckigen Finger nicht von Serena?

Ich wusste, dass es nicht an mir lag, sie zu beschützen, doch ich konnte die Stimme in mir, die mich dazu anhielt, mich zwischen sie und meinen Bruder zu stellen, einfach nicht abstellen.

»Ich bin mir sicher, dass sie sich nicht einmal in deiner Nähe aufhalten möchte und noch weniger irgendetwas mit dir zusammen tun«, entgegnete ich kalt.

Als Serena seinen Blick bemerkte, verhärtete sich ihr Gesicht und ihr Mund wurde zu einer Linie.

Ihre Augen verengten sich zu Schlitzen und sie verschränkte die Arme vor der Brust. So wie sie ihren Kopf zur Seite warf und sich abwandte, sah sie genauso aus wie andere Damen am Hof. Jene, die sich aufführten wie dressierte Tiere und jeden anfuhren, der sich in der Nähe aufhielt.

»Kommt, wir hauen ab. Mein Bruder ödet mich an.« Mit diesen Worten schwamm Damaris, gefolgt von meinen anderen Brüdern, davon.

Ich wandte mich Serena zu, nachdem ich mich vergewissert hatte, dass niemand mehr anwesend war. Die anderen Frauen hatten sich inzwischen in ein weiteres Zimmer zurückgezogen, bestimmt um Spiele zu spielen und über die neuesten Gerüchte zu diskutieren. Noch immer fühlte es sich ungewohnt an, mit einer Frau allein in einem Raum zu sein. Zwar war ich nicht mein Bruder, doch ich wollte nicht, dass sie das Gefühl bekam, ich könnte ihm in irgendeiner Weise ähneln. Ich schwamm ein wenig weiter weg, um mehr Abstand zwischen uns zu bringen. Ihre Miene war undurchdringlich und ich konnte nicht erahnen, was sie über den Verlauf dieses Abends dachte.

»Ist … ist alles in Ordnung bei dir? Es … es tut mir wirklich leid. Ich würde gerne sagen, dass mein Bruder normalerweise nicht so ist, doch … das wäre eine glatte Lüge.«

Serenas Mundwinkel verzogen sich zu einem wissenden Lächeln, was ansteckend wirkte. Schließlich nickte sie zaghaft. Obwohl sie vorhin so taff und mutig gewirkt hatte, sah sie nun verletzlich aus.

»Soll ich dich zu deinen Gemächern begleiten?«

Ich wollte meine Erziehung nicht in den Wind schlagen und der Gentleman in mir kam immer wieder durch. *Seltsam, dass die meisten Frauen das nicht zu mögen scheinen. Gib ihnen einen Casanova wie Damaris und ihre Herzen werden weich. Serena allerdings scheint das anders zu sehen. Eigentlich eine erfrischende Abwechslung.*

Während ich an Serenas Seite durch die leeren Gänge schwamm, sah ich immer wieder zu ihr und in den Fällen, da sich unsere Blicke trafen, schauten wir beide schnell zur anderen Seite.

Sie ist unser einziger Hinweis auf die Machenschaften der Sirenen. Eventuell sollten wir sie in unsere Überlegungen einbeziehen. Vielleicht ist es ihr nicht möglich, in ihre Heimat zurückzukehren, also ist ihr Platz vorläufig in Stella Maris. Nach allem hat sie wohl nicht viel Lust, hier zu bleiben, doch ich kann an ihrer Situation momentan nichts ändern.

»Serena? Würde es dir etwas ausmachen, weiterhin unser Gast am Hofe von Stella Maris zu sein? Ich weiß nicht, wo dein Zuhause ist, doch es liegt nicht unter dem Meer, nicht wahr?«

Entsetzt starrte sie mich bei diesen Worten an. Was hatte sie zu befürchten?

»Sollte es der Fall sein, ist es in Ordnung - mach dir keine Sorgen. Niemand wird dir ein Leid antun, nur weil du nicht so bist wie wir. Doch …«

Sie sah mich fragend an.

»… es gibt leider Meermenschen und Sirenen, die es nicht gerne sehen, wenn sich unsere Rassen mischen. Vielleicht sollten wir dieses kleine Geheimnis für uns bewahren.«

Verschwörerisch zwinkerte ich ihr zu, um die Stimmung zu lockern. Es schien zu funktionieren, denn sie kam ein wenig näher.

Plötzlich spürte ich eine federleichte Berührung und blickte hinab. Serenas Hand hatte sich mit meiner verschlungen und sie lächelte mich schüchtern an.

Hatte sie nicht in der Höhle deutlich gemacht, dass sie kein Interesse hatte? Während ich versucht hatte, ihr nahe zu sein, war sie mir ausgewichen.

Sei kein Narr, sie ist vermutlich nur dankbar, dass es jemanden gibt, der ihr Geheimnis bewahrt und sie nicht hinaus ins offene Meer schickt. Dankbarkeit, nicht mehr.

Noch immer sah sie mir in die Augen. Ab und an wanderte ihr Blick zu meinen Lippen und schoss dann sofort wieder nach oben. Ich war nicht in der Lage, mich von ihr loszueisen, ihre grünen Iriden wirkten hypnotisierend.

Sie kam langsam näher, Stück für Stück überbrückte sie die Distanz zwischen uns. Ich wich ein Stück zurück und mein Rücken stieß gegen die Wand des Ganges. Sie war mir nun so nahe, dass ich ihren Atem auf dem Hals spürte.

Ich erschauerte. War das nur ein Traum?

Unsere Flossen berührten sich, nur ein Fingerbreit trennte uns noch.

Ich glaubte beinahe, ihren Herzschlag zu spüren, der genauso schnell ging wie mein eigener. Nur ein kleines Stück und unsere Lippen würden sich berühren. Wie es sich wohl anfühlen würde?

Ich blickte erneut zu ihrem Mund, der weich und einladend aussah.

Nie hatte ich eine Frau wirklich begehrt, mich mit jeder Faser meines Körpers danach verzehrt, ihr nahe zu sein. Fühlte es sich etwa so an? Dieses ziehende Gefühl in der Magengrube und gleichzeitig die Vorfreude auf das, was passieren würde.

Langsam beugte ich mich vor, ihr entgegen. Gleich wäre es so weit, unsere Lippen …

»He, ihr da! Was habt ihr so spät auf den Gängen verloren? Solltet ihr nicht längst fort sein? Die Herrschaften brauchen euch heute nicht mehr.«

Wie aufgescheuchte Fische fuhren wir auseinander.

Im ersten Augenblick fand ich meine Stimme nicht und so berichtigte keiner die Wache. Als sie näherkam, weiteten sich ihre Augen vor Schreck.

»Prinz Aramis! Ich wollte nicht … ich habe Euch nicht …«

Verlegen rieb ich mir den Nacken.

»Euch trifft keine Schuld. Ich weiß, dass ich mich zu so später Stunde nicht herumtreiben sollte. Manche Dinge sind solche Risiken allerdings wert, falls Ihr wisst, was ich sagen will.«

Ich hatte zu meinem alten Selbst wiedergefunden und zwinkerte dem Wachmann zu. Er schien kurz verdutzt, dann zeigte sich ein wissendes Lächeln auf seinen Lippen.

»Ich möchte, dass Ihr Stillschweigen bewahrt über das, was Ihr gesehen habt, ist das klar? Ich muss Euch nicht erklären, mit was für Konsequenzen Ihr zu rechnen habt, wenn Ihr die Anordnungen missachtet.«

Ich hoffte, autoritär genug auf die Wache zu wirken. Wer wusste, was in ihrem Kopf vorging und ob sie das Gesehene nicht ausplaudern würden.

»Mein Prinz, nie würde ich mich einer direkten Anweisung widersetzen. Verzeiht, dass ich Euch so unhöflich ansprach, ich hatte Euch wegen des schwachen Lichtes und der Schatten nicht erkannt.«

Überraschenderweise wandte er sich nun Serena zu und verbeugte sich vor ihr.

»Miss, ich bitte Euch um Verzeihung, da ich Euren … vertrauten Moment zerstört habe. Das war keine Absicht, das müsst ihr mir glauben!«

Hoheitsvoll senkte Serena den Kopf und lächelte den Mann an. Bei diesem Anblick wurde mir warm ums Herz und ich erwischte mich selbst, wie ich mir wünschte, das Lächeln würde mir gelten.

»Habt Dank, Miss. Ich werde Euch nun allein lassen, Ihr findet den Weg zu Euren Gemächern gewiss ohne Hilfe. Gute Nacht, Prinz Aramis.«

Mit einer letzten Verbeugung zog die Wache von dannen und ließ mich und Serena im Halbdunkel zurück.

»Das war … eigenartig. Entschuldige«, sprach ich die Gedanken, die mir in den Kopf kamen, laut aus.

Verlegen blickte ich Serena in die Augen und sie schien ebenso unsicher, was sie von dieser Situation halten sollte. Durfte ich meinen

Gefühlen überhaupt trauen?

Noch immer kribbelte mein ganzer Körper vor Anspannung und Erregung. Ich wäre bereit gewesen, es nicht bei einem Kuss zu belassen, obwohl ich auf diesem Gebiet keinerlei Erfahrung hatte.

Wie schwer kann das schon sein? Natürlich weiß ich, wie es funktioniert aber … Theorie und Praxis sind meist zwei unterschiedliche Dinge. Wieso sollte es hier anders sein?

Um ehrlich zu sein, war mir nie der Gedanke gekommen, mit einer Frau mehr zu tun, als sie zu küssen. Immerhin würde das für mich Konsequenzen nach sich ziehen. Schließlich konnten Kinder, die aus solchen Verbindungen entstanden, nicht einfach ignoriert werden – eine Heirat folgte somit auf dem Fuße. Und dafür war ich definitiv nicht bereit. Glaubte ich zumindest.

Immer wurde ich von Angelo und Damaris gehänselt, dass ich kein richtiger Mann wäre, solange ich nicht bei einer Frau gelegen hatte, doch das interessierte mich nicht. Eigentlich hatte ich vorgehabt, erst mit der Frau ein Bett zu teilen, die ich heiratete.

Bisher hat mir die richtige Frau gefehlt. Nicht nur das Äußere, sondern auf die inneren Werte kommt es mir an, schließlich möchte ich mich mit ihr gut verstehen und etwas unternehmen. Was nützt mir die schönste Frau, wenn sie dumm und geistlos ist wie eine Seegurke?

Wieder huschte mein Blick zu Serena.

Sie war wirklich wunderschön, aber auch ohne Worte konnte sie sich wehren, war stark und machte zumindest nicht den Eindruck, als wollte sie gerettet werden. Auch, wenn ich das nicht immer beachtete. Einerseits war dies eine sehr attraktive Eigenschaft und andererseits fühlte ich mich ein wenig in meinem Stolz verletzt. Es war albern, doch ich konnte nichts dagegen tun. Ab und an würde man seiner Liebsten gerne ein wenig helfen.

Wo kam das auf einmal her? Serena war nicht *meine Liebste.* Obwohl wir uns beinahe geküsst hatten, wusste ich nicht, wie wir zueinanderstanden.

In der Höhle hatte sie mir deutlich gezeigt, dass sie nichts in dieser Weise mit mir zu tun haben wollte - und was sollte das gerade eben dann?

Aufgewühlt fuhr ich mir durch die Haare und hätte den Frust am liebsten in die Welt hinaus geschrien.

Inzwischen hatte Serena bemerkt, dass etwas mit mir nicht stimmte. Mit einer Frage im Gesicht kam sie näher, bis wir nur ein paar Flossenschläge voneinander entfernt waren.

Ihr Blick wirkte unsicher.

Also versuchte ich mich an einem Lächeln, anstatt all den Frust und die widersprüchlichen Gefühle ihr gegenüber auszuplaudern. Erneut huschten ihre Augen zwischen meinem Mund und Augen hin und her. War das nicht Zeichen genug, dass ihre Gefühle in eine ähnliche Richtung gingen? Oder war es für sie nur ein Spiel, ein Zeitvertreib? Nein, so durfte ich nicht denken.

Aber wollte ich, dass sie es noch einmal versuchte? Tatsächlich beugte sie sich keine Sekunde später vor und kam mit ihrem Gesicht stetig näher.

Mein Herz pochte wie verrückt und meine Hände begannen zu zittern. Jedoch kurz bevor sich unsere Lippen endgültig berührt hätten, drehte sie nach links ab und gab mir einen Kuss auf die rechte Wange.

So schnell wie alles angefangen hatte, war es vorbei und ich blieb völlig überrumpelt zurück, während Serena lautlos kichernd durch den Gang schwamm und um eine Ecke verschwand.

Kapitel 11

Serena

So schnell meine Flosse es zuließ, schwamm ich durch die leeren Gänge und suchte nach meinem Zimmer. Ich hatte aufgepasst, als Allegra mir den Weg beschrieben hatte, doch die Ereignisse der vergangenen Minuten schienen mich den Verstand gekostet zu haben.

Da hilft er mir einmal aus der Patsche und schon schmelze ich wie Eis in der Sonne.

Am liebsten hätte ich mich für diese Torheit geohrfeigt.

Was waren das nur für seltsame Gefühle, die mich in seiner Gegenwart übermannten? Ich schaffte es nicht, mich von ihm fernzuhalten. Nie hatte ich so etwas verspürt. War es Liebe? Begierde? Ich schüttelte den Kopf.

Es gab Wichtigeres, als mit einem jungen Mann zu schäkern, den ich nicht kannte und der mir nur Probleme zu bereiten schien.

Selbst im Meer waren es die Männer anscheinend gewohnt, das Sagen zu haben und der Frau beistehen zu müssen. Allerdings hatte ich Aramis in der Höhle und in der Bibliothek deutlich zu verstehen gegeben, dass ich seine Hilfe nicht benötigte. Dennoch: die Tatsache, dass er beim Abendessen für mich in die Bresche gesprungen war, hatte die Schmetterlinge in meinem Magen zum Flattern gebracht, obwohl ich die Situation ebenso allein bewältigt hätte.

Damaris ist ein Großmaul, doch gewiss verbirgt sich hinter der harten Schale ein weicher Kern. Wäre er nur nicht so ein Ekel …

Erneut lief mir ein Schauer über den Rücken.

Wo zum Teufel ging es zu diesem verflixten Zimmer? Ich wollte mich zurückziehen und in Ruhe über alles nachdenken, aber in dem dunklen Gang hatte ich die Orientierung verloren. Plötzlich entflammte eine Leuchte ganz in der Nähe, was mich aufschreckte. Unter dem Licht machte ich einen Schatten aus.

Angst schlich sich in meine Glieder und lähmte sie. Wer war dort? An den breiten Schultern und der kräftigen Schwanzflosse erkannte ich, dass es sich um einen Mann handeln musste.

So gut ich konnte, drückte ich mich an die steinerne Wand und versuchte mich zusammenzukauern.

Hat er mich nicht gesehen? Und wieso schleicht er durch die Gänge, das ist gespenstisch! Kein normaler Mensch tut so was.

Ich begann am ganzen Körper zu zittern und ich glaubte, mein Herz würde bald aus der Brust springen. Wollte mir jemand einen Schrecken einjagen?

In dem Moment sprach der Schatten.

»Serena. Was tust du hier? Ich dachte, du wärst auf deinem Zimmer?«

Serian schwamm aus dem Schatten hervor und musterte mich interessiert.

Nur mühsam beruhigte sich mein Puls und das Zittern ließ nach. Was hatte Aramis' Bruder in den Gängen zu suchen und wieso hatte er sich nicht gleich zu erkennen gegeben?

Doch ich hatte nicht das Gefühl, dass er Böses im Schilde führte. Trotzdem begegnete ich der Sache misstrauisch.

»Findest du nicht zurück zu deinem Zimmer? Soll ich dich dorthin begleiten?«

Ganz der Gentleman bot er mir den Arm an, welchen ich dankend annahm. Behutsam schlang er meinen Arm um seinen und schwamm in die entgegengesetzte Richtung, aus der er gekommen war.

Sobald wir um eine weitere Ecke gebogen waren, erkannte ich den Gang wieder.

Ab jetzt hätte ich den Weg selbst gefunden, doch seine Gesellschaft war angenehm.

Nach einigen Minuten brach er das Schweigen zwischen uns. »Serena. Mir ist bewusst, dass ich ein wenig forsch erscheinen werde, aber ich möchte ehrlich mit dir sein. Liegt dir etwas an Aramis?«

Bei seinen Worten zuckte ich unwillkürlich zusammen und schaute ihn erschrocken an.

Mit einem leisen Lachen fuhr er fort.

»Ich habe gesehen, wie er sich Damaris heute gegenüber verhalten hat. Das ist nicht normal für ihn. Zugegeben, die beiden haben sich nie gut verstanden und geraten oft aneinander, allerdings nie so … öffentlich.«

Ich senkte betreten den Blick. Nun war ich schuld daran, dass er sich wie ein Narr benahm!

»Gräme dich nicht. Ich finde, es war richtig von ihm, so für dich einzustehen. Damaris kann wirklich ein Ekel sein – er weiß nicht, wo seine Grenzen liegen.«

Er seufzte resigniert und zuckte mit den Schultern. »Nun ja, darüber wollte ich nicht mit dir reden. Vergessen wir Damaris für den Moment.«

Wäre das nur so leicht.

»So wie ich Aramis heute erlebt habe, bin ich mir sicher, dass er etwas für dich empfindet. Was er sich davon erhofft, weiß ich nicht, aber als sein Bruder sage ich dir: Du bedeutest ihm viel. Man spürt förmlich, wie das Wasser sich kräuselt, wenn ihr beieinander seid. Trotz allem habe ich die Sorge, dass er verletzt werden könnte, verstehst du das?«

Ich nickte.

Zwar besaß ich keine Geschwister, doch ich wusste, was es hieß, eine Person so sehr ins Herz zu schließen. Genau so war es bei Melissa und mir immer gewesen.

»Sehr gut. Ich möchte dir nichts ausreden, dennoch bitte ich dich: Sei ehrlich zu ihm. Er ist eine gute Seele, doch leider naiv und gutgläubig. Du bist, meiner Einschätzung nach, eine Frau, die weiß was sie will, und daher die Bitte: Sollte er nicht sein, was du möchtest, lass es ihn wissen. Er verdient das.«

Bei seinen letzten Worten waren wir vor meiner Tür angekommen und er verbeugte sich förmlich vor mir, nahm meine Hand und hauchte einen zarten Kuss auf die Knöchel. »Gute Nacht, Serena.«

Damit drehte er sich um und verschwand um eine Ecke.

Ich öffnete die Tür zum Zimmer. In mir tobten so viele Gefühle, dass ich meine Umgebung kaum wahrnahm.

»Da seid Ihr ja, Miss. Ich habe so lange auf Euch gewartet!«

Beim Klang von Allegras Stimme fuhr ich erschrocken zusammen.

»Oh, Miss, verzeiht, ich wollte Euch nicht erschrecken. Ich dachte …«

Sie biss sich auf die Lippe. Ich begegnete ihr mit einem Kopfschütteln und einem Lächeln. Zwar schien sie nicht völlig überzeugt, doch sie schaute nicht mehr so zerknirscht drein.

»Soll ich Euch beim Entfernen der Nadeln Eurer Frisur helfen und Euch Kleidung zum Schlafen heraussuchen?«

Dankbar nickte ich. Ich hatte den Eindruck, als bräuchte sie Arbeit, um sich von etwas abzulenken.

»Ich bitte erneut um Verzeihung, Miss. Ich wollte Euch nicht erschrecken. Hattet ihr einen schönen Abend? Habt Ihr mit der königlichen Familie und allen vier Prinzen gespeist? War der König anwesend? Und ist er nett gewesen? Hat das Essen geschmeckt? Die anderen

Frauen, waren sie nett zu Euch …?«

Die Fragen sprudelten nur so aus ihr hervor. Ich fand es ganz amüsant und irgendwie liebenswert, dass jemand Fremdes so viel fragte.

Nachdem ich sie nach zehn weiteren Fragen immer noch nicht unterbrochen hatte, legte sie die Kleider, welche sie in der Hand gehabt hatte, für einen Augenblick beiseite und betrachtete mich eingehend.

»Ihr seid wirklich nicht in der Lage, zu sprechen, oder?«

Allegra wirkte ehrlich interessiert und ich nickte.

»Wisst Ihr, bei uns Meermenschen gibt es so etwas normalerweise nicht … Ihr seid nicht in Stella Maris geboren, oder?«

Da ich sie nicht belügen wollte, wiegte ich den Kopf von einer Seite zur anderen: kein klares Ja und kein Nein.

Sie blickte mich entgeistert an. »Ähm … was ist das für eine Antwort? Ist das eine Art Geheimsprache, die ich nicht verstehe? Soll es ein Scherz sein?« Die Zofe legte ihre Stirn in Falten.

Ich konnte nicht mehr an mich halten und kicherte lautlos. Als Allegra das bemerkte, stimmte sie in das Lachen mit ein, und ohne eine weitere Erklärung von mir zu verlangen, machte sie sich an die Arbeit.

Wenig später verabschiedete sie sich von mir. »Es war ein schöner Abend, Miss. Ich danke Euch.« Allegra bewegte sich so schnell vorwärts, dass ich ihre Intention erst erkannte, als es zu spät war: Sie schloss mich in ihre Arme.

Nie war ich von einem fremden Menschen umarmt worden – irgendwie fühlte es sich beruhigend und tröstlich an.

Zögerlich erwiderte ich die Umarmung und strich ihr über den Rücken. Dann brachte ich sie auf eine Armeslänge Abstand, setzte eine strenge Miene auf und nickte in Richtung der Tür.

»Ich verstehe schon, ich sollte besser schlafen gehen. Und Ihr ebenso, Miss.«

Nachdem ich die Tür hinter ihr geschlossen hatte, drehte ich mich um und glitt an der Tür hinab, bis auf den Boden. Das Gespräch mit Serian hat mich mehr aufgewühlt, als ich gedacht hätte.

Hat Aramis seinen Bruder geschickt, um zu testen, wie ich auf die Fragen reagieren würde? Vielleicht wollte er nicht direkt sein …

Nach unserem Beinahe-Kuss war das eine sehr unwahrscheinliche Antwort. Aramis musste spüren, dass ich ihn ebenso begehrte wie er offensichtlich mich.

Wieso habe ich mich in der Höhle nicht anders verhalten? Ich hätte ihn sanfter abweisen können oder nicht so endgültig. Vielleicht sollte ich mir endlich eingestehen, dass etwas tief in mir gerne bei ihm ist und mehr Zeit mit ihm verbringen will.

Ich raufte mir die Haare und schlug mit der Faust auf den Boden.

Ohrfeigen könnte ich mich für mein Temperament, welches nur allzu leicht überkochte, und die unüberlegten Entscheidungen. Hatte ich mir einmal etwas in den Kopf gesetzt, war ich schwer davon abzubringen. Meine Eltern waren deshalb mehrmals mit ihrem Latein am Ende gewesen.

Ob sie mich vermissten? Bis ich wieder ein Mensch war, würde ich sie nicht sehen. Wollte ich überhaupt zurück? Nein, es wäre vermutlich eine Lüge, zu sagen, dass ich das Land und seine Einschränkungen sehr vermisste. In Stella Maris hatte ich mehr Freiheiten, als ich jemals an Land gehabt hatte.

Dann war da Aramis … sein Blick hatte sich in mein Gedächtnis gebrannt und ich sah ihn, sobald ich die Lider schloss. Wünschte ich mir wirklich, fortzugehen, ohne die leiseste Ahnung zu haben, was alles zwischen uns entstehen konnte?

Doch was, wenn er nicht mehr möchte?

Schon bei dem Gedanken daran zog sich etwas in mir zusammen

und Tränen sammelten sich hinter den Augen. Wie konnte ein fremder Mann mir in der kurzen Zeit so wichtig werden? Das war nicht normal!

Plötzlich erkannte ich, dass sich um mich herum eine rote Lache an Wasser gebildet hatte. Es sah so aus, als würde ich bluten. Erschrocken untersuchte ich meinen gesamten Körper, obwohl ich keine Schmerzen verspürte. Was war das?

Geistesabwesend fuhr ich mir über die Augen und versuchte, die Tränen darin wegzuwischen, zog die Hand wieder zurück und starrte wie gebannt darauf. Meine Tränen waren nicht länger durchsichtig, sondern rot. Sie besaßen exakt die Farbe meiner Schwanzflosse. Das konnte doch wohl unmöglich sein, oder? Allerdings glaubte ich inzwischen, dass fast alles möglich war.

Beinahe hätte ich aufgelacht. In meinem Leben war seit dem Tag meiner Verlobung gar nichts mehr leicht, sodass so etwas mich nicht aus der Bahn werfen sollte. Ich musste erneut allein mit ihm sein, vielleicht konnte ich dann mehr herausfinden. Irgendwann sollte er sich mir öffnen, oder?

Was denke ich für einen Unsinn, schließlich habe ich mich ihm ebenso wenig geöffnet. Auf der anderen Seite … wie soll das gehen, ohne Stimme?

Resigniert ließ ich den Kopf hängen, während meine roten Tränen sich im Wasser auflösten.

Hoffentlich sieht es morgen anders aus. Immerhin werden sie bald etwas gegen die Sirenen unternehmen – mit etwas Glück bekommen sie aus ihnen heraus, was mit mir passiert ist.

Tatsächlich war ich sehr erschöpft, doch durch die aufwühlenden Gespräche und Gedanken hatte die Müdigkeit keine Chance gehabt, an die Oberfläche zu dringen. Jetzt, wo ein wenig Ruhe eingekehrt war, traf sie mich mit voller Kraft. Ich machte es mir auf dem Bett bequem, schloss die Augen und schlief sofort ein.

Kapitel 12

Aramis

Unruhig schwamm ich auf und ab, unfähig zur Ruhe zu kommen. Zu viele Gedanken schwirrten mir durch den Kopf und ich wusste mit keinem etwas anzufangen.

Es klopfte an der Tür und ich zuckte zusammen.

Verdammt, wer kommt um diese Zeit bei mir vorbei?

Kann es womöglich …

Ich brachte den Gedanken jedoch nicht zu Ende, eilte zur Tür und riss sie auf. Als mein Blick auf meinen Bruder fiel, entgleisten mir wohl die Gesichtszüge.

»Na, du scheinst ja nicht gerade begeistert zu sein, mich zu sehen. Wen hattest du erwartet?«, fragte er mit hochgezogenen Brauen.

Ich spürte, wie meine Wangen begannen rot zu glühen.

»Aha. So etwas in der Art hatte ich vermutet.«

Serian schob sich an mir vorbei. Ich schüttelte den Kopf und schloss die Tür hinter ihm. Das war typisch für ihn: Ohne große Erklärung stürmte er ins Zimmer und setzte sich wie selbstverständlich hin.

»Serian, ich freue mich, dich zu sehen. Aber was willst du um diese Zeit von mir? Hätte das nicht bis morgen Früh warten können?«

Meinen Bruder kümmerte mein leicht gereizter Tonfall nicht.

»Ich habe mit deiner kleinen Freundin gesprochen, oder sollte ich eher sagen: Ich habe gesprochen, sie sah etwas überrumpelt aus. Aber ich mag sie. Serena ist nicht wie die anderen Frauen am Hof, das kann ich spüren. Das neugierige Funkeln in ihren Augen gefällt mir besonders. Du hättest es schlechter treffen können.«

»Dessen bin ich mir bewusst, Serian. Wieso also der Aufstand? Was gibt es so Wichtiges, dass du mich um diese Uhrzeit störst, heraus mit der Sprache!«

Ich wurde selten wütend, aber wenn es um Serena ging, schaltete das Gehirn ab und ich verspürte das Verlangen, sie zu beschützen und zu verteidigen. Serian wollte ihr nichts Böses, trotzdem konnte ich es nicht lassen.

Mein Bruder lachte.

»Natürlich, das hätte ich wissen müssen. Stets versuchst du, deine Gefühle unter der Oberfläche zu verstecken, doch sie brodeln zu leicht über. Du ähnelst Vater, wusstest du das? Auch er war früher jemand, der tief und innig geliebt hat – so hat es Mutter mir zumindest erzählt.«

Ein trauriger Ausdruck huschte über seine Züge. Ich war jung gewesen, als sie von uns ging, und seither wurde kaum über sie geredet. Wenn jemand sie erwähnte, verhärteten sich Vaters Gesichtszüge und seine Laune schwang, einem Sturm auf hoher See gleich, um.

Ich wusste nicht einmal, woran sie gestorben war. Als kleiner Junge hatte ich ein Gespräch zwischen Vater und seinen Ministern belauscht und währenddessen war immer wieder die Worte *Sirenen, Hohepriesterin und Aquaria* gefallen. Heute war mir klar, dass Aquaria die Hohepriesterin der Sirenen war und ihre ungekrönte Königin.

Vater hasste sie inniglich, da er den Thron bestiegen hatte, nachdem sein eigener Vater gestorben war.

Keiner der Wachen, Minister oder gar Vater wollte mit mir über dieses Thema sprechen, also ließ ich es auf sich beruhen.

Sollte es wirklich wichtig sein, dann hätte er mir davon erzählt. Ich kenne Aquaria nicht, doch ich bin mir sicher, dass mit ihr nicht zu spaßen ist. Immerhin ist sie eine Sirene. Wieso sollte sie Mutter getötet haben? Die beiden kannten sich bestimmt nicht – was für ein Unsinn.

Ich wollte nicht über Vater oder Mutter reden.

»Nun spuck aus, was dir auf der Zunge liegt, Serian, dass ich mich hinlegen und den Tag beenden kann. Er war … aufreibend genug.«

Verlegen kratzte ich mich am Hinterkopf.

Serian lachte. So war es immer: Er kam, redete in Rätseln und verschwand.

»Nun, kleiner Bruder. Ich merke, dass dir die fremde Schönheit am Herzen liegt, oder habe ich damit Unrecht?«

Ich überlegte, was auf diese Frage die passende Antwort wäre, da fuhr er fort.

»Dachte ich es mir doch, man sieht es dir an der Nasenspitze an. Dass sie es nicht mitbekommen hat, lässt auf ihre eigene Verblendung in der Sache schließen. Ich bin mir sicher, ihr ergeht es ebenso.«

Er zwinkerte mir zu und mir stieg zum zweiten Mal die Röte ins Gesicht.

Verdammt, dass ich stets rot anlaufe! Was soll Serena von mir denken, wenn ich immer rot werde wie ein kleines Meermädchen? Männlich ist das nicht …

Ich hielt mitten in den Gedanken inne. War das Erste, woran ich gedacht hatte, wirklich Serena und ihre Reaktion gewesen? O je, mich hatte es tatsächlich erwischt. Das würde ich vor Serian niemals zugeben!

»Selbst wenn, was hast du damit zu tun? Außerdem, wieso hast du mit Serena gesprochen? Gab es dazu einen besonderen Anlass? Hat sie dich darum gebeten?«

Erneut wurde meine Stimme lauter und lauter.

Er hob beschwichtigend die Hände. »Bleib ruhig, Aramis. Das, was du denkst, kannst du Damaris in die Schuhe schieben nicht mir. Ich möchte mich mit deiner Freundin unterhalten, nichts weiter. Wieso ich sie besucht habe, erkläre ich gern. Ich hatte nur die besten Absichten, ich habe ihr einige Dinge klar gemacht.«

Oh, oh, das klang nicht gut. Überhaupt nicht gut. Wenn einer meiner Brüder ein *typischer großer Bruder* war, dann er. Immerzu sorgte er sich um mich und unser Wohlergehen und merkte dabei oftmals nicht, dass er übertrieb.

»Was hast du ihr gesagt, Serian?«, presste ich hervor.

»Ach, du weißt schon. Dass du es nicht immer leicht hattest und sie sich ihrer Gefühle dir gegenüber im Klaren sein sollte, bevor sie nach ihnen handelt. Ich möchte nicht, dass sich die Ereignisse von vor zwei Jahren wiederholen …«

Seine Stimme brach ab und ich musste schlucken. Damals wäre ich beinahe umgekommen. Schwer verliebt hatte ich versucht, eine der adeligen Frauen zu beeindrucken, und war von einer Strömung erfasst worden. Sie hatte mich gegen die Felsen geschleudert, mir jegliche Orientierung geraubt und ein Schädeltrauma verpasst, das sich gewaschen hatte. Hätte Serian mich nicht gefunden, dann würde ich wahrscheinlich nicht mehr leben.

» Du meinst es nur gut, aber, Serian, ich bitte dich! Du kannst nicht zu einer fremden Frau gehen und ihr an den Kopf werfen, dass sie sich mir nur annähern darf, sollte sie in mich verliebt sein. Wie soll sie das wissen? Verdammt noch mal, nicht einmal ich weiß, was ich für sie empfinde, und ich mache mir garantiert mehr Gedanken darüber. Alles scheint für sie neu zu sein und nun kann es sein, dass eine Sirene ihr die Stimme geraubt hat. Da gibt es Wichtigeres, worüber sie nachdenken muss!«

Ich musste kurz innehalten.

»Denkst du, ich könnte zu ihr gehen und ihr das Herz ausschütten? Was glaubst du, wie sie reagieren würde? Schon in der Höhle …«

Ich brach ab.

Er kam zu mir herüber und klopfte mir auf die Schulter.

»Du wirst das hinbekommen, kleiner Bruder.« Er wandte sich um, schwamm zur Tür und drehte sich noch einmal um. »Lass dir nicht zu viel Zeit. Ich habe in ihren Augen gesehen, dass sie Gefühle für dich hat. Irgendwann wird sie einen Beweis für deine Gefühle wünschen und wenn dieser nicht erbracht wird … dann wirst du sie verlieren.«

Mit diesen Worten zog er die Tür hinter sich zu und war fort.

Ich fuhr mir mit den Händen durch die Haare, um meine Nervosität zu verbergen. Serian hatte recht. Meine Gefühle für Serena konnte ich nicht leugnen, doch ich hatte keine Zeit gehabt, diese zu ergründen.

Vielleicht bot der Ball von Anastasiia die Gelegenheit, ihr näherzukommen. Ob ich sie dazu überredet bekam, dass sie mich begleitete?

Ich hatte die Verachtung in ihren Augen gesehen, während die Frauen enthusiastisch von diesem Ball geredet hatten. Sie hatte sich abgewandt – sie war so anders als die Frauen an Vaters Hof.

Und ich habe sie vergrault.

Erneut raufte ich mir die Haare und ließ mich auf das Bett fallen. Ich hatte Serians Stimme im Ohr, wie er sagte, sie habe Gefühle für mich und ich solle so schnell wie möglich mit ihr reden.

Einerseits verspürte ich Scham und andererseits Aufregung.

Morgen werde ich mit ihr reden, das kann nicht so schwer sein. Ich habe schließlich schon mehr als einmal mit einer Frau geredet, wieso stelle ich mich so an?

Ich drehte mich auf den Rücken und blickte an die Decke des Zimmers.

Meine Gedanken kreisten um Serena und um den bevorstehenden Ball. Natürlich konnte ich nicht außer Acht lassen, dass meine Begleitung vermutlich zu einem Komplott der Sirenen gehörte, doch Vater hatte mich angewiesen, die Flosse still zu halten, nachdem ich ihm meine Vermutungen mitgeteilt hatte. Er wolle keinen offenen Krieg anzetteln, hatte er gesagt, und sich erst mit seinen Generälen beraten. Späher waren nach Teyloa ausgesandt worden. Trotz dass ich meinem Vater vertraute, war ich mir sicher, dass wir mehr unternehmen sollten. Ich würde am Morgen erneut das Gespräch mit ihm suchen.

All das schwirrte in meinen Gedanken umher und wann immer ich die Augen schloss, malte mein Verstand Bilder, die ich lieber sofort verdrängt hätte.

Wie sollte ich schlafen, wenn mein Kopf mit so vielen Dingen gefüllt war, dass ich das Gefühl hatte, er würde jeden Moment zerbersten?

Ich schloss die Lider, ließ den Gedanken freien Lauf und sie schossen zurück zu der dunkelhaarigen Frau an Land. Ihr Blick war so voller Sehnsucht gewesen und wie ihre Haare sich in der Brise bewegt hatten, fast wie …

Ruckartig setzte ich mich auf. Je länger ich darüber nachdachte, desto eher verschmolzen die schwarzhaarige Schönheit an Land und Serena zu ein und derselben Person.

Ob ich sie darauf ansprechen sollte? Wenn sie ein Mensch ist, dann steckt die verdorbene Magie der Sirenen gewiss dahinter. Dann müssen wir den Zauber schnellstmöglich brechen. Bestimmt hat sie eine Familie, die auf ihre Rückkehr wartet und sie vermisst …

An diesem Punkt endeten die Überlegungen, denn sie versetzten mir einen schmerzhaften Stich. Würde Serena das alles hinter sich lassen und nach Hause zurückkehren? Würde sie überhaupt einen Gedanken an mich und meine Gefühle verschwenden oder die Versuche, mich ihr zu nähern, erneut abschmettern?

Ich seufzte schwer.

Vermutlich musste ich einen Weg finden, mit ihr zu reden, und das ohne lauschende Ohren und all die blasierten Damen und Herren des Hofes.

Nie im Leben war ich mir so sicher gewesen, dass ich mich für eine Frau interessierte, und nun sollte uns ein ganzer Ozean trennen? Ich würde alles in meiner Macht Stehende tun, um sie von mir zu überzeugen. Eine romantische Idee musste her. Vater hielt mir häufig vor, dass ich nicht für das kämpfte, was mir wichtig wäre. Diese Aussage war vollkommen haltlos und das würde ich allen zeigen.

Wenn sie gehen wollte, dann würde sie es mir ins Gesicht sagen müssen, so einfach machte ich es ihr nicht.

Natürlich würde ich sie nicht davon abhalten, schließlich war ihre Heimat an Land und meine im Wasser, aber ich würde um sie kämpfen! Keine weiteren Ausflüchte mehr. Morgen würde ich zuerst mit Vater sprechen und dann zusehen, dass ich die Frau, die so viel Raum in meinen Gedanken einnahm, besser kennenlernte. Wie ginge das besser, als ihr meine Welt zu zeigen?

Ein Lächeln umspielte meine Lippen und es schien mir, als wäre eine zentnerschwere Last von der Brust genommen worden. Ich verschränkte die Hände hinter dem Kopf und blickte an die Decke des Raumes, an welcher sich kleine Glühfischchen versammelt hatten und das Zimmer in einem zauberhaften Licht erstrahlen ließen.

Nicht mehr lange und ich werde Gewissheit haben.

Nicht mehr lange und ich werde sie für mich gewinnen.

Kapitel 13

Aramis

Die Nacht war nicht sonderlich erholsam gewesen, doch ich quälte mich am nächsten Morgen aus dem Bett. Schließlich musste ich mit Vater reden und ich würde es mir nicht verzeihen, wenn Serena wegen meiner Bequemlichkeit etwas zustoßen würde.

Ohne auf meinen Kammerdiener zu warten, schwamm ich zu meinem Schrank hinüber, suchte zwischen den verschiedenen Fischledertuniken ein Hemd heraus, das aus Meeresspinnenseide gewoben worden war.

Ein kurzer Blick in den Spiegel verriet mir, dass sich die Augenringe zwar in meine Haut gruben und meine Haare in alle Richtungen abstanden, doch das konnte ich mit ein wenig Fischtalg in Ordnung bringen.

Immerhin musste ich präsentabel aussehen, wenn ich vor den König trat. Auch oder gerade weil ich sein Sohn war.

Zu dieser Tageszeit waren in den Gängen des Schlosses nur ein paar wenige Diener unterwegs, die mich mit leisen Stimmen grüßten.

»Mein Prinz? Was habt Ihr zu dieser frühen Stunde vor?«, fragte mich eine der Wachen überrascht, als ich direkt vor den Türen des Thronsaales anhielt.

»Ich muss mit meinem Vater sprechen und bin nicht hier, um mich euch beiden zu erklären. Also wenn ihr mich durchlassen könntet, ohne weiteres Aufsehen zu erregen, wäre ich euch durchaus verbunden.«

Die beiden Männer konnten nichts dafür, dass ich kaum ein Auge zugetan hatte, aber ich schaffte es nicht, die Ungeduld aus meiner Stimme zu verbannen.

Sie warfen sich einen schnellen Seitenblick zu, nickten dann und öffneten die schweren Türen einen Spalt breit. Kaum, dass meine Schwanzflosse die Türschwelle überschritten hatte, fiel sie hinter mir schon ins Schloss.

Nachdem ich ein paarmal geblinzelt hatte, um mich an das düstere Licht zu gewöhnen, entdeckte ich meinen Vater an seinem Schreibtisch, wo er offensichtlich über Karten brütete.

Als ich näher heranschwamm, erkannte ich, dass es sich dabei um Karten von Teyloa und Aquaris handelte. Einige Orte waren mit schwarzen Tintenklecksen markiert. Was das wohl zu bedeuten hatte?

»Vater«, machte ich mich bemerkbar und hielt in einigem Abstand inne, so wie es sich gehörte.

Er drehte sich nicht zu mir um, während er antwortete: »Aramis. Welchem Umstand verdanke ich die Ehre deines Besuches am frühen Morgen? Seit wann bist du um diese Uhrzeit schon wach?«

Ich unterdrückte ein Gähnen. Auch wenn mein Anliegen wichtig war, wünschte ich mich zurück in mein Bett, umgeben von Schwammkissen.

»Ich wollte mich erkundigen, ob die Späher zurückgekommen sind und ob sie etwas herausgefunden haben. Denn ich werde das Gefühl nicht los, dass Serena etwas mit den Sirenen zu tun hat.«

Nun wandte mein Vater sich doch um und sah mich mit hochgezogenen Brauen an. »Was willst du damit sagen, Sohn? Hast du etwa einen Feind an meinen Hof gebracht? Wie konntest du so sorglos sein? Ich hätte sie nicht hier wohnen lassen dürfen, das war –«

»Stop!«, fiel ich ihm ins Wort, auch wenn das nicht sonderlich höflich war. »Serena ist kein Feind. Dessen bin ich mir ziemlich sicher.

Aber du hast recht, sie gehört streng genommen nicht hierher, denn … ich habe genug Grund zur Annahme, dass sie …«

Ich brachte die Worte nicht über die Lippen, auch, wenn dieser Gedanke so nahe lag wie sonst nichts. Wieso war ich nur so blind und naiv gewesen?

Aber weshalb hätte ich eine Menschenfrau, die ich aus der Ferne bewundert hatte, mit einer Meerjungfrau in Verbindung bringen sollen?

»Nun spuck es schon aus, Aramis. Ich habe nicht den ganzen Tag Zeit und es gibt genug Dinge, die mir Sorgen bereiten. Deine kleine Flamme war bisher keines meiner Probleme und die Vorstellung, dass sie es jetzt sein soll, gefällt mir gar nicht«, blaffte der König.

»Serena gehört nicht unter Wasser, da sie eine Menschenfrau ist, die von einer Sirene verzaubert wurde«, platzte ich heraus.

In Sekundenschnelle huschten verschiedene Gefühle über das Gesicht meines Vaters. Zuerst Unglauben, dann Verwirrung, bis es letzten Endes bei einer Mischung aus Wut und Entsetzen stehenblieb.

»Was hast du da gesagt? Das kann doch wohl nicht wahr sein! Verdammt, was haben diese Raubfische nur vor …«

Abwesend strich er sich über seinen weißen Bart und sah aus einem der großen Rundfenster, die mit bunten Seeglasmalereien verziert worden waren.

Mehrere Minuten verstrichen, ohne dass einer von uns beiden etwas sagte. Ich konnte nicht länger stillhalten und schwamm immer wieder auf und ab.

»Werde ich jetzt bestraft dafür, dass ich sie in den Palast gebracht habe? Oder ist es etwas Gutes? Bei Nayla, rede mit mir, Vater! Vielleicht mag ich dein jüngster Sohn sein, aber ich bin alt genug, um an den Geschäften des Hofes teilzunehmen«, entfuhr es mir nach einer halben Ewigkeit.

»Ich weiß nicht, was dieses Mädchen mit all dem zu tun hat, doch ich bin mir sicher, dass sie zu den Plänen der Sirenen gehört. Wenn sie wirklich ein weiteres Mal versuchen, die Stimme des Herzens an sich zu reißen, dann wird ihre Anführerin die Hände im Spiel haben. Da sie dem armen Mädchen bereits ihre Stimme genommen haben -«

Mit einem Mal wich alles Blut aus meinem Gesicht und mein Puls dröhnte in den Ohren.

»Du glaubst doch nicht etwa, dass sie Serena als letzte Zutat für ihr Ritual verwenden wollen?«, keuchte ich und betete zur Göttin, dass er meine Vermutung als dummen Einfall abtun würde. Doch nichts dergleichen geschah und die Angst legte ihre Finger, einer Schlingpflanze gleich, immer fester um mein Herz.

Mein Vater seufzte und zum ersten Mal seit langer Zeit schenkte er mir einen mitleidigen Blick. Sonst hatte er mir stets gesagt, dass ich meine Gefühle für mich behalten sollte – immerhin war man viel zu einfach manipulierbar, wenn andere um sie wussten. Doch jetzt zeigte er mir seine so offen wie noch nie zuvor. Und genau dieser Umstand bereitete mir mehr Angst als alles andere.

»Ich bin mir sogar ziemlich sicher, dass sie genau dafür unter die Wasseroberfläche geschickt wurde. Um ein Teil ihres vermaledeiten Planes zu werden. Allein Nayla weiß, wie lange es noch dauert, bis alles ins Rollen kommt. Deshalb habe ich eine Aufgabe für dich. Ich kann sie niemand anderem anvertrauen.«

Auch, wenn ich die Ausmaße des Gesagten noch nicht ganz erfassen konnte, nickte ich.

»Achte auf das Menschenkind. Verbringe Zeit mit ihr, lerne sie kennen, beschütze sie. Wenn sie für die Sirenen wirklich wichtig ist, will ich nicht, dass ihr etwas zustößt. Niemand darf ihr zu nahe kommen. So lange sie sich bei uns aufhält, ist sie in Sicherheit. Hast du mich verstanden, Aramis? Es ist von höchster Wichtigkeit und ich will nicht, dass du es auf die leichte Schulter nimmst.«

Ich nickte knapp. »Ja, Vater, ich habe verstanden. So gut ich nur kann, werde ich auf sie Acht geben.«

»Gut. Wenn du sonst nichts weiter zu sagen hast, bitte ich dich, mich allein zu lassen. Die Generäle werden in Kürze eintreffen und ich werde einige Strategien mit ihnen durchgehen. Nun, da wir wissen, worauf es die Sirenen abgesehen haben, wird es einfacher, Gegenmaßnahmen zu treffen.«

Der grimmige Ausdruck auf seinem Gesicht passte nicht zu der Leichtheit seiner Worte, doch ich widersprach nicht.

»Ich … danke Euch, Vater. Dass Ihr mir zugehört habt, meine ich«, murmelte ich halblaut, ehe ich mich verbeugte, umwandte und nach draußen verschwand.

Es rauschte noch immer in meinen Ohren, während ich durch die Gänge des Schlosses schwamm und versuchte, meine Gedanken zu ordnen. Es gefiel mir zwar, dass ich sogar offiziell den Auftrag erhalten hatte, mich um sie zu kümmern, doch es bereitete mir Sorge, sie so im Fokus unserer Feinde zu sehen. Oder besser gesagt, zu vermuten. Allerdings hatte Vater recht, wenn er sagte, ich sollte mir Zeit nehmen und sie besser kennenlernen. Noch schlief sie sicherlich, aber diese Zeit sollte ich nutzen, um ein kleines Unterhaltungsprogramm für die nächsten Tage zu planen.

Zuvor machte ich einen schnellen Abstecher in die Bibliothek und ließ mir von Onophrius eine aktuelle Karte von Stella Maris und der Umgebung aushändigen, bevor ich zu meinem Zimmer zurückkehrte.

Ich konnte Serena bei Weitem nicht alles zeigen, doch für ein paar Sehenswürdigkeiten war Zeit. Schließlich sollte sie meine Welt kennenlernen, immerhin saß sie hier auf unbestimmte Zeit fest.

Zufrieden rollte ich die Karte zusammen, nachdem ich mir einige Orte markiert hatte, und steckte sie in eine kleine Algentasche, die ich mir über die Schulter hängte. Unterwegs würden wir bei der Palastküche halten, um Proviant für die nächsten Tage zu besorgen. Hoffentlich gefiel Serena mein Vorschlag.

Voller Tatendrang machte ich mich auf den Weg zu Serenas Kammer, um sie abzuholen. Während ich ihr immer näher kam, spürte ich, dass mein Herz allein bei der Aussicht, die nächsten Tage mit ihr zu verbringen, schneller schlug und meine Mundwinkel sich zu einem Lächeln hoben.

Ruhig Blut, Aramis. Es ist nichts dabei, sie zu fragen. Immerhin … ja was eigentlich? Immerhin hatte sie bereits versucht mich zu küssen, da konnte ich sie auf eine Verabredung entführen? Oder so etwas in der Art?

Noch ein letztes Mal atmete ich tief ein und aus und klopfte dreimal. Nicht so laut, dass es sie aus dem Schlaf reißen würde, doch laut genug, dass sie es hören musste, wenn sie wach war.

Innerlich zählte ich die Sekunden, die zwischen meinem Klopfen und dem Öffnen der Tür vergingen, und war überrascht, als es keine fünf dauerte, bis Serena ihren Kopf nach draußen reckte.

Die Haare standen wild von ihrem Kopf ab und in ihrem unsteten Blick stand noch der Schlaf.

Erst jetzt bemerkte ich, dass ich sie schamlos anstarrte. Nicht gerade das Verhalten, das ich an den Tag legen wollte. Darum räusperte ich mich, versuchte mich an einem hoffentlich überzeugenden Lächeln und wandte kurz den Blick ab.

»Guten Morgen, Serena. Ich hoffe, du hast gut geschlafen?«

Sie schien noch immer überrascht, mich zu sehen, doch nickte.

»Das, ähm … freut mich.« Eine eigenartige Pause entstand und am liebsten hätte ich mich für meine Stotterei geohrfeigt. Wieso konnte ich nicht so einfach und geschmeidig mit Frauen sprechen wie Damaris?

»Ähm … nun ich habe mich gefragt, ob du … vielleicht Lust auf einen kleinen Ausflug hast? Um unser Königreich besser kennenzulernen? Aber keine Sorge, ich werde dich nicht weiter in Gefahr bringen. Wir bewegen uns nur innerhalb der Grenzen des Königreiches und diese sind gesichert. Ich rechne nicht damit, dass uns innerhalb des Gebietes meines Vaters etwas zustößt, und wenn doch, werde ich dich beschützen. Du brauchst dich nicht zu fürchten.«

Während ich sprach, starrte ich auf den Boden. Eine sachte Berührung am Arm ließ mich allerdings wieder aufblicken. Direkt in ihr strahlendes Lächeln.

Noch bevor ich nachfragen konnte, ob das ein Ja war, nickte sie schon.

Mein Herz, der kleine Verräter, machte bei diesem Anblick einen kleinen Satz und schlug dann viel zu schnell weiter, während sich ein Grinsen auf meinem Gesicht breit machte.

»Wunderbar! Ich habe eine Karte dabei und auch schon ein paar Orte markiert, die ich dir gerne zeigen möchte. Bist du damit einverstanden, dass sie erst mal eine Überraschung bleiben? Immerhin will ich nicht, dass du dich überrumpelt fühlst.«

Serena nickte abermals und zeigte mir ihren nach oben gestreckten Daumen. Eine seltsame Geste, die ich nicht kannte, doch aus dem Kontext vermutete ich, dass es eine Zustimmung war.

»Zieh dich ruhig um und bereite dich für die Reise vor. Solange besorge ich ein wenig Proviant. Wie wäre es, wenn wir uns in … einer halben Stunde vor den Palasttoren treffen? Ist das für dich in Ordnung?«

Nun, da ich wusste, dass sie der ganzen Sache nicht abgeneigt war, brachte ich zusammenhängende Sätze ohne Stottern hervor und war deshalb ein wenig stolz auf mich selbst.

Wieder nickte Serena, noch immer lächelnd, und berührte mich ein weiteres Mal am Arm, wie zur Versicherung, dass sie mich nicht allein lassen würde. Die Berührung dauerte nur ein paar Sekunden an, aber sie fühlte sich vertraut und intim an.

Schnell riss ich mich zusammen. » Dann will ich dich gar nicht länger aufhalten. Bis gleich.«

Gerade wollte ich von dannen schwimmen, da drehte ich mich doch noch einmal um und fügte leiser hinzu: »Ich freue mich schon.«

Ob sie es gehört hatte, konnte ich nicht sagen, doch es hatte sich gut angefühlt, es zu sagen.

Kurze Zeit später verließ ich die Palastküche mit einer zweiten Tasche – dieses Mal über der anderen Schulter.

Sie war gefüllt mit kleinen Brötchen, Seetangröllchen mit rohem Fisch dazwischen und einigen über blauem Seefeuer gerösteten Muscheln, die zwar eine harte Schale besaßen, aber dafür einen weichen und schmackhaften Kern.

Damit ausgestattet wartete ich darauf, dass Serena auftauchte und wir unser kleines Abenteuer beginnen konnten. Mein gesamter Körper vibrierte voll nervöser Energie. Die Aussicht, die Tage und vor allem die Nächte allein mit ihr im Ozean zu verbringen, warf mehr Fragen auf, als mir lieb war.

Plötzlich tippte mir jemand auf die rechte Schulter und ich fuhr aufkeuchend herum.

»Serena! Du kannst mich doch nicht so erschrecken, mir wäre beinahe das Herz stehen geblieben«, rief ich und legte meine Hand auf die Brust.

Anstatt sich in irgendeiner Weise schuldig zu fühlen, grinste Serena mich unverhohlen an und sorgte so in Kombination mit ihrer Nähe dafür, dass mein Herz seinen Rhythmus beibehielt.

Sie schien davon nichts mitzubekommen und ich konnte in ihren seetang-grünen Augen nur eine einzige Frage erkennen: Ob ich bereit für ein Abenteuer war.

Und bei Nayla, das war ich in der Tat.

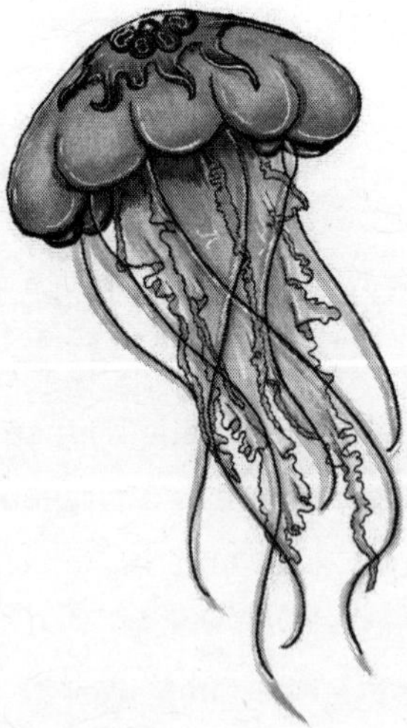

Kapitel 14

Serena

Selbst von der Seite sah ich, dass Aramis' Augen übermütig glitzerten und sich ein feines Lächeln um seine Mundwinkel gelegt hatte, welches niemals vollends verschwand. Nicht, während wir durch Stella Maris schwammen und auch nicht, als wir die Stadt und das bunte Treiben zurückließen. Seit er mich gefunden hatte, war ich nicht mehr im offenen Meer gewesen und fühlte mich nicht wohl bei dem Gedanken, ins Ungewisse zu schwimmen. Allerdings vertraute ich darauf, dass Aramis mich nicht in Gefahr bringen würde. In den letzten Tagen hatte ich mehr als einmal einsehen müssen, dass er mein Bestes wollte – auch, wenn ich mir nicht sicher war, was hinter seinem Verhalten steckte. Denn wenn ich in meinen zwanzig Jahren, die ich bereits lebte, etwas gelernt hatte, dann, dass Männer selten etwas aus reiner Herzensgüte taten. Sondern zumeist aus dem Verlangen heraus, eine Gegenleistung zu erhalten.

Doch andererseits hatte Aramis bewiesen, dass er anders war als die Männer, die ich auf den Teepartys und Abendveranstaltungen kennengelernt hatte.

Ihm mochte es zwar an derer lockeren und leicht überheblichen Art fehlen, doch das machte er mit seiner Offenheit und dem offensichtlichen Beschützerinstinkt wett.

»An was denkst du?«

Seine Frage holte mich zurück in die Gegenwart. Da ich keine Lust hatte, meine komplizierten Gedanken zu erklären, winkte ich ab und versuchte mich an einem aufmunternden Lächeln.

Zum ersten Mal betrachtete ich wieder meine Umgebung. Das Schillern der Stadt hatten wir hinter uns gelassen. Stattdessen lag die endlose Weite des Ozeans vor uns und ich konnte nicht sagen, was mich mehr beeindruckte: die Tatsache, dass die Welt quasi vor mir lag und ich zum ersten Mal in meinem Leben wirklich frei war, zu schwimmen, wohin ich wollte, oder der gigantische Schatten, der sich einige Fuß zu meiner Rechten aus dem dunklen Blau des Wassers schälte. Ohne meinen Blick davon abzuwenden, griff ich nach dem Arm meines Begleiters und versuchte, ihn darauf aufmerksam zu machen.

»Bei Nayla, das ist wundervoll. Weißt du, was du da entdeckt hast?«, flüsterte Aramis voller Achtung und hielt mitten in der Bewegung inne. Seine Reaktion verwirrte mich und ein Blick reichte aus, damit er verstand, dass ich nicht wusste, was hier vor sich ging.

»Es ist schon eine Ewigkeit her, dass ich ein solches Exemplar in Aquaris gesehen habe. Das ist ein Orca oder auch Schwertwal. Sie sind zumeist in größeren Gruppen unterwegs, da sie äußerst soziale Tiere sind. Dass er dort allein herumschwimmt, zeigt wohl, dass er sich entweder verirrt hat oder verletzt ist.«

Nun, da er es aussprach, tat es mir beinahe leid, dass ich mich vor dem Riesen gefürchtet hatte. Auch, wenn sich meine Skepsis nicht vollkommen vertreiben ließ, wies ich mit dem Kopf in Richtung des Wales und in diesem Moment vernahm ich ein melodisches Geräusch. Einem lieblichen Gesang gleich und trotzdem klang es um so vieles schöner und beruhigender als jeglicher Gesang von Menschen.

Vollkommen fasziniert schwamm ich ein wenig in seine Richtung, hielt dann inne und sah mich zu Aramis um. Dieser schenkte mir ein aufmunterndes Lächeln, nickte und folgte sofort.

»Hab keine Angst. Wenn du ihm nichts tust, wird er dir sicher auch nichts tun und vermutlich wird er uns dankbar sein, wenn wir ihm helfen.«

Während wir uns dem Tier näherten, nahm seine Form immer größere Ausmaße an und ich fragte mich, wie ein solch enormes Tier sich derart grazil bewegen und derart liebliche Töne produzieren konnte.

Bisher hatte ich von Walen nur in Büchern gelesen und nun schwamm eines dieser Lebewesen direkt vor mir. Das war wohl einer dieser Momente, den ich bis an mein Lebensende nicht vergessen würde – eine einmalige Erfahrung, die ich niemals gemacht hätte, wenn ich den Handel mit der Sirene nicht eingegangen wäre.

Zu Anfang war ich nicht froh darüber gewesen, mein Leben stumm unter Wasser zu verbringen, doch mit jeder Stunde, die ich hier unten verbrachte, änderte sich meine Einstellung. Wollte ich diese Wunder wirklich aufgeben, nur um wieder sprechen zu können?

Es dauerte nicht lange, bis wir bei dem Tier ankamen und auf den ersten Blick sah ich, dass etwas nicht stimmte. Die Hälfte seines Körpers war von einem Fischernetz bedeckt und der Wal mühte sich offensichtlich ab, es loszuwerden. Er hatte sich zu sehr darin verheddert, als dass er es ohne Hilfe schaffen würde. Mein Herz zog sich bei diesem Anblick zusammen. Ein kurzer Blick zu Aramis verriet mir, dass es ihm genauso erging. Diese weiche und sanfte Seite an ihm gefiel mir und nur zu gerne hätte ich ihm das gesagt. Vorsichtig schenkte ich ihm ein Lächeln und nickte, was er sogleich erwiderte.

»Auf drei sollten wir versuchen, das Netz über seine Flossen zu schieben und ihn daraus zu befreien«, wies er mich an und ich schwamm näher an das Tier heran. Inzwischen hatte es uns bemerkt, doch das schien es in Angst zu versetzen. Der Orca versuchte noch stärker, aus dem Netz zu entkommen und sich gleichzeitig von uns zu entfernen. Zumindest bis zu dem Zeitpunkt, da Aramis es schaffte, eine Hand auf die schwarz-weiße Haut des Tieres zu legen, seine Augen schloss und etwas in einer Sprache murmelte, die ich nicht verstand. Vielleicht eine indigene Sprache des Meeres?

Das Tier beruhigte sich bereits nach wenigen Sekunden, hielt inne, sodass wir tatsächlich beginnen konnten, ihn zu befreien.

Staunend blickte ich zu Aramis und schüttelte den Kopf.

Mit jedem Zentimeter an Netz, den wir von dem Wal herunterzogen, wurde er jedoch unruhiger – vermutlich, weil er spürte, dass er in wenigen Augenblicken frei sein würde. Von Weitem hatte ich schon das ein oder andere Mal eine Flosse durch die Wasseroberfläche brechen sehen, doch niemals den Wal, der dazugehörte. Natürlich hatte ich Bilder in den zahlreichen Sachbüchern in unserem Haus gefunden, doch das war nicht das Gleiche. Nun die seidige und eigenartigerweise kühle Haut unter meinen Fingerspitzen zu fühlen, war ein vollkommen anderes Kaliber. Das Herz schlug vor Aufregung schneller in meiner Brust und wenn ich unter Wasser in der Lage gewesen wäre zu schwitzen, würde ich sicherlich auch das tun. Immerhin wollte ich ihm nicht wehtun – zumindest nicht mehr, als ihn das Netz der Menschen ohnehin schon verletzte.

Bei dem Gedanken, dass meine Spezies dafür verantwortlich war, dass es diesem wundervollen und majestätischen Tier Schmerzen zufügte, wurde mir übel. Wie ich von meinem Geschichtslehrer wusste, hatte es an Land kaum ein friedliches Zeitalter gegeben und das seit Anbeginn der Menschheit – das sprach nicht unbedingt für uns, das musste ich zugeben. Die Meermenschen schienen hingegen – abgesehen von dem Krieg mit den Sirenen, von dem Aramis erzählt hatte – weitgehend friedlich zu leben.

Den Wal zu befreien dauerte lange, vor allem weil das Tier irgendwann begann, sich zu wehren. Immer wieder musste Aramis ihn mit seinen Worten beruhigen, bis wir es endlich geschafft hatten.

Die Sprache, die über seine Lippen floss, hatte einen besonderen Klang und hörte sich wunderschön an.

Endlich war der Wal frei und stieß freudig seine Gesänge aus. Das Geräusch beruhigte mich augenblicklich und ich hätte ihm am liebsten den ganzen Tag gelauscht.

Aramis und ich machten dem friedlichen Riesen Platz, damit er sich neu orientieren und zurück zu seiner Gruppe finden konnte.

»Zum Glück hast du ihn gesehen, sonst … ich will mir gar nicht vorstellen, was geschehen wäre.« Aramis klang zufrieden und auch ein wenig stolz, was mich zum Lächeln brachte. »Das war zwar nicht unbedingt ein geplanter Ausflug, doch ich bin froh, dass wir es getan haben. Allerdings sollten wir weiter. Schließlich willst du nicht unsere erste Station verpassen, oder?«

Ich schüttelte den Kopf, während mich die Neugier packte.

»Wunderbar. Dann komm, wir haben nur Zeit, bis die Sonne über dem Meer versinkt und der Weg ist weiter, wenn wir in Betracht ziehen, dass du vermutlich langsamer schwimmst und dir deine Umgebung anschaust.«

Er grinste verschmitzt. Einerseits war es mir peinlich, ihm zur Last zu fallen, doch er hatte recht. Ich wollte alles über Stella Maris und seine Welt erfahren. Immerhin konnte ich nicht wissen, wann und ob ich noch einmal eine solche Chance bekommen würde. Und wenn ich schon morgen in meine Welt zurückkehren müsste, würde ich die Zeit, die mir blieb, mit so vielen Erlebnissen füllen, wie ich nur konnte.

»Ach, komm schon, Serena. Das ist doch kein Grund, sich zu schämen – ein kleiner Scherz, nichts weiter. Bitte verzeih mir«, schob Aramis hinterher und griff im gleichen Moment nach meiner Hand.

Mit einem lautlosen Seufzen hob ich den Blick und hielt verdutzt inne. Ich hatte erwartet, Belustigung und vielleicht auch den Hauch von Übermut in seinen Augen zu finden. Stattdessen glitzerte etwas darin, das dafür sorgte, dass sich das Kribbeln in meiner Magengegend verstärkte.

Ich schluckte. Gefiel es mir, wie er mich betrachtete, oder sollte ich mich davor fürchten? Vermutlich beides. Auch, wenn mein Kopf mir riet, vorsichtig zu sein und ihn erst besser kennenzulernen, schienen mein Herz und auch mein Körper einen anderen, durchaus reizvolleren Plan zu verfolgen.

Erst da bemerkte ich, dass Aramis vorsichtig versuchte, seine Finger mit meinen zu verflechten – nicht so, wie eine Mutter ihr Kind an der Hand nahm, sondern mit verschränkten Fingern, wie ich es bei den wenigen glücklichen Pärchen an Land gesehen hatte.

Das Herz schlug mir bis zum Hals. Nie zuvor hatte mich irgendjemand, geschweige denn ein Mann, so vertraut berührt und obwohl mir klar war, dass meine Erziehung das nicht gutheißen sollte, straften die Empfindungen, die bei seiner Berührung durch meinen Körper rasten, diese Lügen. Wie konnte etwas, das sich so gut anfühlte, falsch sein?

Über Wasser wäre mir jetzt sicher der Atem gestockt, doch glücklicherweise übernahmen meine Kiemen dieses Problem von ganz allein.

Für die Dauer einer kleinen Ewigkeit sagte keiner von uns was – wir sahen uns einfach nur gegenseitig an und genossen die Gegenwart des anderen. Ein Lächeln auf den Lippen und ein Herz, das viel zu schnell schlug.

»Wenn … wenn dir das nicht gefällt, dann kann ich deine Hand auch loslassen«, wisperte Aramis und seine Stimme klang ein wenig rauer als sonst. Unsicherer.

Anstatt einer Antwort drückte ich seine Hand sachte und grinste ein wenig breiter. Hoffte, er würde mich auch ohne Worte verstehen.

»Sehr schön«, flüsterte er. »Dann lass uns weiterschwimmen …

unser erster Stopp ist etwas Besonderes und ich will nicht, dass du es verpasst, nur weil wir hier unsere Zeit vertrödeln.«

Unsicher nickte ich und schwamm neben Aramis her, während ich versuchte, nicht zu sehr an unsere noch immer verschränkten Hände zu denken.

Während wir unsere Flossenschläge beschleunigten, schoss mir ein Gedanke durch den Kopf, der mich auf eigenartige Weise beflügelte und mir gleichzeitig mehr Angst machte als irgendetwas sonst.

War ich dabei, mich in den Prinzen an meiner Seite zu verlieben? Ihn in mein Herz zu schließen? Ich war vor einer Zwangsheirat an Land geflohen und hatte nun unter Wasser jemanden gefunden, bei dem die Vorstellung an eine Hochzeit nicht mehr wie ein scheußliches Schicksal klang.

Den gesamten Tag über hatten wir nur zwei Pausen gemacht, in denen wir gegessen und uns etwas ausgeruht hatten. Noch immer hatte er mir nicht verraten, wohin wir unterwegs waren. Eigentlich war ich keine große Freundin von Überraschungen, doch diese ließ ich auf mich zukommen. Ich vertraute darauf, dass Aramis etwas Schönes geplant hatte.

Die gesamte Zeit über hielt Aramis meine Hand und ich gewöhnte mich langsam daran. Auch er schien sich so wohl zu fühlen wie ein Fisch im Wasser und diese Aussicht machte die ganze Situation noch spannender. Ich hatte keinerlei Erfahrung, wie man mit Männern umging, und hoffte, dass ich nicht zu viele Fehler machte, doch schließlich würde es nicht schaden, herauszufinden, was sich zwischen uns abspielte – oder?

Plötzlich hielt Aramis inne und zog mich auf eine kleine Höhle zu, die in ein Unterwassergebirge gehauen worden war. Wir würden beide mit etwas Mühe hineinpassen und bei dem Gedanken, dass wir

Schulter an Schulter darin sitzen würden, stolperte das Herz in meiner Brust.

»Wir sind hier. Zum Glück haben wir es rechtzeitig geschafft – es sollte bald vollkommen dunkel werden und das ist die Zeit, auf die wir warten. Es sollte nicht mehr lange dauern«, erklärte er mir. Die Dunkelheit hatte bereits begonnen, sich über das Unterwasserreich zu legen, und ich war froh, dass das Schwimmen ein Ende hatte. Es hatte mich viel Kraft gekostet, Aramis' Tempo zu halten. Immerhin hatte er ein gesamtes Leben Zeit gehabt, seine Flossenstärke zu verbessern, und ich gerade mal ein paar Tage.

Er schien meine Zurückhaltung richtig zu verstehen, denn er fügte hinzu: »Du musst erschöpft sein. Komm, jetzt ist es nicht mehr weit.«

Dankbar ließ ich mich zu der Höhle im Felsvorsprung führen, sank nach unten auf den Boden und spürte erst da, wie ausgelaugt ich mich tatsächlich fühlte.

Kaum, dass der Prinz sich neben mir niedergelassen hatte, sank mein Kopf auf seine Schulter und ich genoss nicht nur das Gefühl von seiner Haut auf meiner, sondern auch die Wärme, die er ausstrahlte. Für einen Moment schloss ich die Augen, wollte sie sofort wieder öffnen, doch meine Lider fühlten sich so schwer an, als wögen sie mehrere Zentner, und so gab ich nach.

»Serena? Serena, wach auf. Es hat begonnen!« Aramis' Flüstern holte mich zurück und erst nach einigem Blinzeln wurde mir klar, dass ich wirklich weggenickt war. Direkt auf seiner Schulter.

Beschämt setzte ich mich gerade hin und rieb mir die Augen.

Er gluckste leise, als er bemerkte, dass ich noch nicht richtig wach war. »Du brauchst dich nicht in der Höhle umsehen. Schau nach draußen – solch ein Spektakel wirst du nicht allzu oft erleben.«

Neugierig und noch etwas schläfrig folgte ich seinem Finger, der auf das Wasser vor der Höhle zeigte – und kam nur einen Moment später aus dem Staunen nicht mehr heraus. Noch nie in meinem gesamten Leben hatte ich etwas derart Wunderschönes gesehen – selbst der Orca und Stella Maris verblassten gegen dieses wunderliche Naturschauspiel.

Direkt vor meinen Augen schwebten hunderte, nein sicherlich tausende Quallen auf und nieder. Bogen sich in einer leichten Strömung und umtanzten einander in einem Reigen, der keiner Musik bedurfte. Ihre Körper leuchteten im beinahe schwarzen Wasser in einem so hellen Türkis, dass man glauben wollte, sie wären durchsichtig.

Einem leuchtenden Sternenhimmel gleich glitten sie durch das Wasser und tauchten die Szenerie in geisterhaftes Licht. Das hatte Aramis mir also zeigen wollen. Ein Wunder der Natur, verborgen vor den Augen der Menschen und frei von ihrer Berührung. Dieser Anblick hatte etwas so Reines, ja so Beruhigendes an sich, dass ich es nicht einmal in Worte fassen konnte.

Ich war so sehr auf die Quallen direkt vor mir konzentriert, dass ich erst merkte, dass Aramis keine Flossenlänge von mir entfernt schwamm, als er mich sachte am Arm berührte.

»Es ist wunderschön, oder? Ich hatte gehofft, dass es dir gefällt.«

Für einen Moment löste ich meinen Blick von den Tieren, um ihm ein Lächeln zu schenken, das nur eine Sekunde später wieder erstarb. Aramis studierte mich, als wäre ich ein Bild und er der Betrachter, der versuchte, einen Blick hinter die Fassade zu erhaschen und die Wahrheit zu ergründen.

Im Dunkel der Nacht wirkten seine Iriden beinahe schwarz und auch, wenn mir das Angst machen sollte, spürte ich nichts als freudige Erregung, als sein Blick zu meinen Lippen und wieder zurück zu meinen Augen huschte. Immer und immer wieder. Eine unausgesprochene

Frage, die trotzdem einer Antwort bedurfte, auch wenn ich mir sicher war, dass er sie bereits kannte.

Ohne weiter nachzudenken, beugte ich mich nach vorn, sodass meine Nase seine berührte. Ich schloss die Augen, überbrückte den letzten Abstand zwischen uns und legte meine Lippen auf seine.

Für einen Moment hatte es den Anschein, als würde die Welt aufhören, sich zu drehen. Alles trat in den Hintergrund und das einzig Bedeutungsvolle, das blieb, waren er und ich. Das Gefühl von seinem Mund auf meinem und das wilde Schlagen meines Herzens. Eine Ewigkeit, gefangen in einem Moment, so flüchtig wie das Leben selbst.

Aramis schlang seine Arme um mich, zog mich näher zu sich heran und küsste mich wieder. Immer und immer wieder. Erst vorsichtig, als hätte er Angst, dass ich mich ihm entziehen würde, und dann fordernder. Er zog mich hinab in einen Strudel aus Empfindungen und Verlangen. Völlig neue Gefühle mischten sich mit altbekannten und jagten Flammen, heiß wie Feuer, durch meine Adern, sodass ich an nichts anderes mehr denken konnte als ihn. Dass ich das hier wollte, so sehr es auch gegen meine Erziehung strebte und so ungebührlich es für eine junge Dame auch sein mochte. Das Herz wollte nun einmal, was das Herz wollte.

Wie lange wir in dieser Stellung verharrten und uns einfach nur im jeweils anderen verloren, konnte ich nicht sagen, doch irgendwann löste Aramis sich von mir, legte seine Hände an meine Wangen und zwang mich so, ihm in die Augen zu sehen. All die Gefühle, die mein Herz und meinen Körper fluteten, waren so neu, dass ich gar nicht wusste, wie ich sie beschreiben sollte. Nur zu gerne hätte ich mit Melissa darüber gesprochen, sie um Rat gebeten, doch das war nun nicht mehr möglich. Ob ich sie jemals wiedersehen würde? Zwar musste ich zugeben, dass ich den Gedanken an die Welt der Menschen mit mehr oder weniger Erfolg vertrieben hatte, doch das keinesfalls, weil ich alles darin verabscheute. Nein, vor allem Josefine und Melissawaren zwei Menschen, die mir mehr als alles andere fehlten, und ich betete zu jedem Gott, der mich erhören würde, dass es ihnen gut ging und sie sich nicht zu sehr um mich sorgten.

Noch bevor die Melancholie mich mit ihren Klauen zu fassen bekam, befreite mich Aramis mit nur wenigen Worten daraus und sorgte dafür, dass mein gesamter Körper kribbelte.

»Für welch unerwartete Überraschungen du doch gut bist, Serena«, wisperte er und sorgte dafür, dass meine Wangen erneut brannten. »Allerdings wollte ich dich eigentlich etwas fragen … und zwar, ob du … nun ja, vielleicht Interesse daran hast, mich zu dem Ball zu begleiten? Es wäre mir eine außerordentliche Freude, dich an meiner Seite zu wissen.«

Auch, wenn seine Stimme fest und bestimmt klang, glitzerte Unsicherheit in seinen Augen. Er fürchtete sich davor, von mir zurückgewiesen zu werden. Dieser Narr. Wie könnte ich nein sagen, nach all dem, was geschehen war? Nach allem, was ich fühlte, wenn er sich in meiner Nähe aufhielt?

Nun war es an mir, seine Hände von meinem Gesicht zu nehmen, die Arme um seinen Hals zu schlingen und meine Stirn vorsichtig an seine zu legen. Eine Geste, so klein und doch so vertraut, dass sie das Kribbeln in meiner Magengrube zurückbrachte.

Sachte nickte ich und hoffte, dass er es als Antwort verstehen würde.

Ich öffnete die Augen, um zu sehen, was er tat und konnte ein Lächeln nicht länger unterdrücken, als ich sah, dass ihm Tränen in den Augen standen und sich das Wasser um ihn herum leicht grünlich färbte. Zwar hatte ich nicht gewollt, dass er meinetwegen weinte, doch es verriet mir so viel mehr, als jedes Wort es vermocht hätte.

Während ich mich wieder von ihm löste und meinen Kopf gegen seine Brust sinken ließ, um die Quallen zu beobachten, drehte er mich so in seinen Armen, dass er seine Arme auf meinem Bauch und sein Kinn auf meinem Kopf platzieren konnte.

Zwar hatte ich mir bereits ausgemalt, wie sich der Kuss und die Berührung eines Mannes anfühlen würden, doch niemals hätte ich geglaubt, dass es mich derart mit Glück, Freude und gleichzeitig Furcht erfüllen würde.

Glück, da ich anscheinend einen Mann gefunden hatte, der es langsam mit mir angehen ließ und nicht versuchte, mich zu etwas zu zwingen, das ich nicht wollte. Freude, da ich mir keinen schöneren Moment vorstellen konnte. Und Angst, da ich nicht wusste, ob wir beide überhaupt eine Zukunft hatten. Konnte sich ein Mensch in einen Meermann verlieben und bis ans Lebensende glücklich werden? Mein Herz schrie, dass es immer eine Lösung gab, wenn man es nur genug wollte, während mein Verstand mich anwies, keine Närrin zu sein.

»Ich habe mir Gedanken gemacht, wie ich diese Frage am besten stellen soll, weißt du? Man mag es vielleicht nicht glauben, doch das alles hier … ist neu für mich«, ergriff er nach einer Weile wieder das Wort. Dass ich ebenso unerfahren war, verriet ich ihm nicht, um mich nicht zu blamieren.

Statt einer Antwort drückte ich mich näher an ihn. Der Schlaf zog neuerlich an meinen Gliedern und drohte, den Abend früher zu beenden, als mir lieb war.

»Wenn du müde bist, brauchst du dich nicht wachzuhalten, verstanden? Es ist vollkommen in Ordnung, wenn du einschläfst«, flüsterte Aramis in mein Ohr und auch, wenn ich schon gar nicht mehr ganz bei Sinnen war, schlich sich ein leises Lächeln auf meine Lippen.

Bevor ich vollends über die Schwelle und in das Land der Träume glitt, schoss mir ein letzter Gedanke durch den Kopf. Einer, der mich bisher stets mit Angst erfüllt hatte und nun auf einmal das Normalste der Welt darstellte. Denn wie ich es auch drehte und wendete, konnte ich nicht abstreiten, dass ich dabei war, mein Herz an den Prinzen zu verlieren.

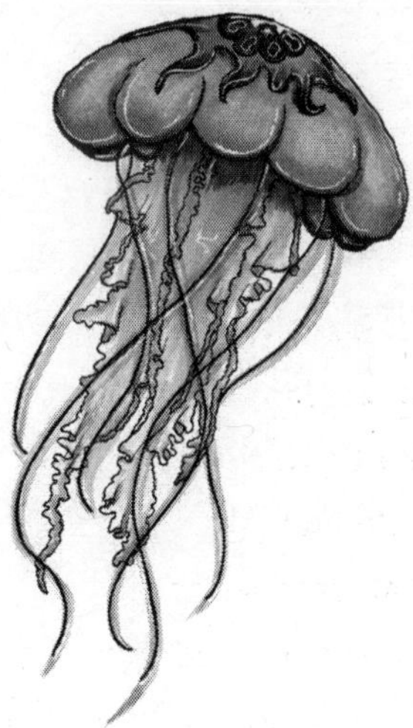

Kapitel 15

Aramis

3 Tage später

Nachdem wir das Quallenfeld am nächsten Tag hinter uns gelassen hatten, führte ich Serena weiter nach Süden.

Ein kleines Riff, eine Unterwasserströmung und ein Algenwald waren die drei nächsten Stopps auf unserer kleinen Reise. Und auch, wenn es keinen solch intensiven Moment wie am ersten Abend mehr gab, spürte ich doch, dass sich etwas zwischen uns verändert hatte. Wann immer sie mich anlächelte, kribbelte es in mir, als würden tausend kleine Luftblasen durch meinen Körper wandern. Und wann immer ich ihr in die tiefgrünen Augen blickte, sah ich das Funkeln darin. Vielleicht war es töricht von mir, mich von diesen neuen Gefühlen mitreißen zu lassen, doch es war einfach zu schön. Ich wollte das Beste aus den Tagen, die wir miteinander verbringen konnten, machen. Immer mehr fürchtete ich, dass uns nur eine begrenzte Zeit zur Verfügung stand. Immerhin wusste man niemals, wann das Schicksal zuschlagen und uns wieder trennen würde.

Der letzte Punkt auf meiner Liste war ein versunkenes Schiff, das seit einigen Jahren auf dem Grund des Meeres lag.

Den Weg dorthin verbrachten wir schweigend, doch es machte nichts aus. Da sie nicht mit mir sprechen konnte, hatte ich festgestellt, dass die Stille zwischen uns außerordentlich angenehm war. Mir war klar geworden, dass man nicht jede Sekunde des Tages mit sinnlosen Worten füllen musste, denn genau das machte die Worte, die doch gesprochen worden, um so vieles bedeutungsvoller.

»Sieh mal, dort hinten erkennt man schon die Umrisse des Schiffes«, sagte ich an Serena gewandt und zeigte nach vorn. Der Mast und auch der Bug waren auszumachen und der letzte Rest der zerfledderten Fahne bewegte sich in einer leichten Strömung.

Anstatt mir eine Antwort zu geben, beschleunigte Serena ihren Flossenschlag und war mir schon bald mehrere Flossenlängen voraus.

Lachend folgte ich ihr und schüttelte den Kopf. Noch vor wenigen Tagen war sie eine Frau gewesen, die es kaum geschafft hatte, geradeaus zu schwimmen, und jetzt benahm sie sich, als hätte sie nie im Leben etwas anderes getan. Es gefiel mir, zu sehen, wie sie aufblühte und nicht mehr so zurückhaltend war. Auch, wenn ich mir wünschte, sie könnte mir mehr über sich erzählen oder wenigstens aufschreiben.

Kurze Zeit nach ihr kam ich an dem alten Wrack an und beobachtete sie, während sie all die verfallene Pracht des Schiffes in sich aufsog. Die Natur hatte es zu großen Teilen zurückerobert, sodass von den eigentlichen Konturen nicht allzu viel zu erkennen war. Korallen und Fische hatten darin ein neues Zuhause gefunden. Und doch faszinierte es mich, was die Menschen alles zustande brachten. Wie viele Arbeiter wohl nötig waren, um ein solches Monstrum herzustellen?

Ich ertappte mich bei der Frage, wie es sich wohl anfühlen würde, darauf über den Wellen zu schweben. Es musste ein durchaus erhabenes Gefühl sein.

»Gefällt es dir?«, wollte ich wissen. »Falls du nicht weißt, was es ist -«

Serena sah mich mit hochgezogener Braue an, als wollte sie mich fragen, ob ich noch ganz bei Trost war.

»Was?«, fragte ich lachend. Sie verdrehte lediglich die Augen und wandte sich kopfschüttelnd ab.

»Das ist nicht sonderlich nett von dir«, beschwerte ich mich halbherzig und sah ihr hinterher, während sie zwischen den Holzplanken verschwand. Bevor sie in den Bauch des Schiffes hinabtauchte, wandte sie sich zu mir um und streckte mir die Zunge heraus.

Ohne zu zögern, folgte ich ihr, tauchte hinab in die dunkle Höhle und stieß beinahe mit ihr zusammen, als ich um eine Ecke bog und sie direkt dahinter vorfand.

»He, was ist denn los? Ist etwas geschehen? Was schaust du dir denn da an?«

Serena hielt den Blick nach unten auf ihre Hände gesenkt und bekam nicht einmal mit, dass ich mit ihr redete.

Sachte stupste ich ihr gegen den Oberarm und sie zuckte zusammen und fuhr zu mir herum.

»Ich bin es. Hast du etwas gefunden?«, fragte ich erneut und sie nickte erfreut.

Sie hielt mir ihre hohle Hand hin, und als ich den Gegenstand darin erblickte, schaute ich nicht schlecht. Es war ein Kamm mit zehn Zinken und am oberen Ende jeder Zinke war ein tropfenförmiger Edelstein eingelassen worden. Die Steine funkelten in einem wunderschönen Dunkelblau und an Serenas Blick erkannte ich, dass sie im Gegensatz zu mir den Namen dieser Steine wusste.

»Er ist wirklich wunderschön, Serena. Wo hast du ihn gefunden?«

Sie zeigte auf den Boden, wo eine kleine Schatzkiste stand. Vermutlich war sie dazu benutzt worden, Schmuck zu verwahren, und der metallene Gegenstand hatte darin die Zeit überdauert. Kaum auszudenken, was er schon alles miterlebt hatte – wenn Gegenstände sprechen könnten, hätten sie sicherlich einige interessante Geschichten zu erzählen.

»Du solltest ihn behalten, dann kannst du dir morgens die Haare damit kämmen und vielleicht … ja an die letzten Tage zurückdenken«, murmelte ich und zur Abwechslung war ich es, der krebsrot anlief.

Auch wenn kein Ton über Serenas Lippen kam, schüttelte sie offensichtlich das Lachen. Hatte ich etwas Lustiges gesagt?

Sobald sie sich wieder gefasst hatte, nahm sie den Kamm, sammelte ein paar Strähnen ihres schwarzen Haares zusammen und steckte sie mit dem Schmuckstück gekonnt fest.

Ah, dafür wird das also verwendet – interessant. Man lernt wohl nie aus.

Durch ihre dunkle Haarfarbe kam das leuchtende Blau richtig zur Geltung und ich nickte anerkennend.

Leider war es an der Zeit, nach Hause aufzubrechen, obwohl ich liebend gern das Wrack mit ihr erkundet hätte.

»Wir sollten vermutlich zurückschwimmen, sonst wird es nicht nur den halben Tag, sondern auch die halbe Nacht dauern und das will sicher keiner von uns beiden.«

Serena sah genauso wenig begeistert wie ich aus, doch sie nickte. Fragend zeigte sie auf den Kamm in ihrem Haar. Da ich annahm, dass eine Menschenfrau ihn verloren hatte und sicher nicht auf dem Grund des Meeres danach suchte, konnte ich diese Frage mit einem Lächeln beantworten.

»Klar, nimm ihn mit. In deinem Haar ist er besser aufgehoben als auf dem Grund des Ozeans«, entgegnete ich und freute mich, ihr diesen Wunsch erfüllen zu können.

Hand in Hand schwammen wir aus dem Wrack heraus, wieder ins Licht und ließen uns auch dann nicht los, als sich die Umrisse meiner Heimatstadt vor uns abzeichneten.

Als wir die ersten Häuser von Stella Maris passierten, fühlte es sich an, als hätte ich die Stadt seit Jahren nicht mehr gesehen. Auf einmal wirkte sie viel zu bunt und hektisch, im Gegensatz zur Ruhe und Gelassenheit des offenen Ozeans.

Serena erging es offensichtlich genauso, denn sie zuckte mehr als einmal bei einem lauten Geräusch zusammen. Die Einsamkeit der letzten Tage hatte ihr Gehör offenbar geschärft, mir ging es nicht anders.

Viel zu schnell kamen wir am Palast an. Mit einem leisen Seufzen ließ ich Serenas Hand los. Augenblicklich überkam mich das Gefühl, dass etwas fehlte.

Ein dumpfer Schmerz machte sich in meiner Brust breit. Wenn Nayla mir gnädig war, blieben uns noch mehr gemeinsame Stunden … an eine andere Möglichkeit wollte ich gerade nicht denken.

»So … ähm … das war wirklich eine wunderbare Zeit und … was ich sagen will, ist vermutlich … danke. Einfach danke.«

Verdammt, konnte es noch peinlicher werden?

Serenas einzige Reaktion bestand aus einem strahlenden Lächeln, das mein Herz für einen Moment aus dem Rhythmus brachte.

Für den Bruchteil einer Sekunde dachte ich, sie würde mich ein weiteres Mal küssen, doch bevor ich ihr diese Entscheidung abnehmen konnte, winkte sie mir zum Abschied und verschwand durch die Palasttore nach innen.

Ich blieb auf den Stufen davor zurück, mit einem Kopf voller Fragen, die ich mir nicht stellen wollte, und einem Herz voller Antworten, die ich nicht wahrhaben wollte.

Kapitel 16

Serena

3 Tage später

Als der Tag des Balles angebrochen war, erwachte ich mit einem Kribbeln in der Magengrube, das sich einfach nicht abstellen ließ.

Die Aussicht, wieder den gesamten Abend mit Aramis zu verbringen, gefiel mir viel zu sehr. Zwar wusste ich noch immer nicht, wie ich meine ursprüngliche Gestalt wiederbekommen sollte, aber ich wollte nicht darüber nachdenken. Niemand in Stella Maris besaß Magie und ich würde die Sirenen um Hilfe bitten müssen, um den Fluch zu brechen. Eine Aussicht, die mir alles andere als behagte. Der König hatte mir klar gemacht, dass der sicherste Platz an Aramis Seite war, doch seit unserem kleinen Ausflug war es ohnehin kaum mehr anders vorstellbar. Wann immer er in meiner Nähe auftauchte, schlug mein Herz schneller und ich war nicht in der Lage, das glückliche Grinsen aus meinem Gesicht zu wischen. Auch, wenn uns bisher nur gestohlene Momente blieben und Küsse, wenn wir glaubten, allein zu sein, wusste ich doch, dass wir darüber sprechen sollten. Oder er zumindest, mir war es schließlich nicht möglich. Trotzdem war ich mir sicher, dass es für meine Gefühle keine andere Interpretation gab, als dass ich mich in den Prinzen verliebt hatte.

Leider blieb immer noch die Tatsache, dass ich eigentlich ein Mensch war und er ins Meer gehörte, doch ich verbot mir, weiter darüber zu grübeln. Das war ein Problem, welches an einem anderen Tag gelöst werden musste. Schließlich musste ich erst einmal den Ball hinter mich bringen – das war schon genug Aufregung.

Seit der Nacht auf dem Quallenfeld war mir klar, dass ich meine Gefühle nicht unter Verschluss halten durfte, sonst würde ich eines Tages explodieren. In seiner Nähe wurde ich nervös wie sonst nie, wusste nicht, wie ich mich richtig verhalten sollte, und hoffte, dass ich mich nicht furchtbar blamierte. Auch das Kribbeln in der Magengrube wurde mit jedem Lachen und jeder Berührung stärker, sodass ich glaubte, Schmetterlinge hätten sich in mir eingenistet und flogen quer durch die Eingeweide. Bis zum jetzigen Zeitpunkt hatte ich mir zwar über körperliche Zärtlichkeiten keine Gedanken gemacht, aber wenn er mich berührte oder mir einen Kuss auf die Wange gab, spürte ich ein Ziehen tief in mir, welches sich nicht leugnen ließ. Eigentlich war ich mir sicher gewesen, dass er diese Gefühle teilte, , doch nun, da wir zurück in Stella Maris waren, beschlichen mich leise Zweifel. Ich konnte die Befürchtung, dass dies einfach nur ein netter Zeitvertreib gewesen war, nicht abschütteln. Dazu kam der Umstand, dass keiner von uns beiden wusste, wie viel Zeit uns zusammen vergönnt war und ob ich überhaupt auf Dauer bei ihm bleiben konnte.

Nach seiner offiziellen Frage waren die Tage immer schneller an mir vorbei gezogen. Seit wir zurückgekehrt waren, hatte Aramis einen gewissen Abstand zu mir gehalten, aber die Spannung zwischen uns war beinahe greifbar.

Wenn ich Aramis' Brüder in den Gängen traf, warfen sie mir vielsagende Blicke zu, wenn sie dachten, ich würde es nicht bemerken. Inzwischen war ich dazu übergegangen, diese zu ignorieren, schließlich hatte ich genug mit meinen eigenen Gefühlen zu tun und wollte nicht auf die Spekulationen anderer eingehen.

Schließlich verging auch der Tag des Balls und nur kurze Zeit, nachdem mir ein kleines Abendessen aufs Zimmer gebracht worden war, klopfte es an der Tür und Allegra schwamm herein. Sie machte sich sofort an die Arbeit und versuchte, das richtige Ensemble herauszusuchen. Ich trug sonst zu Bällen ausladende, mit Korsetts versehene Kleider, doch ich bezweifelte, dass dies heute der Fall sein würde.

Allegra schien nichts zu finden, denn seit einiger Zeit beschäftigten wir uns nun schon mit dem Ankleiden und trotzdem trug ich nur ein gewöhnliches Muscheloberteil.

»Es kann nicht so schwer sein! Eine leuchtende Farbe wird gut aussehen bei Euren tintenschwarzen Haaren, doch sollte es lieber lang sein oder kurz? Freizügig oder bedeckend … argh!«

Die junge Nixe durchforstete erneut den Schrank und sank schließlich entmutigt auf das Bett. »Es tut mir leid, ich will nur, dass Ihr heute Abend hübsch ausseht. Immerhin werdet Ihr an Prinz Aramis′ Seite erscheinen und alle Augen werden auf Euch gerichtet sein. Ihr dürft nicht nur irgendetwas tragen!«, entfuhr es ihr.

Bei ihren Worten bildete sich ein Kloß in meinem Hals. Ich wollte nicht im Mittelpunkt stehen, doch das ließ sich kaum vermeiden, wenn man an der Seite eines Prinzen erschien.

Ich atmete tief durch und versuchte, meinen vor Aufregung rasenden Puls zu beruhigen.

Mit einem lautlosen Seufzer begab ich mich zu dem Kleiderschrank und kämpfte mich durch die enorme Anzahl an Formen, Farben und Stoffen. Da meine Schwanzflosse leuchtend rot glänzte, gab es nicht viel Auswahl an Farben. Ein Teil nach dem anderen legte ich zurück. Allegra verabschiedete sich, um in den anderen Zimmern nach Alternativen zu suchen.

Gerade als ich aufgeben wollte, sprang mir ein indigoblaues Oberteil ins Auge, welches in der hintersten Ecke des Schrankes hing. Es besaß keine Träger und ein herzförmiges Dekolleté, welches über und über mit funkelnden Perlen bestickt war. Die Farbe passte wunderbar zu meinen tiefschwarzen Haaren und stand im Kontrast zu der roten Flosse.

Schnell schlüpfte ich hinein. Während ich in den Spiegel sah, wurde mir erst bewusst, wie körperbetont es war. Trotz dass die Korsage nicht geschnürt war, drückte sie die Brüste stark hoch, sodass sie sich nach oben wölbten.

Am Bauch lag es hauteng an und schmiegte sich an meine Kurven. Es endete kurz oberhalb des Bauchnabels in sanften Rüschen. Am Dekolleté war es indigoblau gefärbt und nach unten hin wurde es immer heller.

Es ist so wunderschön!

Ich lächelte und sah im Spiegel, dass meine Augen zu strahlen begannen.

Genau in diesem Moment wurde die Zimmertür aufgestoßen. Ein Haufen von Oberteilen und Stoffen in den unterschiedlichsten Farben kam mir entgegengeflogen und kurz darauf purzelte Allegra ins Zimmer.

»Ich habe alles zusammengesucht, was Euch passen könnte. Es ist nicht viel, doch wir haben nicht genug Zeit, also rasch, wir sollten einiges an Kleidung anprob-«

Sie hielt inne, als sie mich bemerkte. Auf ihrem Gesicht breitete sich ein schelmisches Grinsen aus, als wären wir beide Komplizinnen. »Wo kommt das her? Es passt perfekt zu diesem Anlass! Die anderen Frauen werden vor Neid erblassen, wenn sie Euch an der Seite des Prinzen und in solch wunderbaren Kleidern erkennen.«

Allegra klatschte in die Hände und scheuchte mich vom Bett auf, um mich auf den Schemel vor dem Spiegel zu platzieren.

»Nun müssen wir nur dafür sorgen, dass die Haare und die Farbe auf Eurem Gesicht passen. Also los!«

Und tatsächlich machte sie sich sofort an die Arbeit und öffnete sämtliche Tiegel und Töpfchen.

Allegra murmelte vor sich hin, während sie arbeitete, und trug einen angespannten Gesichtsausdruck zur Schau.

»Zum Schluss ein bisschen Farbe für die Lippen, mit Perlenstaub versiegelt, sodass er beim Essen und Trinken nicht verschmiert … oder anderen Dingen.«

Allegra wackelte vielsagend mit den Brauen und Hitze schoss mir in die Wangen.

Sie kann unmöglich von den Küssen zwischen Aramis und mir wissen, oder? Werden mich heute Abend alle anstarren, weil ich etwas Verbotenes getan habe? Darf man den Prinzen einfach küssen?

Das hätte ich mir vermutlich überlegen sollen, bevor ich ihn geküsst hatte, doch ehrlich gesagt hatte ich in diesen Momenten gar nicht darüber nachgedacht, sondern einfach das getan, was sich richtig anfühlte.

Allegra lachte. »Ihr solltet Euer Gesicht sehen: Die Farbe hätte ich mir sparen können. Das war nur ein kleiner Spaß. Ich wollte Euch nur ablenken, da Ihr sicherlich nervös seid.«

Die Zofe kicherte entschuldigend und ich winkte ab.

»Nun müssen wir uns um die Haare kümmern. Schließlich rundet die Frisur Euer Erscheinungsbild erst ab.«

Ob ihrer Euphorie lächelte ich und nickte. Allegra zauberte etwas aus den Schubladen hervor, was mich an Haarnadeln und Haarbänder zu Hause erinnerte. Bei dem Gedanken daran zog sich mein Herz schmerzhaft zusammen. Was Mutter und Vater wohl gerade machten? Trotz allem wollten meine Eltern auf ihre eigene Art das Beste für ihre Tochter. Und in unserer Welt bedeutete das, einen wohlhabenden Mann zu heiraten und viele Kinder zu bekommen. Meine Ansichten von einer glücklichen und zufriedenen Zukunft waren definitiv andere.

Schokoladenbraune Augen und ein freches Grinsen tauchten in meinem Verstand auf und ein leichtes Kribbeln breitete sich in meiner Magengegend aus.

»Habt Ihr mir zugehört? Wo seid Ihr nur?« Allegras Schulterklopfen katapultierte mich zurück ins Hier und Jetzt.

Ich muss aufpassen, dass ich auf dem Ball heute Abend nicht vor mich hin träume. Ich sollte den Leuten nicht mehr Angriffsfläche bieten.

Bei Allegra war dies halb so schlimm, ich lächelte sie entschuldigend an und wiegte den Kopf hin und her, um ihr zu zeigen, dass ich an dies und das gedacht hatte. Sie schwamm mit in die Hüften gestemmten Händen vor mir und musterte mich prüfend.

»Mhm. Ich glaube, da ist mehr, als Ihr zugeben wollt, doch sei es drum. Solltet Ihr so weit sein, müsst Ihr wissen, dass Ihr mit mir reden könnt. Nun, schaut in den Spiegel, ich bin fertig. Jetzt muss Euer Prinz Euch nur abholen.«

Ihr entfuhr ein Seufzer und es schien fast, als würde ein Traum von ihr in Erfüllung gehen. Sie sah mich beschämt an.

»Ähm … es tut mir leid. Es ist … ich habe immer davon geträumt, einmal von einem Prinzen zu einem Ball abgeholt zu werden – es ist vielleicht kindisch und albern, doch welches Mädchen träumt nicht so etwas?«

Sie musste über sich lachen, doch mich stimmten ihre Worte nachdenklich.

Wünscht sich das jedes Mädchen? Bin ich nicht normal? Ich wollte nur von unserer Insel weg, am besten auf einem Piratenschiff, auf dem ich hunderte von Abenteuern erlebte. In Stella Maris scheine ich immer mehr zu einem dieser Mädchen zu werden, die ich früher belächelt habe. Ob ich das gut finden soll oder schlecht weiß ich nicht. Trotzdem freue ich mich auf den Abend. Auf ihn …

Ich schüttelte den Kopf. Ehrlich gesagt wollte ich darüber nicht nachdenken – wenn der Zeitpunkt gekommen war, würde ich wissen, was zu tun war. Zumindest hoffte ich es und wenn nicht würde ich eben improvisieren müssen. Immerhin hatte sich das bisher auch bezahlt gemacht, wieso nicht also auch in Zukunft?

Endlich warf ich einen Blick in den Spiegel. Allegra hatte die Haare elegant um den Kopf herum geflochten und die restlichen zu einem Dutt auf dem Hinterkopf zusammengesteckt.

Außerdem hatte sie kleine glitzernde Perlen und andere Teilchen eingeflochten, sodass die Haare aussahen wie der Nachthimmel über der See. Tiefschwarz und immer wieder vom Glitzern der Sterne durchbrochen.

Während ich noch überlegte, wie ich meine Dankbarkeit ihr gegenüber ausdrücken sollte, klopfte es an der Tür.

»Er ist da! Bestimmt ist er es!« Allegra quietschte vor Aufregung. »Ich verschwinde besser.«

Sie zwinkerte mir zu, was mir erneut die Röte ins Gesicht schießen ließ.

»Ich hoffe, Ihr habt einen wunderschönen Abend, genießt den Ball!«

Ich winkte ihr zum Abschied, ehe sie meine Zimmertür öffnete und nach einem Knicks, der wohl meinem Besucher galt, leise kichernd in den Gängen verschwand.

Trotz der Bedenken eilte ich zur Zimmertür und fand mich Angesicht zu Angesicht mit Aramis wieder. Gekleidet war er in einer Art Jackett in Schwarz, das seine Schwanzflosse gut zur Geltung brachte. Die Haare waren ordentlich gekämmt und frisiert. In der Hand hielt er eine kleine Blume, welche die gleiche feuerrote Färbung besaß wie meine Flosse. Langsam breitete sich ein Lächeln auf seinen Zügen aus, das mir den Atem nahm und mein Herz schneller schlagen ließ. Es war unmöglich, es nicht zu erwidern. Ich hoffte inständig, dass er nichts von der Nervosität mitbekam, während ich mich vor ihm verbeugte. Zu spät fiel mir auf, dass die Korsage nicht für solche Gesten gemacht worden war, und versuchte, mich so grazil wie möglich aufzurichten, ohne die komplette Oberweite zu entblößen. Sein Blick blieb an meinem Dekolleté hängen.

Männer sind wohl überall gleich. Egal ob an Land oder im Wasser. Und egal wie nett und liebenswürdig sie sonst sein mögen.

Ich lächelte vorsichtig.

Aramis sah zur Seite, räusperte sich und schwamm ein wenig zurück.

Immerhin besitzt er die Höflichkeit, betreten dreinzuschauen, wenn er mich so unverhohlen mustert.

Nach einem kurzen Moment des Schweigens reichte er mir die Blume, welche er in der rechten Hand trug. »Ich habe dir eine Seerose mitgebracht – ich dachte, sie würde dir gefallen.«

Er sprach eher mit seiner Flosse, doch ich musste trotz allem lachen und nahm die Blume dankend entgegen.

Tatsächlich gefiel sie mir sehr. Rosen zählten an Land zu meinen liebsten. Mutter hatte ein ganzes Abteil in unserem Garten anlegen lassen, nur von Rosen bewachsen. Extra für mich. Bevor ich wieder wehmütig wurde, ergriff Aramis meine freie Hand und hauchte einen zarten Kuss auf die Knöchel. Selbst diese Berührung sandte einen Stromschlag durch meinen Körper und ich erschauerte. Seine Augen huschten zu mir, als wollte er sicher gehen, dass er nicht eine Grenze übertreten hatte.

Ich schüttelte den Kopf. Er nickte und seine Lippen kräuselten sich zu einem Lächeln.

Ich musste an Allegras Worte bezüglich des Prinzen denken, doch ich verscheuchte sie aus den Gedanken – so ein Mädchen war ich nicht! Diese Überzeugungen wurden auf eine harte Probe gestellt, als er mich zu sich heranzog und mit leiser, samtener Stimme fragte: »Bist du bereit, Serena?«

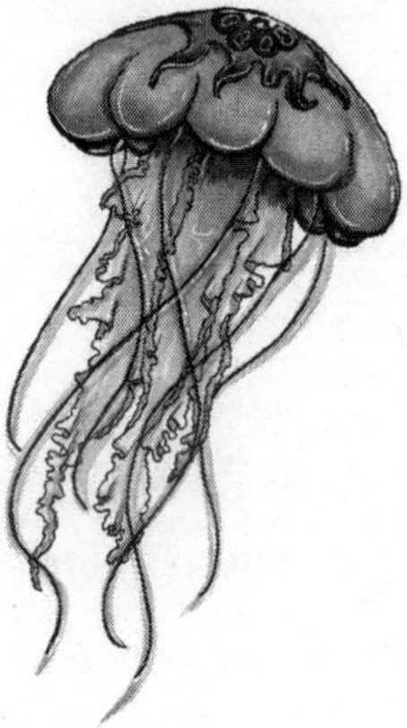

Kapitel 17

Aramis

Sie sah wirklich wunderschön aus in ihrem perlenbesetzten Oberteil, welches der Kleidung einer Prinzessin alle Ehre gemacht hätte. Niemand würde sie heute Abend für eine einfache Meerfrau halten.

Ich war kaum in der Lage, den Blick von ihr abzuwenden, und das nicht nur, weil sie funkelte wie ein Stern am Nachthimmel. Ebenso ihre rot geschminkten Lippen und schwarz umrandeten Augen zogen meine wie magisch an und ich brachte alle Willenskraft auf, um sie nicht zu mir zu ziehen und zu küssen.

Einige Male atmete ich tief durch, um meinen rasenden Herzschlag zu beruhigen, ehe sie etwas davon bemerkte.

Bei meiner Frage überzog eine Gänsehaut ihre nackten Arme und Schultern und ich kam nicht umhin, Genugtuung zu empfinden. Das Lächeln versuchte ich zwar zu verstecken, doch es funktionierte nicht sonderlich gut.

Serena blickte mich fragend an und ich schüttelte den Kopf. Sie sollte nicht jeden Gedanken kennen – das war wohl besser.

Seitdem ich sicher war, dass meine Gefühle für Serena nicht nur freundschaftlicher Natur waren, hatte der Beschützerinstinkt in mir noch zugenommen. Wann immer einer meiner Brüder, allen voran Damaris, ihr zu nahe gekommen war, musste ich alle innere Stärke heraufbeschwören, um ihnen nicht an die Gurgel zu gehen.

Ich verhielt mich wie ein Idiot, aber es fühlte sich an, als wäre in meinem Inneren ein Schalter umgelegt worden, und ich vermochte nicht, ihn auszuschalten.

Immer wieder hatte ich Männer von oben herab belächelt, wenn sie sich in den Schenken die Köpfe wegen einer Frau einschlugen, doch nun schienen mir ihre Beweggründe auf einmal plausibler. Allerdings wäre ich ein Heuchler, würde ich dies nicht zugeben.

Daran sollte ich keine Gedanken verschwenden, schließlich sah Serena mich erneut fragend an.

»Es ist nichts. Lass uns gehen.« Ganz der wohlerzogene Prinz, legte ich einen Arm um sie und schwamm mit ihr an der Seite durch die Gänge des Palastes auf das Haupttor zu, vor dessen Türen bereits unsere Seepferdchen-Kutsche wartete.

»Du siehst übrigens atemberaubend schön aus«, flüsterte ich, ohne sie dabei anzusehen. Aus den Augenwinkeln sah ich, dass sie errötete und ebenfalls in eine andere Richtung blickte.

Das sieht ihr gar nicht ähnlich – sonst ist sie immer so wehrhaft und nicht schüchtern.

Sie war mir nicht wie die Art von Frau erschienen, die bei einem kleinen Kompliment gleich rot anlief.

Einer der Palastbediensteten öffnete uns die Türen der Kutsche und ich half Serena beim Einsteigen. Sie lächelte mich dankbar an und bei diesem Anblick zog sich etwas in mir zusammen.

Die Fahrt zum Anwesen, auf dem der Ball stattfand, dauerte etwa eine halbe Stunde. Serena hing wohl, genauso wie ich, ihren Gedanken nach und befand sich nicht in der Stimmung für höfliche Konversation. Das kam mir gerade recht, ich hätte vor Nervosität ohnehin nicht gewusst, über was ich reden sollte.

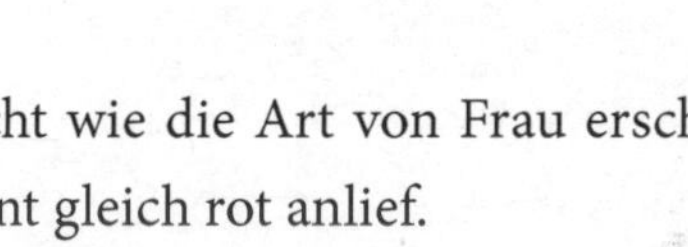

Wieder sah ich verstohlen zu ihr und unsere Blicke trafen sich. Schnell wandte sie sich ab und sah aus dem Fenster.

Den Rest der Fahrt verbrachten wir in Stille, nicht dass es einen von uns störte. Sobald die Kutsche vor dem Anwesen hielt, öffnete der Fahrer unsere Tür, ich schwamm zuerst hinaus und bot Serena meine Hand an, sodass ich ihr hinaus helfen konnte. Ein kleines Lächeln umspielte ihre Lippen und ihre Augen wurden groß, als sie das Haus sah.

Ich musste zugeben, dass es wirklich beeindruckend war: Aus weißem Seestein, extra für den Anlass in bunten Farben dekoriert und mit Perlenstaub zum Glitzern und Leuchten gebracht.

»Komm, du willst nicht die Eröffnung verpassen, oder?«

Sie schüttelte den Kopf und wir beeilten uns, durch die Tore zu schwimmen.

Aus dem Festsaal drang uns Musik entgegen und die Geräusche vieler Gespräche, die in gedämpftem Tonfall geführt wurden. Selbst die Gänge waren voll von Meermenschen in bunten Anzügen und Oberteilen, die um die Wette glitzerten.

Vor dem Hauptsaal erwartete uns ein Meermann, der mich schon von Weitem erkannte.

»Prinz Aramis! Welch eine ungeheure Ehre, Euch begrüßen zu dürfen. Wen darf ich als Eure Begleitung ankündigen?« Sein Blick huschte über Serena, ihre Kleidung und ebenso ihren Ausschnitt.

Meine Augen verengten sich zu Schlitzen und mein Gesicht wurde zu einer undurchdringlichen Maske.

Der Diener schluckte sichtbar.

»Eure Hoheit, ist alles …?«

Ich ließ ihn den Satz nicht beenden.

»Schweigt. Ihr wisst, wie man sich in Gegenwart einer Dame zu verhalten hat, also benehmt Euch so. Sonst dürft Ihr mit Konsequenzen rechnen.«

Ich verschränkte die Arme vor der Brust.

»Es … es wird nicht wieder vorkommen, ich verspreche es Euch! Bitte, ich wusste nicht dass sie …«

Mit einer schnellen Handbewegung schnitt ich ihm das Wort ab. »Ihr werdet sie mit Miss Serena vorstellen. Und nun tut Eure Arbeit, wie es sich gehört.«

Der Diener nickte ergeben.

»Ja, Eure Hoheit. Natürlich.« Er blies in ein kleines Instrument und sofort wandten sich alle Gäste der Treppe zu.

»Es betreten den Saal: Prinz Aramis von Aquaris und an seiner Seite, die bezaubernde Miss Serena!«

Der Schlag des Zeremonienstabes erklang dreimal – unser Zeichen einzutreten.

In Serenas Gesicht stand die Anspannung und Aufregung zu deutlich geschrieben.

»Ganz ruhig, es wird nichts passieren. Ich habe dich und werde dich so schnell nicht loslassen.« Kurz zwinkerte ich ihr zu und ein bisschen Licht kehrte in ihre Augen zurück. Ihre Hand platzierte ich auf meinem Arm und drückte sie einmal, um ihr Mut zu machen.

Danach schwammen wir die Treppe hinunter, während alle Augen auf uns gerichtet waren. Serena hob ihr Kinn und legte eine Maske aus Selbstbewusstsein über ihre Züge.

Man möchte denken, dass sie eine Prinzessin ist, so wie sie sich verhält. Selbstverliebt und etwas arrogant – so wie die meisten Frauen am Hof. Unglaublich. Welche ist nun die echte Serena? Ich hoffe, die, die ich die letzten Tage über kennengelernt habe.

Am Fuße der Treppe begrüßte uns der Gastgeber des Balls, Baron von Seyfon.

»Eure Hoheit! Es ist mir eine Freude, Euch in unserem bescheidenen Heim begrüßen zu dürfen. Wenn Ihr so freundlich wärt, mit Eurer wunderschönen Begleitung unseren Tanz zu Ehren meiner Tochter zu eröffnen?«

Anastasiias Augen sprühten Funken, als sie Serena an meiner Seite erblickte.

Fast hätte ich amüsiert aufgelacht, doch stattdessen nickte ich, nahm Serenas Hand und führte sie auf die Tanzfläche. Wieder flackerte Unsicherheit in ihren Iriden auf, doch ich strich ihr beruhigend über den Rücken.

»Keine Angst, ich werde dich führen. Du musst es nur zulassen«, raunte ich ihr zu.

Sie schien meinen Atem auf ihrem Hals zu spüren und erschauerte.

In dem Moment, da die Musik einsetzte, blieb keine Zeit mehr, um nachzudenken, ich hatte nur Augen für Serena. Man merkte, dass sie unsere Tänze nicht beherrschte, doch sie ließ sich gut führen, sodass dies keine Schwierigkeit darstellte und nur mit kleinen Patzern in der Reihenfolge der Figuren verbunden war.

Ich wiegte sie hin und her, drehte und wirbelte sie im Takt der Musik, während unsere Blicke ineinander versanken. Die Melodie, die Hintergrundgeräusche und die Meermenschen um uns herum verblassten immer mehr und es schien mir, als wären wir beide allein in diesem Ballsaal.

Ihre Augen funkelten mit der gleichen Intensität und ich wusste, dass sie die Anziehungskraft zwischen uns ebenso spürte. Ihre Haut war angenehm warm auf meiner, es kostete mich alle Willenskraft, sie nicht vor den Augen aller zu küssen. Schon wieder.

Innerlich seufzte ich und schalt mich einen liebestollen Narren, doch was sollte ich tun? Ich war schließlich nur ein Mann!

Wie durch einen Schleier merkte ich, dass die Musik langsam verebbte, und war gerade schnell genug, Serena aus meinem Arm herauszudrehen, sodass sie neben mir schwamm. Ich verbeugte mich unter Applaus und Serena sank in einen eleganten Knicks.

»Bezaubernd, wirklich bezaubernd. Ich danke Euch, Eure Hoheit! Und nun ist die Tanzfläche für die anderen geöffnet. Genießt den Abend, lacht, tanzt, trinkt! Es ist für alles gesorgt.«

Kaum hatte der Baron seine kurze Ansprache beendet, stürmten die ersten Gäste auf die Tanzfläche, während ich Serena von derselben herunterführte und uns etwas abseits des Gedränges positionierte. Sie sah sich im Saal um – für sie war es bestimmt viel auf einmal, all die fremden Leute und die abschätzigen Blicke, die einige der Hofdamen ihr zuwarfen.

Ich kannte das Anwesen in- und auswendig, immerhin war es nicht der erste Ball, den ich besuchte. Und bei jedem anderen hatte ich mich davongeschlichen, um in einem der leeren Zimmer ein Buch zu lesen.

Die Erinnerung daran ließ Wärme durch meine Adern strömen. Auch heute würde ich mich davonschleichen, aber Serena würde mit mir kommen. Hoffentlich.

Ich beugte mich zu ihr hinunter, bis mein Mund neben ihrem Ohr schwebte.

»Wir sollten miteinander reden, Serena. Nicht hier, sondern allein. Kommst du mit mir?«

Ihre Augen wurden groß und sie schien zu überlegen, was ich im Schilde führte. Ihre Neugier obsiegte, denn ein entschlossener Ausdruck trat auf ihr Gesicht. Ein kurzes Nicken von ihr war Antwort genug. Endlich bekäme ich die Gewissheit, die ich brauchte. Nicht nur über ihre Gefühle, sondern ebenso über meine eigenen.

Kapitel 18

Aramis

Nachdem ich sichergestellt hatte, dass keiner uns beobachtete, zog ich Serena hinter mir her durch die Flügeltüren des Ballsaales. Für die anderen sah es wahrscheinlich so aus, als würden wir uns etwas zu essen und zu trinken holen. *Jetzt nicht verdächtig verhalten – die Gastgeber wären nicht sonderlich begeistert, wüssten sie, dass wir uns in ihre privaten Gemächer begeben, um dem Ball zu entkommen.*

Zu unserem Glück waren die Gänge so gut wie leer, da die meisten Gäste tanzten oder in Gespräche vertieft waren. Während die letzten Nachzügler in den Saal verschwunden waren, raunte ich Serena zu: »Schnell, hier entlang! Wir müssen die Treppe im Foyer hinauf schwimmen und dann dem rechten Gang folgen. Das dritte Zimmer ist hoffentlich leer.«

Erneut ein knappes Nicken von ihr und sie schwamm hinter mir her. In den oberen Gängen waren nicht einmal Diener des Hauses unterwegs. Wahrscheinlich bedienten sie die feine Gesellschaft und räumten hinter ihr auf.

Nun, da der Moment der Wahrheit näher rückte, wurde ich nervös. Schließlich wollte ich ihr keinen Antrag machen, doch ich war nie gut darin gewesen, Gefühle laut auszusprechen. Vor allem, da ich nicht wissen konnte, wie mein Gegenüber fühlte. Würde sie mich für einen Narren halten? Würde sie mich für diese anmaßenden Gedanken und Taten auslachen?

Ich schüttelte den Kopf, um die Vorstellung zu vertreiben.

Das Zimmer war noch immer so, wie ich es in Erinnerung hatte:

Regale voller Bücher rahmten die Wände und winzige Leuchtfische in Gläsern würden den Raum in gedimmtes Licht tauchen, sobald man die Fische aufgeweckt hatte. Just in diesem Moment flackerten die Lichter auf, da Serena an die durchsichtigen Behälter klopfte.

»Gut, dann haben wir Licht«, sagte ich und grinste sie an. Sie lächelte, offenbar ebenso unentschlossen.

Reiß dich zusammen! Es kann wohl nicht so schwer werden – immerhin weißt du ja, was du ihr sagen möchtest, und wenn du Glück hast …

Das Herz schlug hart gegen meine Brust.

Selten war ich so nervös und aufgewühlt gewesen wie in diesem Moment.

Serena hatte aufgehört den Raum zu erkunden, und schwamm ein paar Flossenlängen entfernt von mir, während sie mich neugierig anstarrte.

Immer wieder schoss ihr Blick unruhig und ein wenig besorgt im Raum hin und her. Ob es doch ein Fehler gewesen war? Doch nun gab es kein Zurück mehr und so kam ich zu ihr herüber, nahm ihre rechte Hand in meine und sah ihr in die Augen. Ihre einzige Antwort war, ihren Kopf fragend zur Seite zu neigen. Ein leises Lachen entfuhr mir.

»Weißt du … das ist nicht einfach für mich, allerdings habe ich mir in der letzten Zeit über vieles Gedanken gemacht und diese würde ich gerne mit dir teilen. Immerhin betreffen sie dich. Irgendwie.«

Ich merkte, wie ich herumdruckste, um das Unvermeidliche hinauszuzögern. Ich nahm allen Mut zusammen.

»Mir ist klar, dass du in der Höhle eine deutliche Sprache gesprochen hast, und … ich hatte mir vorgenommen, es auf sich beruhen zu lassen, doch das hat sich auf dem Quallenfeld geändert. Ich bekam neue Hoffnung.«

Verlegen kratzte ich mich am Kopf. Serenas durchdringender Blick machte das nicht einfacher. Ich versuchte, den hämmernden Puls zu beruhigen und die Hände davon abzuhalten zu zittern. Mit mäßigem Erfolg.

»Bitte verstehe das nicht falsch, ich möchte dich nicht zu etwas drängen … ich habe nur das Gefühl, dass von dir widersprüchliche Zeichen kamen, und ich muss ein für alle Mal wissen, woran ich bei dir bin. Und ob ich weiterhin hoffen darf oder nicht.«

Serenas Wangen färbten sich rosa und sie wandte den Blick beschämt ab.

Ist dies ein gutes Zeichen? Oder nicht? Wieso sind Frauen solch ein Rätsel?

Sanft legte ich die Hand an ihre Wange und drehte ihr Gesicht zu mir.

Sie ließ es geschehen und ich sah, dass ihre Augen glitzerten – weinte sie? Hatte ich etwas Falsches gesagt?

Unsicher sah ich sie an, doch sie schüttelte den Kopf und lächelte schüchtern – die lautlose Aufforderung, weiter zu sprechen.

Ich schluckte, nickte und fuhr fort. »I-Ich habe noch immer nicht die richtigen Worte gefunden, damit ich nicht wie der größte Idiot klinge, doch ich glaube, ich werde es schlichtweg sagen. Bitte sieh es mir nach, wenn es sich nicht sonderlich elegant anhört …« Wieder kam ich ins Stottern.

Tief durchatmen – wie schwer kann es sein? Sag es, verdammt! Kurz und schmerzlos …

»Ich weiß, dass du nicht aus dem Meer stammst. Dass du ein Mensch bist – ich habe dich einmal am Strand gesehen. Mehr als einmal. Schon damals hast du mich fasziniert und ich hätte dich nur zu gerne wirklich kennengelernt. Dann fand ich eines Abends diese wunderschöne, verwirrte Meerjungfrau in der Nähe des Strandes … ich habe mir damals keinen Reim darauf gemacht, aber seit einigen Tagen ist mir das klar geworden. Dein nicht vorhandenes Wissen über unsere Gebräuche und Sitten … du stammst nicht aus Stella Maris.«

Ihre Augen hatten sich vor Schrecken geweitet und ihre Nasenlöcher bebten. Fürchtete sie sich? Vor mir? Dachte sie, dass ich sie verraten würde?

Schnell beeilte ich mich, zu sagen: »Hab keine Angst, ich habe dein Geheimnis bis heute bewahrt und ich werde es niemandem verraten, bitte glaube mir!«

Beruhigend strich ich ihr über die nackten Arme und merkte, wie ein Schauer durch ihren Körper lief.

»Das ist nicht das, was ich mit dir besprechen wollte … ich … es fällt mir wirklich nicht leicht. Wie du bestimmt gemerkt hast, habe ich nicht nur freundschaftliche Gefühle für dich entwickelt, sondern … mehr. Etwas, das tiefer reicht. Mit deiner lebendigen und fröhlichen Art und ebenso mit dem Dickkopf hast du mein Herz berührt und nicht nur, weil du mit Büchern nach mir geworfen hast.«

Sie lachte lautlos und ich konnte ein Grinsen ebenfalls nicht unterdrücken.

»Schon von Anfang an fand ich dich faszinierend und habe mich zu dir hingezogen gefühlt, doch das war oberflächlich. Erst als ich dich besser kannte, habe ich gemerkt, wie viel du mir bedeutest und wie viel ich für dich empfinde. Mir ist bewusst, dass wir uns noch nicht lange genug kennen, um von tief empfundener Liebe zu sprechen, doch … ich weiß, was ich fühle und dass mein Herz schneller schlägt, wenn du in der Nähe bist. Ich freue mich, sobald ich in deiner Nähe sein kann, und wann immer du lachst, geht für mich die Sonne auf. Ich will für dich da sein und dich beschützen, solange ich es vermag und … wir beide wissen, dass das« - Ich wies mit der Hand auf mich und dann auf sie – »nicht ewig andauern wird. Irgendwann wirst du in die Welt der Menschen zurück müssen und dorthin kann ich dir nicht folgen.«

Meine Stimme war belegt, während sich die Trauer, die ich verspürte, auch in ihr auszubreiten schien.

»Doch selbst wenn uns nicht alle Zeit der Welt vergönnt ist – möchte ich die, die uns bleibt, genießen. Mit dir. Zusammen.« Ich sah ihr in die Augen und unsere Blicke verhakten sich ineinander. Langsam hob ich ihre Hand, führte sie an die Lippen und hauchte einen leichten Kuss darauf.

Das Herz schlug mir bis zum Hals, während ich auf eine Reaktion von ihr wartete. Die Minuten verstrichen. Ihre Brust hob und senkte sich schwer.

Gerade in dem Moment, da ich dachte, sie würde sich gar nicht mehr bewegen, überbrückte sie die Distanz zwischen uns und barg ihren Kopf an meiner Schulter. Dabei strich ihr Atem sanft über meinen Hals, was etwas in mir auslöste, was ich bis dahin nie so deutlich gespürt hatte. Ich betete inständig, dass sie nicht hören würde, wie mein Herz nun gegen die Innenseite der Brust hämmerte.

Nach gefühlten Stunden löste sie sich ein wenig von mir und sah mir ins Gesicht. In ihren Augen stand überdeutlich Erregung.

Langsam hob ich die Hand an ihre Wange und strich sanft darüber. Sie schmiegte sich in die Bewegung. Sachte ließ ich die Hand tiefer gleiten, an den Konturen von Serenas Gesichtes entlang, vorbei an ihrem Hals und Schlüsselbein. An der Seite hinab, bis ich die nackte Haut zwischen dem Ende des Oberteiles und dem Anfang ihrer Flosse fand. Während ich ihre Reaktion beobachtete, malte ich Kreise auf ihre Haut. Eine Gänsehaut breitete sich auf ihrem Körper aus und sie erschauerte.

Sie hatte ihre Arme um meinen Hals gelegt und ihre Hände in meinen Haaren vergraben, doch ließ sie ihre Hände nun weiter nach unten wandern und fuhr das Rückgrat auf und ab, was mir einen kleinen Seufzer entlockte.

Ich zog sie näher an mich heran und begann ihren Hals und ihre Schultern mit Küssen zu bedecken. Unwillkürlich wanderte mein Blick zu ihren Brüsten, welche sich in der Korsage hoben und senkten.

Sie legte ihren Kopf zur Seite und stieß einen lautlosen Seufzer aus. Das stachelte das Verlangen in mir noch mehr an, ein leises Stöhnen entkam mir. Ihr Körper spannte sich an und drückte sich fester an mich. Ihre Hände strichen nun sanft über den Teil meines Körpers, an dem die Hüfte in die Flosse überging. Ein Keuchen entkam mir ob dieser ungeahnten Empfindungen. Mein Magen zog sich zusammen. Auf eine gute Weise – ich wollte nicht, dass sie aufhörte, um keinen Preis. Zur Antwort zog ich sie näher heran und arbeitete mich mit einer Reihe von Küssen bis zu ihrem Ohr vor, wo ich die empfindliche Stelle direkt darunter küsste. Ihr entkam kein Laut, doch sie atmete stoßweise und krallte sich an mich.

Ich grinste übermütig und schlang beide Arme um sie, hob sie ein Stück an, sodass wir nun Hüfte an Hüfte waren, und schwamm so weit zurück, dass sie mit dem Rücken zur Wand lehnte. Mein Puls rauschte mir in den Ohren und überlagerte alle anderen Geräusche und Gedanken. Nur diesen einen nicht. Sie fühlte sich so gut an, wie sie in meinen Armen lag und mich genauso wollte wie ich sie.

Die rechte Hand wanderte vorsichtig unter ihr Oberteil und ich begann, die weiche Haut darunter zu erkunden. Zuerst strich ich ihr über den Bauch und die Taille, bevor ich mich langsam, nach oben arbeitete. Auch sie war immer noch dabei, das empfindliche Ende der Flosse zu streicheln, was mich beinahe in den Wahnsinn trieb. Aus meiner Kehle drang ein dunkles Grollen und ich presste sie stärker gegen die Wand. Meine Hände fuhren zärtlich über den Ansatz ihrer Brüste. Serena drückte den Rücken durch, um sich der Berührung entgegenzubeugen. Ihr Kopf war nach hinten gelehnt und ihr Mund leicht geöffnet. Langsam löste ich die Schnürung ihres Korsetts auf ihrem Rücken.

Gekonnt half sie mir, es abzustreifen und ich war nun in der Lage, sie vollkommen zu betrachten. Sie war wirklich wunderschön und ich musste mich beherrschen, um sie nicht sofort zu küssen und anzufassen. Ihr schien es ebenso zu ergehen, ihre Augen waren von Lust und Begehren verschleiert.

Mit einer schnellen Bewegung entledigte ich mich des Anzuges und drückte sie an die Wand. Fordernd.

Ihre Hände fuhren über meinen bloßen Oberkörper und über die Brustmuskeln, die Seite bis hin zum Bauch. Ein wohliger Schauer durchfuhr mich und ich konnte ein Knurren nicht unterdrücken. Nun war es an ihr, diebisch zu grinsen. Sie war sich bewusst, was ich wollte, und sie wusste genau, dass sie mich mit ihren Berührungen verrückt machte – diese Frau war unmöglich!

Zur Antwort fixierte ich ihre Hände mit meinen über ihrem Kopf. Sie sah mich mit großen Augen an und ich hob eine Braue.

Langsam bedeckte ich ihren Oberkörper mit Küssen.

Je weiter ich hinunterwanderte, desto mehr wand sie sich in meinem Griff, doch ich dachte nicht daran, aufzuhören. Ich beugte mich zu ihrem Ohr und flüsterte: »Wie du mir, so ich dir.«

Erneut bebte ihr Körper ob der Worte, während ich sie weiter liebkoste. Sie wand sich und bog ihren Rücken, um meiner Hand zu begegnen.

Mit einem Laut, der mehr nach einem Tier denn mir selbst klang, zog ich sie an mich. Ich schwamm hinunter, sodass sie unter mir auf dem Boden des Raumes lag. Noch immer sah sie mich mit großen, vor Lust verschleierten Augen an.

»Ist das …? Ich werde …«, keuchte ich. Sie nickte. Sie wollte es ebenso. Trotz des Nebels, der meinen Geist umgab, hämmerte mein Herz wie verrückt, als sie zustimmte.

Bei der Göttin, ich war der glücklichste Mann im Meer!

Ohne einen weiteren Gedanken gab ich mich der Lust und unserem Liebesspiel hin, bis wir beide völlig erschöpft und zufrieden in die Arme des anderen sanken und die Welt um uns herum vergaßen.

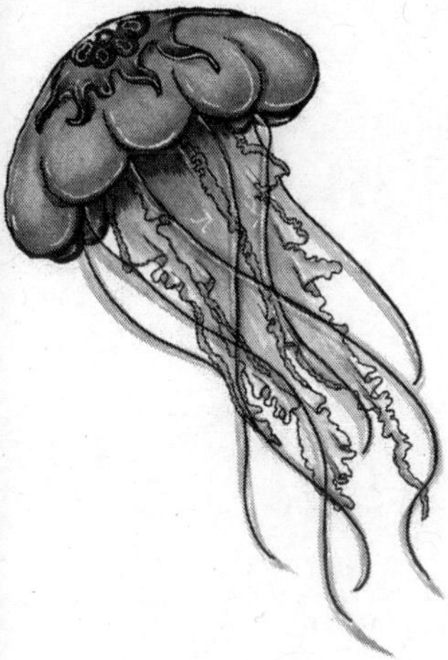

Kapitel 19

Serena

Sobald meine klaren Gedanken zurückkehrten, bemerkte ich, dass Aramis und ich auf dem Boden des Raumes, wohl eine Art Lesezimmer, lagen. Meine Gedanken wanderten zu den letzten Minuten. Oder Stunden? Röte stieg mir in die Wangen. Wie hatte das nur passieren können? Immer hatte Mutter mir eingebläut, dass ich nicht einfach so einem Mann nachgeben sollte, schließlich war die Jungfräulichkeit eines der wichtigsten Güter einer Frau. Nun hatte ich genau das getan: Ich hatte mich dem erstbesten Mann an den Hals geworfen und … Nein. Es war nicht der erstbeste gewesen. Ich empfand mehr für ihn und wollte mich nicht auf eine Affäre einlassen.

Es sollte mehr sein als eine flüchtige Bekanntschaft. Die Gefühle gingen tiefer und berührten mich wie sonst nichts. Nie zuvor hatte ich mich in solcher Weise zu einem Mann hingezogen gefühlt, nie hatte ich einen solchen Drang verspürt, solche Begierde. In diesen Momenten, da er mir gegenüber offen und ehrlich gewesen war, hatte ich in seinen Augen gelesen, dass er die Wahrheit sprach. Um von Liebe zu sprechen war es zu früh, doch seine Worte hallten in mir wider.

Sie hatten etwas in mir zum Klingen gebracht, das ich nun nicht mehr zum Schweigen bringen vermochte. Wüsste er nur, wie es in meinem Inneren aussähe – so vieles wäre leichter, wenn ich nur wieder in der Lage wäre zu sprechen! Ich fuhr mir durch das zerzauste Haar, bevor ich mich langsam unter seinem Arm, der immer noch über meiner Taille lag, wegduckte und das Oberteil vom Boden auflas. Es war albern, aber ich wollte nicht mit entblößter Brust vor ihm schwimmen, sobald er die Lider wieder öffnete. *Auch wenn es kaum etwas gibt, das er nicht gesehen hat.*

Die fiese Stimme in der hintersten Ecke meines Kopfes wollte einfach nicht still sein.

Ich habe nichts Unrechtes getan! Ich glaube, ich bin in ihn verliebt. Tun Verliebte so etwas nicht? Ist es dann nicht … natürlich?

Niemanden würde es interessieren, ob ich etwas für Aramis empfand oder nicht. Ob ich ihn liebte oder er mir gleichgültig war. In ihren Augen war ich nun beschädigt. Nicht mehr vorteilhaft zu verheiraten. Welcher Mann würde eine Frau nehmen, die bereits bei einem anderen gelegen hatte?

Ich wusste nicht, was ich fühlen oder denken sollte, während ich Aramis anblickte, der leise schnarchend auf dem Boden lag. Einerseits war ich so glücklich, dass ich es am liebsten in die Welt hinaus geschrien hätte – andererseits fühlte ich mich verletzlich. Bei dem Gedanken, ihn bald für immer verlassen zu müssen, schloss sich eine kalte Faust um mein Herz. War es möglich? Nein, die bessere Frage lautete: hoffte ich, dass es wahr wäre?

Zwar hatte ich es mir selbst nicht eingestanden, doch die Antwort war die ganze Zeit da gewesen, ich war nur zu blind sie zu sehen. Nie im Leben war ich mir so sicher gewesen. Ich wollte hierbleiben, bei ihm. Dem Mann, der so viel mehr war, als ich es jemals für möglich gehalten hätte. Trotz meiner Reaktion in der Höhle hatte er sich um mich bemüht und war nicht müde geworden, mir die Wunder und Schönheit seiner Welt zu zeigen.

Ein lautloser Seufzer entfuhr mir.

Schnell schlüpfte ich in das Oberteil und band die Korsage. Ich versuchte, eine spiegelnde Fläche zu finden, schließlich konnte ich nicht mit zerzausten Haaren zurück zum Ball gehen, was würden die Leute denken! Bei dem Gedanken daran wurde mir erneut heiß und etwas krampfte sich in meinem Inneren zusammen.

Fühlt sich so Liebe an? Wenn man den anderen immer nahe bei sich halten will, egal ob Tag oder Nacht? Und man glücklich ist, sobald er lacht, und alles mit ihm teilen möchte? Dass das Herz schneller schlägt und man ungeduldig auf das nächste Wiedersehen wartet? Sollte das Liebe sein, glaube ich, dass ich ihn liebe. Sollte es das sein, will ich dieses warme Gefühl nie mehr verlieren.

Trotz der Traurigkeit, die sich in mein Herz und meine Gedanken schlich, lächelte ich.

Langsam schwamm ich zu ihm hinüber und berührte ihn leicht an der Schulter. Sofort fuhr sein Kopf nach oben und ich wich gerade rechtzeitig aus, um einem Zusammenstoß zu entkommen.

»Oh, du bist es.« Verlegen strich er sich durch sein Haar und sah mich schuldbewusst an. »Ich … ich bin eingeschlafen?«

Ein gespielt ernstes Nicken von mir brachte ihn dazu, seine Augen kurz zu weiten. »War ich lange weg?«

Sein zerknirschter Blick war zu liebenswert, als dass ich ihn lange im Unglauben lassen wollte. Ich schüttelte den Kopf, lächelte, und ließ mich dicht neben ihm auf den Boden sinken.

»Was machst du nur mit mir, Serena? Du bringst mich noch einmal ins Grab.«

Erleichtert lachte er auf. »Was habe ich dir nur getan, dass du mich immer wieder foppst? Dabei habe ich nur Gutes im Sinn …«

Sacht strich er über meine Schwanzflosse und mir wurde gleichzeitig heiß und kalt.

In dem Moment, da ich beschlossen hatte, ihm gegen den Oberarm zu boxen, fing er die Hand ab und verflocht seine Finger mit meinen. Was für eine große Wirkung eine so kleine Geste doch hatte. Augenblicklich beschleunigte sich mein Herzschlag und ich lächelte ihn an. Ihm schien es ähnlich zu gehen, sein Grinsen sagte mir alles, was ich wissen musste. Ein warmes Gefühl machte sich in meinem Inneren breit und ich wünschte, dass der Moment länger anhalten würde, doch da setzte Aramis sich auf und suchte nach seinen Anziehsachen.

»Weißt du, wo …?«

Bevor er die Frage zu Ende brachte, hielt ich ihm die Jacke und das Hemd entgegen.

»Danke. Und … darf ich sagen, dass … es war … also du sollst wissen, dass ich das normalerweise nicht tue. Ich habe nie …«

Immer wieder brach er ab und eine leichte Röte überzog seine Wangen. Es war kein Geheimnis, dass er bei den Frauen nicht allzu viel Erfahrung hatte, doch dass er genauso unerfahren war wie ich? Das wäre mir nicht in den Sinn gekommen. Irgendwie fand ich es allerdings schön, dass wir diese Tatsache teilten. Auch wenn uns nicht viel Zeit blieb, dies würde uns niemand nehmen.

»Serena? Kommst du?« Aramis' Stimme riss mich aus den Gedanken.

Ich ergriff seine ausgestreckte Hand und sofort verschränkte er unsere Finger miteinander. Wir konnten uns kaum Hand in Hand im Ballsaal blicken lassen, die Leute würden reden und ich bezweifelte, dass Aramis' Vater sonderlich begeistert wäre von der Wahl seines Sohnes. *Immerhin bin ich keine Prinzessin. Verdammt, ich bin nicht einmal eine Meerfrau!*

Am liebsten wäre ich in die Geborgenheit des Zimmers zurückgeschwommen, fernab von all den lärmenden Menschen im Ballsaal, doch dafür war es zu spät, immerhin durchquerten wir gerade den riesigen Torbogen.

»Ich bin gleich zurück, ich sollte wenigstens einen Tanz mit

Anastasiia tanzen, Vater verlangt es. Bitte, schau nicht so.«

Schnell versuchte ich, eine gelassene und gleichgültige Miene aufzusetzen.

»Glaube mir, es wird mir keinen Spaß machen, falls das eine Erleichterung für dich ist«, raunte Aramis mir mit einem Zwinkern zu und schwamm in Richtung der Gastgeberin davon, welche neben ihrem Vater wartete und allem Anschein nach schmollte.

Hätte ich eine Stimme gehabt, wäre mir ein verächtliches Schnauben entwischt. Als Aramis bei seiner Partnerin angekommen war, sah ich mich im Saal um. Was sollte ich tun? Schließlich kannte ich hier niemanden.

Nachdem ich einige Runden durch den Saal gedreht hatte, nahm ich mir ein paar Häppchen und bemerkte da erst, dass sich mein Magen durch lautes Grummeln bemerkbar machte. Aramis war damit beschäftigt, der Gastgeberin die Aufwartung zu machen und sie zu unterhalten. Diese schien seine Aufmerksamkeit sichtlich zu genießen: Wie zufällig berührte sie immer wieder seinen Arm oder kam ihm näher, als es die Schicklichkeit bei zwei fremden Menschen gebot – zumindest oberhalb des Meeresspiegels. Ihr Augenaufschlag und die koketten Blicke zeigten deutlich, welche Absichten sie hatte.

Glaube ja nicht, dass das bei ihm funktioniert, man muss schon ein bisschen was im Kopf haben – dein Äußeres allein wird dir nicht weiterhelfen.

Dieser Gedanke sorgte nicht gerade dafür, dass ich mich besser fühlte. Wann war ich so missgünstig und eifersüchtig geworden? Nie hatte ich mich für die Art von Frau gehalten, die Anspruch auf einen Mann erheben würde. Geistesabwesend schüttelte ich den Kopf. Schließlich musste ich aufpassen, dass ich nicht so wurde wie die Frauen, die mich einst mit verachtenden Blicken bedacht hatten. Denn ich war auf dem besten Wege dazu und es gefiel mir ganz und gar nicht.

Nach einiger Zeit zog ich mich in einen hinteren Teil des Saales zurück und nahm auf einem der Korallenstühle Platz. Ich langweilte mich, da ich weder Gesellschaft hatte noch etwas zu tun, und so streckte sich der Abend ins Unermessliche. Wann Aramis sich wohl von ihr loseisen konnte?

Vielleicht ist es am besten, wenn ich mich auf die Suche nach ihm mache, ich habe ihn schon seit einer ganzen Weile nicht mehr gesehen … Ich habe wirklich genug von diesem Abend – hoffentlich sieht er das ein.

Ich war **überzeugt**, dass er es ebenso ohne Worte verstehen würde. Bisher hatte es wunderbar funktioniert, ohne dass ich mich mit ihm unterhalten hatte. Bei dem Gedanken an unsere vorherige Begegnung musste ich unwillkürlich lächeln.

Es war nicht zu fassen. Was sollte ich meinen Eltern nur sagen? Wie würden sie reagieren?

Vater würde wohl schäumen vor Wut und darauf bestehen, dass der Schuldige bestraft würde. Schließlich war ich seine einzige Chance auf eine gute Partie und diese würde ihm für immer verwehrt bleiben. Vermutlich müsste er sich mit einem Fischer oder einem Tischler abgeben. Somit wäre sein Schwiegersohn nicht, wie gewünscht, ein Lord, Baron oder Prinz.

Wenn Vater wüsste … das mit dem Prinzen ließe sich eher bewerkstelligen, als er denkt.

Was würden die Bewohner von Shurlake sagen, wenn sie wüssten, dass Stella Maris aus ihren Sagen und Legenden existierte und noch dazu zum Greifen nahe war? Bestimmt würden sie alles daran setzen, dort hinzugelangen und jedes kleine Detail zu erforschen. Die Schönheit dieses Ortes wäre nicht mehr unberührt und wild, sondern gezähmt. Die Menschen würden versuchen, sich die Stadt anzueignen oder einen Handel mit ihrem Herrscher einzugehen. Da jedoch selbst die Zusammenschlüsse auf unserer Insel brüchig und instabil waren, wollte ich mir nicht ausmalen, wie schwierig erst ein Pakt zwischen zwei Spezies wäre.

Die Menschen hatten niemals genug und solch eine Entdeckung würde böse Folgen haben. Für beide Seiten.

Falls ich an Land und zu meiner Familie zurückkehre, ich darf ihnen nicht erzählen, was passiert ist. Sie würden es mir ohnehin nicht glauben, doch Vaters Interesse wäre geweckt.

Es mochte nicht die Welt sein, in der ich lebte, allerdings würde ich alles tun, um sie zu bewahren.

In dem Moment entdeckte ich Aramis, welcher mit Anastasiia in einer Ecke stand. Sie schmiegte sich an ihn und küsste ihn. Und ihn schien es nicht einmal zu stören … er wehrte sich nicht! Er genoss es sichtlich, und legte seine Arme um sie und zog sie näher zu sich.

Genauso wie er es bei mir getan hatte …

Mir wurde übel. Zuerst verspürte ich nichts, doch eine Sekunde später stürmte alles auf einmal auf mich ein: Verzweiflung, Wut, Enttäuschung, Hass.

Mein Herzschlag beschleunigte sich, Tränen sammelten sich hinter den Augen, aber ich ermahnte mich, sie nicht zu Tage treten zu lassen. Die rote Farbe würde mich leicht verraten und zu groß war die Scham, in der Öffentlichkeit wegen eines Mannes zu weinen. Niemand sollte mich so sehen und unangenehme Fragen stellen. Ich wandte mich ab und eilte aus dem Saal, durch den Flur und die Eingangshalle, bis ich den Vorhof des riesigen Gebäudes erreicht hatte. Noch immer tobte ein Sturm in meinem Inneren, welcher mich orientierungslos und voller Wut und Trauer zurückließ. Dieser Mistkerl! Wie konnte er mir etwas von Liebe und großen Gefühlen vorgaukeln, um sich keine Stunde später mit einer anderen zu vergnügen? Was glaubte er, wer er war?! Nur weil er ein Mann und ein Prinz war, gab es ihm nicht das Recht, auf mir herumzutrampeln! Ich musste einfach weg, also missachtete ich die Rufe der Diener und schwamm hinaus ins Meer. Während die Lichter des Balles verblassten und mich die schwarzblaue Nacht empfing, ließ ich mich auf den Meeresboden sinken und legte den Kopf in die Hände.

Die Tränen, die ich nun nicht mehr zurückhalten konnte, verfärbten das Wasser um mich herum blutrot – ein makabres Schauspiel, das mir sogleich einen Schauer über den Rücken jagte. Auch wenn ich wusste, dass dies lediglich mein Meermenschenkörper war, der nicht wie mein Menschenkörper weinen konnte.

Von Schluchzern geschüttelt saß ich dort und wartete – auf was wusste ich selbst nicht, doch ich wollte allein sein.

»Na, na, liebes Kind. Wer wird da weinen? Was hat dich so traurig gemacht, dass du hier mutterseelenallein sitzt? Es ist wegen eines Mannes, habe ich recht? Dein Liebster?« Ich kannte die Stimme. Schon einmal hatte sie mich verführt und in ihren Bann geschlagen.

Langsam sah ich auf. Direkt in das Gesicht der Frau, die mich erst in den Schlamassel gebracht hatte. Die Sirene, die meine Stimme geraubt hatte.

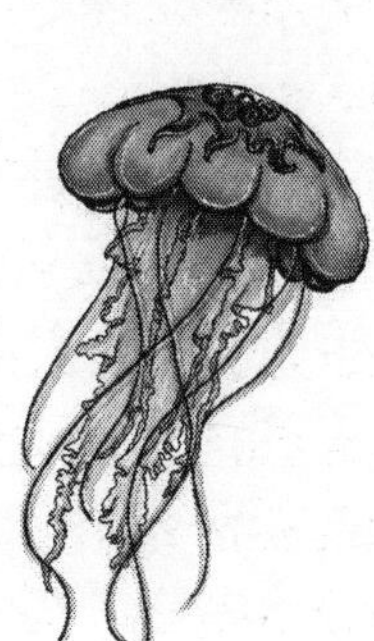

Kapitel 20

Serena

Ich öffnete den Mund und schloss ihn kurz darauf wieder, nur um ihn erneut in Erstaunen zu öffnen. Natürlich kamen keine Worte über meine Lippen und ich musste aussehen wie ein Fisch im Wasser. Wie hatte sie mich gefunden? Was wollte sie von mir? Bekam ich meine Stimme zurück?

So viele Fragen und keine Antworten.

Die Sirene musterte mich von oben bis unten, was mir nicht gefiel. Es gehörte sich nicht, jemanden so unverblümt anzustarren.

Obwohl ich nicht viel über die Sirenen und ihre Lebensweise wusste, hatte ich mitbekommen, dass sie in ihrer eigenen Stadt lebten, die einige Seemeilen von Stella Maris entfernt lag. Seit dem Krieg dauerte diese Feindschaft an. Ebenso lasteten sie den Verlust ihrer Schönheit dem Meervolk an, was ihren Hass weiter schürte. Zwar waren sie in der Lage sich mit ihrer Magie zu verwandeln, doch dieser Zauber wurde brüchig und die wahre Gestalt der Sirenen spiegelte die Tiefen ihrer Seelen wider. Sie hatten nach immer mehr Macht gestrebt und eine Grenze überschritten. Der Preis war hoch gewesen. Die Schönheit und ewige Jugend ihres Volkes. Was ich allerdings in den Augen der Frau vor mir sah, war nicht einfach verletzter Stolz, sondern Hass und Lust nach Rache. Wieso nur hasste sie so sehr? Diese Emotion konnte wohl kaum auf ein gesamtes Volk projiziert werden, oder?

»Serena«, brach die Sirene das Schweigen. »In Menschengestalt warst du von ganz ansehnlicher Schönheit, doch wie ich sehe, hat dein Wunsch dir gutgetan. Diese Flosse und das Leben unter Wasser scheinen dir wunderbar zu Gesicht zu stehen. Sag, gefällt es dir? Ist es das, was dein Herz begehrte?«

Ich wich ihrem stechenden Blick aus, denn in den letzten Stunden hatte sich nichts so entwickelt, wie ich es mir gewünscht oder erträumt hatte.

Aramis war …

Ein wölfisches Grinsen erschien auf ihrem Gesicht.

»Nichts ist so, wie es zu sein scheint, habe ich recht? Du weißt ja, nicht alles, was glänzt, ist aus Gold … leider kommt der gute Aramis stärker nach seinem Vater, als ihm guttut …«

Sie schüttelte den Kopf.

Was wollte sie damit sagen? Worauf spielte sie an? Soweit ich das beurteilen konnte, war Aramis dem König, bis auf das Aussehen, nicht sonderlich ähnlich. Wo sein Vater impulsiv und leidenschaftlich war, hatte ich ihn eher zurückhaltend und vorsichtig eingeschätzt. Er zeigte seine Emotionen nicht offen, doch sie brodelten unter der Oberfläche.

»Du bist verwirrt, das wundert mich. War es nicht unser guter Prinz, der sich dort drinnen mit einer anderen vergnügt hat, so kurz nachdem … *ihr* euch vergnügt habt?«

Sie wackelte mit den Brauen.

Die Röte schoss mir in die Wangen und ich wandte den Blick ab, und zugleich machte sich Entsetzen in mir breit und lähmte mich.

Woher weiß sie davon? Sie kann es nicht gesehen haben, niemand war dort! Können die Sirenen Gedanken lesen? Ist es ihre dunkle Magie, die ihnen das ermöglicht?

Bei der Vorstellung daran, was diese fremde Frau über mich wusste, fing ich an zu zittern, während mich eine Wut, wie ich sie nie zuvor gespürt hatte, übermannte.

Was bildete sich diese Frau ein? Wieso schikanierte sie mich, wo sie genau merkte, dass sie einen wunden Punkt getroffen hatte?

In einem netten Plauderton, der mir Übelkeit verursachte, fuhr sie fort:

»Es ist schlimm, wenn man seine Liebe an eine andere verliert. Ich vermag ein Lied davon zu singen, weißt du?« Sie lachte, aber ich erkannte nichts Komisches an der Situation und starrte sie nur weiterhin an.

»Ich werde dir helfen – von Frau zu Frau. Begleite mich. Ich und meine Schwestern werden dir helfen zu vergessen. Wir werden dein Herz heilen und den Geist von der Last der Erinnerung befreien. Du musst nur mit mir kommen und uns einen kleinen Dienst erweisen, das ist alles. Das möchtest du, oder nicht? Endlich frei sein von den Gedanken an ihn und das, was du gesehen hast.«

Sie fuhr mit der Hand durch das Wasser vor ihr und ein klares Bild entstand. Ich sollte den Blick abwenden, doch ich konnte es nicht. Eine Macht hielt mich an Ort und Stelle und verdammte mich dazu, alles ein weiteres Mal mit anzusehen.

Dort war Aramis, bei der fremden Frau. Er küsste sie und zog sie enger an sich, in seine Arme.

Der Spuk hatte nur wenige Sekunden gedauert und doch liefen mir Tränen über die Wangen, färbten meinen Blick blutrot und ließen das Bild vor meinen Augen verschwimmen.

Ich dachte, dass er es ernst mit mir meint, und war so naiv und habe ihm geglaubt, dass er mehr für mich empfindet und mich mag. Ich hätte es besser wissen sollen. Nicht umsonst hat Mutter vor solchen Männern gewarnt und ich bin ihm auf den Leim gegangen. Wie er sich amüsiert haben muss …

Die Sirene schwamm nun hinter mir und legte mir eine Hand auf die Schulter. Diese Geste hätte etwas Tröstendes sein können, doch ihr fester Griff fühlte sich eher nach einer Drohung an.

»Komm mit mir. In Teyloa wirst du mehr Spaß haben. Wer braucht die Meermenschen oder Stella Maris? Stern des Meeres, dass ich nicht lache. Viel zu lange haben die Männer am Land und im Wasser uns Frauen zum Narren gehalten, damit muss Schluss sein. Wenn du verhindern könntest, dass es einem anderen Mädchen einmal genauso geht wie dir, würdest du es tun? Wirst du uns helfen, diesen Meermännern das Handwerk zu legen, die denken, sie dürften alles und jeden besitzen, nur weil es ihnen beliebt?«

Sie war ein Stück von mir zurückgeschwommen und streckte mir die Hand entgegen. Es war eine auffordernde Geste, doch sie machte keine Anstalten, mich zu irgendetwas zu zwingen. Einerseits beabsichtigte ich nicht, dieser Frau zu vertrauen. Es war immerhin ihre Schuld, dass ich im Meer festsaß. Andererseits …

Ich wollte nicht, dass noch ein Mädchen getäuscht werden würde. Zwar wusste ich nicht, ob sie das wirklich tun konnte, aber in diesem Moment kam mir eine andere Idee. Ich hatte mir ein Abenteuer gewünscht und dieses war zu Ende. Vielleicht hatte ich zuvor geglaubt, dass ich mit Aramis glücklich werden könnte, doch ich musste einsehen, dass es nichts weiter als ein Wunschtraum bleiben würde. Es war für alle besser, wenn ich zurückkehrte und das alles hinter mir ließ. Wenn ich mich demütig zeigte, hätte ich vielleicht die Chance, der Verbannung meiner Eltern zu entgehen. Was sollte ich sonst tun? Mir waren die Hände gebunden und ich musste zusehen, dass ich das Beste daraus machte. Schließlich konnte ich die Verletzung und Enttäuschung nicht rückgängig machen. Ich hatte Aramis etwas geschenkt und er hatte es achtlos weggeworfen.

Mit gehobener Braue sah ich die Sirene an, zeigte auf meinen Hals und zur Wasseroberfläche nach oben und formte lautlos die Worte

»Wenn du versprichst, den Fluch rückgängig zu machen, komme ich mit dir«.

Es dauerte zwar eine kurze Weile, doch dann hellte sich das Gesicht der Sirene auf und ihr Grinsen wurde breiter.

»Du versprichst also hoch und heilig, mit mir zu kommen und uns zu helfen, wenn ich dir im Gegenzug dazu deine Menschengestalt und Stimme wiedergebe?«

Ich nickte.

Aquaria klatschte begeistert in die Hände und hielt mir ihre Hand danach wieder entgegen, als wollte sie mir aufhelfen. »Das klingt für mich nach einem fairen Handel und ein kluger noch dazu. Was hält dich noch an einem Ort, der dir nur Schmerz bereitet?«

Sie hat recht. Ich kann nicht mit Aramis in den Palast zurückkehren und so tun, als wäre nichts passiert. Niemand ist in der Lage, den Fluch, der auf mir lastet, aufzuheben. Was bleibt mir also für eine andere Wahl?

Ich beäugte die Sirene vor mir einen weiteren Moment, ehe ich die Hand nach ihrer ausstreckte und sie zaghaft in ihre Handflächen legte. Sie fühlte sich seltsam kühl an und rau.

Augenblicklich wand sich schwarzer Nebel aus den Händen der Sirene und schloss uns ein, bis er mir die Sicht und das Bewusstsein raubte.

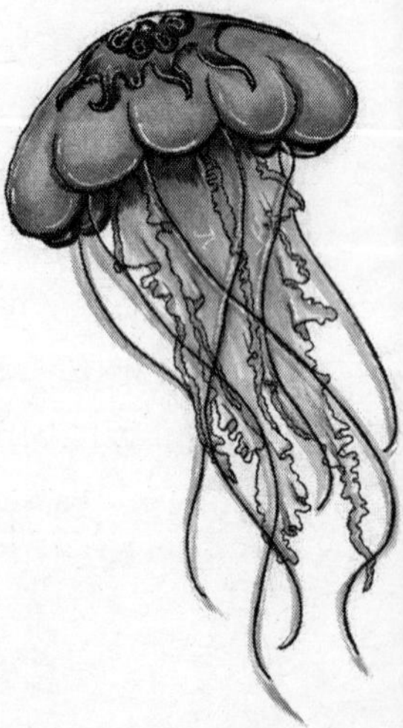

Kapitel 21

Aramis

»Wisst ihr, wo Serena ist? Gerade eben war sie hier …?« Inzwischen hatte ich jeden meiner Bekannten auf dem Ball befragt, doch keiner schien sie gesehen zu haben. Langsam machte ich mir ernsthaft Sorgen. War ihr etwas zugestoßen?

Mein Magen zog sich bei der Vorstellung schmerzhaft zusammen. Sicherlich wäre sie nicht von allein weggelaufen, schließlich kannte sie sich nicht aus.

Da durchfuhr mich ein Geistesblitz.

Was wenn die Sirenen dahinter stecken? Haben wir nicht gewusst, dass Serenas Fluch etwas mit ihnen zu tun haben muss? Sie führen etwas im Schilde. Ob sie versuchen werden, das alte Ritual zu vollenden? Immerhin ist dies der Grund für ihre Strafe und Verbannung gewesen … Wären sie so töricht, es ein weiteres Mal durchzuführen?

Eine Welle von Angst schwappte über mich hinweg. Nicht nur um unser Land, sondern auch um Serena – vor allem Angst um sie. Wenn die Sirenen sie wirklich zum Abschluss des Rituals brauchten, was geschah dann mit ihr? Schließlich wusste keiner von uns genau, ob es nicht sogar ein Menschenleben fordern würde.

Ich rief mich selbst zurecht, denn Panik und solche Gedanken halfen mir nicht weiter. Ich musste einen kühlen Kopf bewahren, wenn ich Serena finden wollte. Dazu musste ich mit meinem Vater sprechen, doch im Saal konnte ich ihn nicht entdecken. Ohne auf meine Umgebung zu achten, schwamm ich nach draußen, bis ich gegen einen Körper stieß, der mich zurückprallen ließ.

»Bei Nayla, was soll das …?« Ich erkannte die Stimme des Königs sofort und in dem Moment sah er wohl auch, wer gegen ihn geschwommen war.

»Aramis? Was willst du? Ich habe gerade wirklich keine Zeit für so etwas«, raunzte er mich an. Völlig entgeistert sah ich von ihm zu dem Mann, der neben ihm schwamm und erkannte einen seiner Heerführer – Nori, wenn ich mich nicht täuschte. Dieser beäugte mich ebenso misstrauisch und seine Flosse schlug in schnellem Tempo auf und ab. Ein deutliches Zeichen seiner Nervosität.

Trotz allem beschloss ich, mein Glück zu versuchen. »Vater, ich muss dringend mit dir reden! Es kann nicht länger warten, denn ich glaube –«

»Genug. Aramis, es muss warten, egal was es ist. Geh zurück und amüsiere dich. Es sind schließlich einige junge Damen anwesend, die eine passende Braut abgeben würden.«

Schon verschwand er mit schnellen Flossenschlägen mitsamt dem Heerführer um die Ecke. Sein benehmen weckte mein Misstrauen.

Ich wartete einige Herzschläge, bevor ich den beiden folgte und dabei zusah, dass mich niemand entdeckte. Sie bogen um einige Ecken, ehe ich eine Tür in der Nähe hörte und darauf zuschwamm. Sie war zwar geschlossen, doch das Perlmutt, aus denen die kleinen, auf Kopfhöhe eingelassenen Fenster bestanden, war so dünn, dass ich jedes Wort ohne Probleme verstand.

»Mein Freund, was hast du gesehen? Ich kann es an deinem Gesicht erkennen, dass etwas furchtbar schief gelaufen ist. Nun spuck es schon aus.«

»Mein König … wie soll ich es sagen? Ein paar meiner Männer, die um das Anwesen patrouillieren, wie von Euch angewiesen, sie haben …«

»Nun spuck es endlich aus! Ich bin kein kleines Kind mehr, sondern dein König, verdammt! Ich bestehe darauf, zu erfahren, was hier vor sich geht!« Solch einen Ton war ich von meinem Vater gar nicht gewohnt, schon gar nicht seinem engsten Freund und Vertrauten gegenüber.

Dieser seufzte und gab dann eine Information preis, die mir das Blut in den Adern gefrieren ließ.

»Meine Männer sagen, dass sie eine Sirene gesehen haben wollen, die auf dem Grundstück herumschleicht. Allerdings haben sie sie nicht zu fassen bekommen – verzeiht mir.«

»Ich habe immer gewusst, dass es so weit kommen wird. Nori, mein Freund. Du weißt so vieles über mich und doch weißt du nicht alles. Wenn meine Vermutungen richtig liegen, weiß ich, wieso Aramis mit mir sprechen wollte. Die stumme Meerfrau – Serena – sie ist verschwunden und ich weiß vermutlich den Grund.«

Mein kompletter Körper spannte sich an und wenn ich mich nicht hier und jetzt übergeben musste, konnte ich froh sein. Vater wusste also, dass Serena verschwunden war und wollte nichts unternehmen? Wieso nur? Was hatte sie ihm denn getan?

»Was ich dir jetzt erzähle, darf niemals an Außenstehende dringen. Es könnte meiner Familie schaden, ja ganz Aquaris. Versprich es mir!«

»Ich werde es nicht weitersagen, das verspreche ich Euch, es wird unter uns bleiben«, schwor Nori, doch ich wusste, dass kein Schwur vonnöten gewesen wäre. Er war der königlichen Familie treu ergeben.

Eine kurze Pause entstand, ehe Vater noch einmal seufzte und dann begann. »Diese Situation hat mit Dingen zu tun, welche lange vergangen sind. Zu der Zeit war mein eigener Vater gerade erst zum König gekrönt worden. Ich war ein junger Meermann voller Tatendrang und mit einer Menge Flausen im Kopf. Nun, ich war damals in der Armee beschäftigt und bei der letzten und entscheidenden Schlacht um Stella Maris dabei. Die Sirenen hatten von unserem Angriff erfahren und so bedienten wir uns einer List, um in ihre Stadt zu gelangen und sie zur Kapitulation zu bewegen. Als Priesterinnen der Nayla verkleidet verschafften wir uns Zutritt zur Stadt und überrumpelten sie. Allerdings blieben wir nicht unentdeckt, wie wir gehofft hatten, ihre Hohepriesterin konnte mich enttarnen. Es war sie, Aquaria. Dank ihrer dunklen Magie ist es ihr möglich, heute so auszusehen wie vor vielen Jahren, aber der Zahn der Zeit nagt an ihr – nur weiß sie es besser zu verstecken als ich.«

Diesmal entkam ihm ein bitteres Lachen. Ich lauschte gebannt, während Vater erzählte. Das schlechte Gewissen, das mich befallen wollte, weil ich ihn belauschte, kämpfte ich nieder. Er wusste etwas über Serena und er würde es mir niemals so sagen.

»Sie war wirklich eine Schönheit zu dieser Zeit und ich jung und ein Narr. Ich verliebte mich Hals über Kopf in sie, doch sie war der Feind, es würde an Hochverrat grenzen mit ihr anzubandeln. Ihr schien es ähnlich ergangen zu sein, denn als ich kurze Zeit später zu Friedensverhandlungen erneut in der Stadt war, wies sie mich nicht ab und so entbrannte eine über Monate andauernde Affäre. Schau mich nicht so schockiert an, ich war jung und sie war nicht so wie heute. Leidenschaftlich, ja. Allerdings nicht bösartig und nicht so verbittert.«

Wie in Trance lauschte ich den Worten und konnte nicht glauben, was ich da hörte. Er und Aquaria sollten einmal ein Paar gewesen sein? Das konnte ich mir kaum vorstellen, doch wieso sollte er in einer solchen Situation lügen? Und wieso, verdammter Heilbutt, flippte Nori nicht vollkommen aus? Hatte er vielleicht schon etwas geahnt? Zugegeben, als engster Vertrauter meines Vaters sollte ihn nichts mehr überraschen, doch selbst von dem stoischen Mann hatte ich mehr erwartet.

»Und was ist dann geschehen?«, fragte er lediglich.

Vater räusperte sich und fuhr im Flüsterton fort. »Nach mehreren Monaten und geheimen Treffen rief mein Vater mich eines Tages zu sich in sein Studierzimmer und eröffnete mir, dass es an der Zeit wäre, mich zu vermählen. Ich war entsetzt von diesem Vorschlag und rebellierte dagegen, doch letzten Endes hatte ich mich seinem Urteil zu beugen, immerhin war er nicht nur mein Vater, sondern auch der König. Er stellte mich vor die Entscheidung, das Königreich in Schande und Verbannung für immer zu verlassen oder seine Wahl zu akzeptieren. Wie ich erfuhr, hatte er eine Frau erwählt – alle Verträge waren ausgehandelt und unterschrieben. Nur eine Unterschrift fehlte: die des Bräutigams. Auch wenn mir der Gedanke, eine fremde Frau zu heiraten, zutiefst widerstrebte, beugte ich mich dem Schicksal. Am selben Tag schwamm ich zu Aquaria, um es zu beenden, doch sie nahm es nicht gut auf, dass ich mich von ihr trennte und dazu für eine Frau, die ich nicht einmal kannte. Sie verlangte von mir, mich dagegen zu wehren, aber zu dieser Zeit war mir das Königreich und die Pflicht wichtiger. Ich hatte beschlossen, dass ich kein Prinz sein wollte, der sein Volk wegen einer Frau im Stich lässt – und wenn ich noch so verliebt in sie war.«

Er seufzte ein weiteres Mal tief und eine geisterhafte Stille senkte sich über den Raum. Kurz wagte ich es, durch den Türspalt zu blicken und erschrak bei dem Anblick, den der König unseres Landes gerade bot.

Ich hatte meinen Vater stets als großen, mächtigen Mann gesehen, doch auf einmal wirkte er so klein und zerknirscht. Als gäbe er sich die Schuld an allem, was zwischen unseren beiden Völkern passiert war.

»Und was ist dann geschehen? Mit den Sirenen?« Noris Frage lenkte meine Aufmerksamkeit zurück auf ihn. Falls er ebenso geschockt war wie ich, konnte er es deutlich besser verstecken. Meine Hände zitterten und mein Herz raste, als müsste es ein Wettschwimmen gewinnen.

»Ich kann nicht mit Sicherheit sagen, was mit ihnen geschehen ist, doch sie haben eine Strafe erhalten für ihre Machtgier. Nachdem ich mich von Aquaria abgekapselt hatte, begannen sie, nach immer mehr Macht und Territorium zu streben – wahrscheinlich war es das Beste, dass ihnen Einhalt geboten wurde. Aquaria wird dasselbe Ziel verfolgen wie damals. Sie kann sehr nachtragend sein. Das ist auch der Grund, weshalb ich vermute, dass Serena ihren Teil zur Erfüllung ihres Wunsches beitragen soll. Und das ist kein Schicksal, das ich irgendjemandem wünschen würde.« Auch, wenn seine Worte es nicht vermuten ließen, klang er ehrlich traurig und besorgt. Allerdings wartete ich noch darauf, dass er Nori seinen Plan präsentierte, wie er gedachte, sie wiederzubekommen. Immerhin musste er doch einen haben, oder nicht?

»Ich weiß, dass ich Mitschuld an all dem Schlamassel trage, aber ich musste meine Pflicht erfüllen und die Jahre mit meiner Frau Malia waren die schönsten meines Lebens. Nur zu gerne würde ich sagen, dass ich es nicht noch einmal tun würde, aber … das wäre wohl eine Lüge.«

Nori, ganz der Soldat, hatte sofort einen Vorschlag parat, ohne großartig auf die Gefühle und Geschehnisse einzugehen, die mein Vater ihm gerade offenbart hatte. »Sollen wir einen Trupp losschicken? Wenn wir uns beeilen, könnten wir in weniger als fünf Stunden in Teyloa sein, die junge Frau zurückholen und –«

»Nein!« Der Ausruf meines Vaters ließ sogar mich zusammenzucken. »Wir dürfen jetzt nicht zu überstürzt handeln, denn genau das ist es, was sie von uns erwarten. Ja vermutlich sogar das, was sie provozieren wollen! Aber sucht Aramis und bringt ihn zu mir, hast du verstanden? Er sah vorhin nicht besonders gut aus und ich traue ihm durchaus zu, dass er sich für sie in Gefahr begibt. Das können wir nicht zulassen – sie dürfen ihn nicht in die Finger bekommen.«

Angst durchzuckte mich und vor meinem geistigen Auge zogen Bilder vorbei, eines schlimmer als das andere. *Ich darf sie nicht im Stich lassen! Selbst wenn es eine Falle ist, muss ich das Risiko eingehen. Allein der Gedanke, dass ihr etwas zugestoßen ist ... Nein, ich kann nicht warten, bis Nori und mein Vater einen Plan aufgestellt haben! Bis dahin ist Serena längst schon tot und ich ...*

Ein Schluchzen konnte ich gerade noch unterdrücken und sah, wie sich das Wasser um mich herum flaschengrün färbte. Schnell wischte ich mir über die Augen und versuchte, die grünen Tränen zu vertreiben. Nicht nur, dass sie mich nicht weiterbrachten, sie konnten mich sogar verraten.

Kurze Zeit später hatte ich mich soweit wieder unter Kontrolle, dass ich wieder mehr oder weniger klar denken konnte. Erneut ließ ich mir das Gespräch durch den Kopf gehen, doch an meinem Entschluss, zu handeln, änderte es nichts. Mir war klar, dass Vater mich dafür bis in alle Ewigkeit in Stella Maris einsperren würde, doch das war mir egal, wenn ich Serena nur zurückbringen und in Sicherheit wissen könnte. Egal was mein Vater sagte: ich konnte sie nicht einfach im Stich lassen und abwarten.

Ohne dem Gespräch noch weiter zuzuhören, wandte ich mich von der Tür ab und schwamm, so schnell meine Flosse mich nur trug, nach draußen, vorbei an dem lärmenden Ballsaal und hinaus in das dunkle Meer. Sofort eilte ein Bediensteter herbei und ich bat ihn, mir das schnellste Seepferd zur Verfügung zu stellen. Er blickte mich verwundert an, aber ohne weitere Fragen verbeugte er sich und verschwand in den Stallungen des Anwesens.

Es schien eine Ewigkeit zu dauern, bis er zurückkehrte.

»Das hier ist das schnellste Pferd, aber wollt Ihr nicht auf eine Kutsche warten? Es gibt bequemere Wege für Euch zu reisen, Eure Hoheit.«

Wieder neigte er den Kopf, doch ich entriss ihm forsch die Zügel. »Ich bin in dringlicher Sache unterwegs – sie duldet keinen Aufschub. Aus dem Weg!«

Ich schwang mich auf den Sattel des Pferdes und trieb es an. Bevor der verwunderte Diener etwas sagen konnte, war ich bereits in der Nacht verschwunden.

Aus dem Unterricht wusste ich, dass Teyloa ein paar Stunden außerhalb der Stadt lag, und durfte keine weitere Zeit vergeuden. Egal, was mein Vater sagte oder glaubte. Vor unserem Ausflug hatte ich Serena versprochen, dass ich sie beschützen würde, und das galt noch immer. So einfach würde ich sie nicht im Stich lassen.

Serena, halte durch! Ich hole dich da raus!

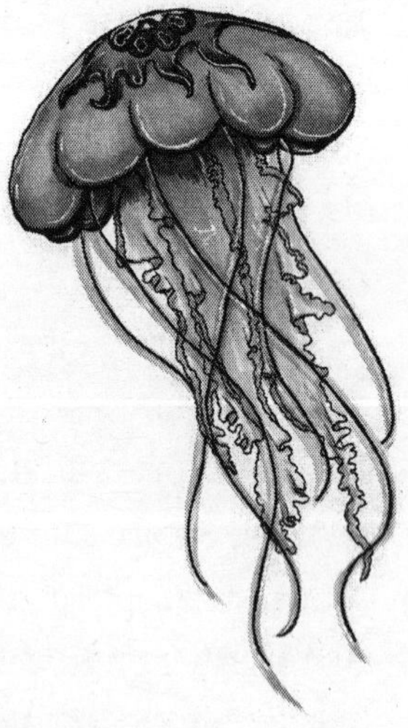

Kapitel 22

Serena

Als ich aus der Dunkelheit erwachte, befand ich mich in einer Art Käfig. Dicke Eisenstäbe umgaben mich und ich war gerade so in der Lage, mich um die eigene Achse zu drehen, ohne an den Rand des Gefängnisses zu stoßen. *Verdammt, wieso habe ich mich so leicht übervorteilen lassen? Ich hätte niemals auf die Sirene hören dürfen – wie soll ich je wieder herauskommen? Niemand weiß, wo ich bin, und selbst wenn … womöglich kümmert es ihn ja nicht.*

Unweigerlich bildeten sich Tränen in meinen Augen, doch ich drängte sie zurück und versuchte, die Lage objektiv zu betrachten. Dem Ausblick nach zu urteilen, befand ich mich in der Stadt Teyloa auf einer Art Marktplatz. Der Käfig war wohl aus einem Guss gefertigt worden, ich fand keine lockeren Streben, Schweißnähte oder sonst irgendwelche Schwachstellen. Es gab auch kein Schloss. Niemand war auf dem Platz zu sehen. Nicht einmal das Schimmern einer Schwanzflosse.

Wenn ich nicht bald rauskomme, drehe ich durch! Ich mag keine engen Räume. Dass ich durch die Löcher schauen kann, macht es nicht erträglicher. Das darf nicht wahr sein!

Vor lauter Verzweiflung begann ich, an den Gitterstäben des Gefängnisses zu rütteln, und trotzdem gaben sie nicht nach. Ein stummer Schrei entfuhr mir. Ich fühlte mich hilflos und ausgeliefert. Was wollten die Sirenen von mir? Und wieso war ich eingesperrt? Ich sollte ihnen helfen - bei was?

Angst durchzuckte mich wie ein Blitz den Abendhimmel. War ich als Köder für ein Monster gedacht? Panisch drehte ich mich von einer Seite auf die andere, doch es rührte sich nichts. Meinen Herzschlag konnte ich nicht beruhigen und ein ungutes Gefühl machte sich in der Magengegend breit.

Ich hoffte inständig, dass sich nicht etwas aus der dunklen See lösen und mich verspeisen wollen würde.

Im Norden des Platzes bewegte sich ein Umriss im Schatten.

Verzweifelt hämmerte ich gegen die Eisenstäbe in der Hoffnung, der Schall würde durch das Wasser getragen werden. Der Schatten, den ich vor wenigen Sekunden deutlich gesehen hatte, war mit der Dunkelheit verschmolzen und nichts regte sich.

Wunderbar – ich bin ja wirklich zu nichts zu gebrauchen, so wie Mutter mir oft an den Kopf geworfen hat.

Entnervt rieb ich mir über die Stirn, um den Schmerz zu vertreiben, der sich hinter meinen Schläfen einzunisten versuchte. Da, da war der Schatten wieder und es war nicht nur irgendein Schatten – es war der eines Meermenschen.

Ich durfte diese einmalige Chance nicht ungenutzt verstreichen lassen, wer wusste, wie viel Zeit mir blieb. Wie sollte ich ihn auf mich aufmerksam machen? Verzweifelt versuchte ich noch einmal gegen die Stäbe zu hämmern und hoffte, dass man mich bemerken würde. Oder hatte er mich schon gesehen und kam mit Absicht nicht näher an den Käfig heran? War es eine Wache der Sirenen, die mich beschattete, für den Fall, dass mir die Flucht gelänge? Ich hatte mehr Fragen als Antworten, doch das erübrigte sich schnell, da der Schatten sich umwandte und immer weiter an das Gefängnis heran schwamm. Je näher er mir kam, desto deutlicher entgleisten mir die Gesichtszüge.

Das muss ein gewaltiger Scherz sein – wieso …?

Allerdings kam ich nicht dazu, der Überraschung Ausdruck zu

verleihen, während eine mir wohlbekannte Stimme flüsterte: »Serena? Bist du verletzt?«

Aramis! Wieso ist er hier und sucht nach mir? Ich habe gesehen, wie er … Will er mich weiter demütigen? Mein Inneres zog sich schmerzhaft zusammen, doch gleichzeitig schlug mein verräterisches Herz allein bei seinem Anblick und dem Klang der Stimme schneller.

Bisher hatte ich mich nicht getraut, ihm in die Augen zu blicken, aus Angst, was ich darin erblicken könnte. Statt Spott und Verachtung sah ich jedoch echte Sorge, Verzweiflung und etwas anderes.

Ein warmes Gefühl breitete sich in meiner Brust aus. Augenblicklich verschwand es wieder, denn ich erinnerte mich zu gut, was vor wenigen Stunden passiert war. Ich war nicht in der Stimmung, ihm zu verzeihen, allerdings hatte ich keine andere Wahl, wenn ich hier raus wollte und das war momentan mein größtes Problem.

»Was ist los, Serena? Ich bin gekommen, um dich herauszuholen! Bitte, halte ein wenig durch, ich habe nicht herausgefunden, wie dieser verdammte Käfig geöffnet wird. Weißt du es? Ist er mit Magie verschlossen?«

Ich hob die Schultern und schüttelte den Kopf. Ich wollte ihn anschreien, doch das war in diesem Moment keine Option. Ein winziger Funke Hoffnung keimte in mir, dass alles gut werden würde. Auch wenn es derzeit nicht danach aussah.

»Du weißt es also nicht.«

Der Funken Hoffnung, der gerade eben in mir aufgekeimt war, erstarb in dem Moment, als ich die Trauer in seinem Blick erkannte – an der Art, wie sich sein Kiefer verhärtete und er die Lippen zu einer schmalen Linie zusammenpresste.

»Leider habe ich keinen weiteren Plan, ich musste so schnell wie möglich herkommen und dir helfen. Ich kann dich nicht in ihren Fängen lassen, wer weiß, was sie dir antun wollen.«

Er war immer näher an den Käfig herangeschwommen und hatte die Hände auf die meinen gelegt, welche die Eisenstangen des Gefängnisses umklammerten. In seinen Augen stand der intensive Ausdruck, den ich ab und an bei glücklichen Liebenden erblickt hatte. Durfte ich den Gefühlen trauen? Konnte ich *seinen* Gefühlen trauen? Ganz zu schweigen von meinen eigenen, die mit jeder Sekunde widersprüchlicher wurden.

Einerseits war ich glücklich, dass er mich retten wollte, andererseits schmerzte es, ihn zu sehen, wenn ich an den Kuss mit der anderen dachte.

Dafür ist jetzt keine Zeit! Wir müssen uns beeilen, die Sirenen werden jede Sekunde auftauchen und ihn gefangen nehmen.

Aufgeregt versuchte ich, ihn dazu zu bewegen, wieder Deckung zu suchen, doch er beachtete mich nicht. Er hatte damit angefangen, den Käfig nach einem Schloss oder anderen Schwachstellen abzusuchen. Ohne Erfolg, natürlich.

Verdammt, er muss wissen, dass es gefährlich ist. Wie bekomme ich ihn dazu, sich wieder zu verst-

Plötzlich vernahm ich ein langsames, höhnisches Klatschen. »Na, na, na. Wen haben wir denn da? Wenn das nicht Prinz Aramis persönlich ist.«

Ich wirbelte herum, um zu sehen, wie Aquaria, mit einem Grinsen im Gesicht, eine Verbeugung andeutete. Hinter mir keuchte Aramis auf.

Ich wandte mich zu ihm um. Er starrte die Sirene vor mir mit schreckgeweiteten Augen an. »Du … was … ich verstehe nicht …«, stammelte er.

Seine Sprachlosigkeit schien Aquaria zu amüsieren, ein schrilles

Lachen entfuhr ihrer Kehle, während sie in aller Ruhe um den Käfig herumschwamm und ich mich mit ihr drehte, damit ich sie im Auge behalten konnte.

»Ja, mein Lieber, ich weiß, dass du dir etwas anderes vorgestellt hast. Sei unbesorgt, wir sehen vielleicht nicht so aus wie in den alten Märchen und Geschichten, doch besitzen wir die Kräfte, die man uns nachsagt. Kommt, Schwestern, wir zeigen unserem jungen Prinzlein, zu was wir fähig sind.«

Ein raubtierartiges Grinsen hatte sich auf ihren schmalen Lippen ausgebreitet und gab den Blick auf spitze und messerscharfe Zähne frei. Bei diesem Anblick wurde meine Kehle eng.

Wieder dröhnte der Herzschlag mir in den Ohren. Lange konnte ich die Panik nicht mehr zurückhalten. Würden sie es merken? Würden sie mir etwas antun? Aramis blickte sich alarmiert um und versuchte, den Sirenen so wenig Angriffsfläche wie möglich zu geben.

Er hatte zwei Dolche gezogen und war in Angriffsstellung gegangen. Aquaria lachte nur, während immer mehr Sirenen aus den Schatten hervor schwammen und uns umzingelten.

»Solltest du nicht freiwillig mit uns kommen, dann haben wir Wege, dich von unserer Sache zu überzeugen. Nun, Prinzlein, was soll es sein? Kommst du mit uns oder müssen wir Gewalt anwenden?«

Ihr Tonfall verriet, dass sie nichts dagegen hätte, wenn er sich sträubte, doch ich betete inständig, dass er sich nicht zu sehr wehren würde.

Sein grimmiger Gesichtsausdruck machte jedoch deutlich, dass er nicht kampflos nachgeben würde.

»Ihr wollt mich? Dann kommt und holt mich«, schrie er den Angreifern entgegen. »Ich überlasse Serena nicht einfach ihrem Schicksal! Ich werde sie befreien und zurück nach Stella Maris bringen, wo sie hingehört.«

Seine kleine Ansprache beeindruckte niemanden. Die Sirenen schienen eher erheitert, was mir noch mehr Angst einflößte.

»Er ist wirklich ein Hitzkopf«, erklang es aus ihren Reihen.

»Und seinem Vater nicht nur dem Aussehen nach ähnlich, wie es scheint.«

»Du wirst Spaß mit ihm haben, Aquaria. Es war eine gute Wahl, bald werden wir alles haben, was wir benötigen.«

Zustimmendes Gemurmel und Jubelrufe brandeten von allen Seiten auf.

Mein Magen krampfte sich zusammen.

»Nun macht ihnen keine Angst.« Aquaria lachte. »Sonst denken sie, wir würden ihnen etwas antun, dabei werden sie nichts spüren, es wird ohne jeden Schmerz vonstattengehen. Wenn ich bitten dürfte, Schwestern.«

Das Grinsen auf ihrem Gesicht war dem Ausdruck von Verlangen gewichen und in ihren raubtierartigen Iriden spiegelte sich ihr Hunger. Ich fröstelte. Da stimmten die Sirenen ein Lied an, welches schöner war als alles, was ich jemals gehört hatte. Jede einzelne sang, trug zur Melodie bei und half, sie zu perfektionieren. Niemals hätte ich einem Instrument oder der Kehle solch liebliche Klänge entlocken können. Aramis empfand wohl ähnlich, denn seine Augen wurden glasig und er starrte die Sirenen mit einem Ausdruck entrückter Verzückung an.

Was … was soll das? Was … was machen sie mit uns?, dachte ich, bevor mein Verstand verflog und ich nur noch dem wunderschönen Gesang lauschen wollte.

Mein Körper gehorchte mir nicht länger und mein Bewusstsein begann zu schwinden, bis ich nichts mehr sah außer den Sirenen und Aramis, der sie verzückt anblickte. Dann wurde alles schwarz.

Kapitel 23

Aramis

Lähmende Stille.

Schmerzende Muskeln und ein Kopf, der zu zerspringen drohte, das war alles, was ich wahrnahm, als ich wieder Herr meiner Sinne war.

Wo bin ich und was ist mit mir geschehen? Da war dieser Gesang, so wunderschön, dass …

Plötzlich fiel es mir wie Schuppen von den Augen.

Die Sirenen müssen ihren Gesang gegen uns verwendet haben. Das werden sie bitter bereuen, sie sehen schon, was sie davon haben!

Ich sah an mir herab und mir entfuhr ein Fluch, für den ich von Vater eine Rüge erhalten hätte. Meine Flosse war angewinkelt, mit lilafarbenen Fäden umwickelt und verbunden, sodass ich sie kein Stück bewegen konnte. Auch meine Hände waren auf dem Rücken gefesselt und ein Knebel verschloss meinen Mund.

Wo war Serena?

Ich blickte mich suchend um. Der Raum oder die Höhle war nicht beleuchtet und das Wasser so tiefblau, dass es schwarz wirkte. Langsam gewöhnten sich meine Augen an die Dunkelheit und ich entdeckte, dass Serena sich ebenfalls in diesem Raum befand. Mir gegenüber an die Wand gekettet hing sie, noch immer ohne Bewusstsein, wie es schien.

Ich muss uns schleunigst hier rausbringen, wer weiß, was sie mit uns vorhaben. Wie soll ich aus diesen vermaledeiten Fesseln herauskommen?

Nun durfte ich nicht in Panik verfallen, das würde keinem von uns nützen. Vorsichtig reckte und streckte ich den Kopf, so sehr es mir möglich war, und versuchte durch das Verziehen des Gesichtes, den Knebel zu lösen. Allerdings schaffte ich es nur, ihn ein wenig zu lockern.

»Serena! Bist du wach? Wir müssen hier raus.«

Sie rührte sich nicht.

Verdammt, was haben sie mit ihr gemacht?

Ich kam nicht dazu, sie erneut anzusprechen, denn eine Tür öffnete sich und Aquaria erschien und blickte mich an.

»Prinz Aramis, Ihr seid ja wach. Das hätte ich nicht erwartet, aber mir soll es recht sein. Ich brauche Euch ohnehin bei Bewusstsein.«

Ich riss und zerrte an den Fesseln, doch das schien sie nur mehr zu belustigen.

»Ihr werdet nicht aus der Falle entkommen. Die Fesseln sind dafür gemacht, sich immer fester zuzuziehen, wenn sich das Opfer bewegt. Spürt Ihr es? Je mehr Ihr Euch dagegen wehrt, desto schlimmer wird es werden.«

Ihre Worte klangen freundlich, doch ich hörte das Gift in ihnen.

»Lasst sie gehen, ihr habt keine Verwendung für sie! Ich bin es, den ihr wollt«, schrie ich gegen den Knebel an. Sie lachte ein kaltes, herzloses Lachen, welches mir das Blut in den Adern gefrieren ließ.

»Mein Lieber, du weißt gar nichts. Du bist ein Mittel zum Zweck, wir brauchen deine hübsche kleine Freundin.«

Aquaria schwamm zu Serenas Seite, nahm ihr Gesicht in die Hände und besah es sich genau.

»Sie ist wirklich hübsch und würde eine gute Sirene abgeben. Wäre da nicht der Fluch unserer geliebten Mutter, der uns in die Quere gekommen ist … ich schweife allerdings ab. Wir müssen deine Liebe erst aufwecken, sonst ist sie mir von keinem Nutzen.«

Aquaria hob ihre Hand und fuhr damit über Serenas Gesicht. Ein dunkler Schleier lüftete sich von ihrem Antlitz und sie schlug sofort die Augen auf.

Nayla sei Dank! Sie lebt und es scheint ihr gut zu gehen. Den Umständen entsprechend wenigstens.

Serena blinzelte ein paarmal und sah sich verwirrt im Raum um. Als ihr Blick auf mich fiel, erwachte sie augenblicklich aus ihrer Schläfrigkeit und wehrte sich gegen ihre eigenen Ketten. Aquaria quittierte ihre Versuche mit einem müden Lächeln.

»Liebe Serena, wieso wehrst du dich gegen dein Schicksal? Du hast mir sehr geholfen, nun fehlt nur eine Kleinigkeit und der Sieg ist unser. Dann kann uns nichts aufhalten, sobald *sie* endlich mein ist …«

Was glaubte sie, wer sie ist, so mit uns beiden umspringen zu können? Immerhin bin ich der Sohn des Königs!

Aquaria fuhr fort und bei ihren nächsten Worten verwandelten sich meine Eingeweide in Eis und Galle stieg in mir hoch.

»Die Stimme des Herzens. Endlich wird sie auf mich übergehen und *ich* werde all die Macht unserer Mutter besitzen. Nach so langer Zeit werde ich mich an Poseidon für seine Taten der letzten Jahre rächen – zu guter Letzt wird mein Volk aus der Verbannung heraustreten und seinen rechtmäßigen Platz einnehmen. Nun wird es nicht mehr lange dauern und alle werden vor mir knien und um Vergebung winseln. Seht her! Dies ist das Gefäß, das die Stimmen von mehreren tausend Menschen und Meermenschen enthält.«

Sie holte ein Gefäß her, das aus Ton bestand und mit kleinen, durchsichtigen Fenstern ausgestattet war, sodass man den Inhalt der

Vase sah.

Im Inneren waberte etwas leicht Schimmerndes umher – die Stimmen. Ein Schauer lief mir über den Rücken.

»Ihr seid wahnsinnig! Niemand weiß, ob das Ritual funktioniert und was für Konsequenzen es hat. Ich bitte Euch, wir geben Euch, was immer Ihr wünscht, aber lasst uns frei! Sicherlich gibt es einen anderen Weg, bei dem keiner Schaden nehmen muss«, flehte ich.

Die Sirene fuhr zu mir herum und funkelte mich an. »Bei dem niemand Schaden nehmen muss? Hah! Ich muss mich verhört haben. Wie würdest du sonst bezeichnen, was meinem Volk widerfahren ist?«

»Das habt Ihr Euch selbst zuzuschreiben, uns trifft keine Schuld an der Strafe der Göttin.«

Ein klatschendes Geräusch und ein brennender Schmerz auf der Wange folgten der Aussage auf dem Fuße.

Meine Wange pulsierte – gewiss war dort nun ein Handabdruck zu sehen.

Serena sah derart erschrocken aus, dass ich versuchte, sie anzugrinsen, doch es missglückte und wurde zu einer Grimasse. Allerdings musste ich ihr zeigen, dass wir es schaffen würden. Dass es keinen Grund gab, zu verzweifeln.

Aquaria hielt sich die linke Hand, mit der sie mich geschlagen hatte, und ich stellte zu meiner tiefsten Befriedigung fest, dass ihre Handfläche krebsrot leuchtete.

Hoffentlich hat es richtig wehgetan und sie spürt es eine Weile, dachte ich grimmig.

Die Sirene wandte sich wieder Serena zu. »Dein Prinzlein hat einen ganz schön vorlauten Mund, was findest du nur an ihm?«

Serena schoss das Blut in die Wangen.

»Du scheinst ihn wirklich gern zu haben, nicht wahr? Spitze nun die Ohren und lausche mir, sonst wird dein Liebster nicht mehr so unversehrt sein, wie er es jetzt ist.«

Serena blickte die Sirene ängstlich an und ich bemerkte, dass sie zitterte.

»Wie ich sehe, habe ich deine ungeteilte Aufmerksamkeit. Wunderbar. Mädchen, ich brauche etwas von dir, was für mich von unschätzbarem Wert ist. Ich wäre in der Lage, dich mit Gesang dazu zu zwingen, aber das wäre nicht dasselbe. Du musst es von selbst wollen.« Ihr Lächeln erinnerte mich an ein Raubtier, das vor seiner Beute lauerte. »Du schwimmst zu deinem kleinen Prinzen hinüber und gibst ihm einen Kuss. Du liebst ihn, oder? Vorhin in diesem Lesezimmer, das war nicht alles Schau, habe ich recht? Deine Gefühle gehen tiefer, als du es jemals für möglich gehalten hattest? Oh, warte, ich vergaß, du bist verletzt – immerhin hat er dich an der Nase herumgeführt. Tz, tz, tz.«

Die Sirene schüttelte ihren Kopf und Tränen traten in Serenas Augen.

Wieso soll ich sie verletzt haben? Was habe ich getan? Wie kommt die Sirene auf diese verdammte Idee? Niemals würde ich ihr vorsätzlich weh tun!

Aber in Serenas Augen spiegelte sich tatsächlich Traurigkeit und sie mied meinen fragenden Blick.

Was zum …?

»Wie schön, dass der Plan derart vorzüglich funktioniert hat. Liebste Serena, niemals war dein Prinz im Begriff, etwas zu tun, was dich verletzen würde. Niemals hätte er eine andere Frau geküsst oder nur so angesehen wie dich, das weiß ich. Und trotzdem …«

Mit einem gehässigen Grinsen auf dem Gesicht umhüllte sie sich mit ihrer dunklen Magie, die aus ihren Handflächen floss. Während sich der schwarze Schleier lichtete, keuchte ich auf und auch Serenas

Augen wurden Handteller groß.

Ich glaubte, meinen Augen nicht zu trauen, denn vor mir stand – ich. Das war mein eigenes Antlitz.

»Wie, bei allen Göttern, kann das sein! Das … mit welcher abscheulichen Magie habt Ihr das angestellt? Was erwartet Ihr Euch davon?«

Wieder riss ich an den Fesseln und versuchte sie zu lockern, doch sie zogen sich nur schmerzhafter zusammen und drückten das Blut in meinen Armen und Flosse ab.

Meine Gedanken rasten. Wenn meine Befürchtungen sich bewahrheiten, war Aquarias Ziel, die Stimme des Herzens freizusetzen, zum Greifen nahe und sie würde vor nichts zurückschrecken, um es zu erreichen.

Diese verdammte Meerhexe!

»Seid ihr überrascht, mich in der Haut des Prinzen zu sehen? Aber seid unbesorgt, der Zauber ist nicht von Dauer. Und trotzdem hat er ausgereicht, um Zweifel in das Herz deiner Liebsten zu sähen und sie in meine Arme zu treiben. Und du hast brav alles stehen und liegen gelassen, um sie zu retten, und bist uns direkt ins Netz gegangen.«

Wieder dieses wahnsinnige Lachen. Mit einem Wink ihrer Hand verwandelte sich Aquaria in ihr abscheuliches Selbst zurück.

»So, nun haben wir uns lange genug amüsiert. Es ist Zeit, dass du mir den Gefallen tust, den du mir schuldest, Serena.«

Erneut wandte sie sich Serena zu und befreite sie mit einer schnellen Handbewegung von ihren Fesseln. Augenblicklich sackte diese nach unten und blieb auf dem Boden sitzen.

»Serena! Ist alles in Ordnung bei dir? Komm hoch, bitte!«

Sie hob ihren Kopf und blickte mich mit traurigen Augen an. Hatte sie bereits aufgegeben?

»So, nun wollen wir sehen, wie weit du bereit bist zu gehen und ob du das Versprechen, welches du mir gegeben hast, einhalten wirst.« Verschwörerisch zwinkerte Aquaria ihr zu. »Los, geh zu deinem Liebsten und gib ihm einen Kuss. Nur einen, dann ist die Schuld mir gegenüber erfüllt. Mehr braucht es nicht.«

Auffordernd blickte sie Serena an, welche fassungslos zurück starrte.

»Na wird's bald, ich habe nicht den ganzen Tag Zeit. Das ist die Bedingung: Küsse ihn, hier und jetzt, oder dein kleiner Prinz wird Schmerzen erfahren, die er sich nicht einmal in seinen schlimmsten Träumen vorstellen kann. So lange, bis du die Schuld beglichen hast. Die Zeit läuft.«

Mit einem Schnipsen erschien ein Messer mit gebogener Klinge in ihren Fingern. Sachte, fast schon zärtlich strich die Sirene darüber. Serena starrte abwechselnd mich und dann die Frau über ihr an.

»Serena«, schrie ich, »du musst gar nichts tun, schon gar nichts, was sie von dir verlangt. Ich halte das aus, rette dich selbst!«

»Schweig!«

Ich sah ihre Hand kommen, doch konnte ich mich nicht wegdrehen und so verpasste sie mir eine weitere schallende Ohrfeige. Sie hatte mehr Kraft, als es auf den ersten Blick aussah.

Vor meinen Augen tanzten rote Sterne und meine Wange brannte wie Feuer. Anscheinend war durch den Aufprall die Lippe geplatzt, denn warmes Blut bahnte sich seinen Weg über das Gesicht und den Hals. Allerdings würde ich ihr trotz der dumpf pochenden Schmerzen nicht die Genugtuung geben, sie offen zu zeigen. Niemals.

»Ich habe gesagt, du sollst die Klappe halten. Deine Freundin ist an der Reihe«, grollte die Sirene.

Serena saß zusammengesackt am Boden und schien fieberhaft zu überlegen, was sie tun sollte.

»Viel Zeit bleibt dir nicht mehr, Mädchen. Ich werde von zehn herunterzählen, bis dahin musst du deine Entscheidung gefällt haben oder das hier« – sie wies mit ihrem Messer auf meine Brust - »macht Bekanntschaft mit deinem Freund. Zehn, neun, acht…«

»Verschwinde! Es kann nicht sein, dass du dich opferst – verschwinde und lebe! Bitte, das kannst du nicht ernsthaft in Betracht ziehen«, flehte ich Serena an. Ich hoffte, dass sie sich retten und mich zurücklassen würde, auch wenn ich tief in mir die Wahrheit ahnte. In diesem Punkt waren wir uns zu ähnlich: Keiner von uns würde den anderen zurücklassen. Nein, sie würde kämpfen.

Sollte sie nicht aufpassen, wird es sie das Leben kosten – verdammt, wie kann sie das nur tun!

»Fünf, vier, drei … gleich ist deine Zeit abgelaufen, ich würde mich an deiner Stelle beeilen.«

Bei diesen Worten kehrte das Leben in Serenas Körper zurück und sie schwamm, so schnell sie vermochte, zu mir. Legte ihre Hände sanft an meine Wangen, darauf bedacht, die gerötete nicht zu stark zu berühren und dadurch zusätzliche Schmerzen zu vermeiden.

Sie sah mir tief in die Augen und ihr Blick wanderte immer wieder zu meinem Mund. Unwillkürlich musste ich feststellen, dass es mir genauso erging, trotz dass mir klar war, dass es eine dumme Idee war. Dass sie den Sirenen nicht geben sollte, was sie so sehr wollten.

Bevor ich etwas sagte, schloss sie die Lider, überbrückte die Distanz zwischen uns und drückte ihre warmen, weichen Lippen auf meine. Auch ich schloss die Augen, während ich ihren Kuss erwiderte.

Fast hatte ich vergessen, dass wir nicht allein waren, doch Aquarias schrilles Lachen beförderte mich abrupt zurück in die Realität.

»Danke, Täubchen. Du hast uns einen großen Dienst erwiesen!«

Glückselig starrte sie auf das Gefäß in ihrer Hand. Unbemerkt hatte die Sirene sich angeschlichen und Serenas Hand in ihre genommen. Übermannt von unserem Kuss und ihren Gefühlen hatte Serena es nicht bemerkt.

»Das Ritual ist vollendet. Sehet und staunet!«

Serena begann von innen heraus zu leuchten, zuerst schwach, dann immer heller und heller, bis ich die Augen bedecken musste, um nicht zu erblinden.

Die See um uns herum erwärmte sich weiter, sodass es bald unerträglich heiß war und meine Haut brannte. Trotzdem schenkte ich der Umgebung keine Beachtung, der einzige Gedanke, der blieb, war, sie zu schützen.

»Serena!«, schrie ich, bevor eine Druckwelle, einer Explosion gleich, mich erfasste.

Wie aus der Ferne hörte ich Aquarias wutentbranntes, panisches Kreischen, doch all das verlor seine Bedeutung, als ich im Schoß der Bewusstlosigkeit versank.

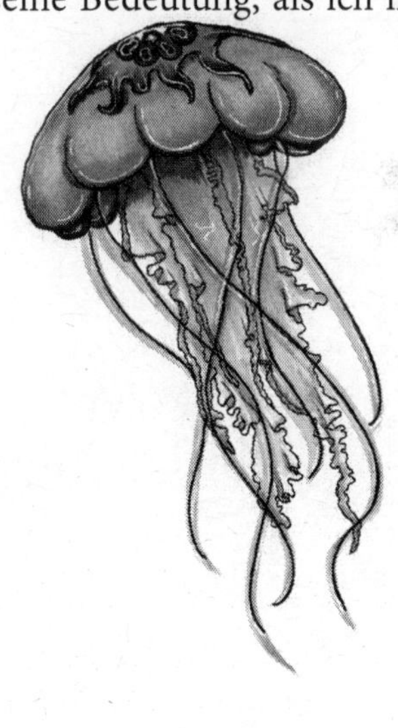

Kapitel 24

Serena

Wind strich über meine Haut und erinnerte mich an die Strandspaziergänge zu Hause. Ich spürte einen unangenehmen Druck auf der Brust und mit einem Keuchen nahm ich einen tiefen Atemzug. Ich hustete so stark, dass ich Angst hatte, mir die Lunge aus dem Leib zu husten, doch nach einigen Minuten fing ich mich wieder.

Wo war ich bloß? Was war geschehen?

Langsam öffnete ich die Augen und blickte mich um. Ich befand mich an einem Strand, nein, nicht an irgendeinem: Am Strand meiner Heimat! Hier war ich immer an der Küste entlangspaziert, ohne Schuhe, und hatte die Zehen in die eisigkalten Wellen gehalten. Und dort hinten erkannte ich den Felsen, der einige Bootslängen vom Ufer entfernt aus dem Wasser ragte.

»Ich … ich bin zu Hause!« Geschockt schlug ich die Hände vor den Mund.

Meine Stimme! Sie ist wieder da, ich kann sprechen!

Ein erleichtertes Lachen entsprang meiner Kehle und ich ließ mich rücklings in den feuchten, kühlen Sand fallen. Am ganzen Körper zitterte ich wie Espenlaub. Auf der Insel wurde es selbst im Sommer nie richtig warm und vor allem nachts wehte eine steife, kalte Brise.

Ich sah mich nach Aramis um. War er irgendwo im Wasser? An Land war er schließlich nicht zu finden.

»Aramis? Wo bist du? Die Luft ist rein, niemand außer uns ist am Strand«, rief ich hinaus aufs Meer in der Hoffnung, gleich einen braunen Haarschopf zu erblicken. Nichts geschah.

Ich ließ einige Minuten verstreichen und versuchte mein Glück erneut.

»Bist du hier? Aramis? Los, hör auf, mich zu veralbern, ich sorge mich! Bitte …«

Auch dieses Mal erhielt ich keine Antwort. Das Rauschen des Meeres begann, mich einzulullen. *Ich muss schnellstens weg, sonst werde ich mir den Tod holen. Es ist kalt, windig und ich bin klatschnass. Wo ist Aramis? Habe ich geträumt? Bin ich hingefallen, habe mir den Kopf gestoßen und mir das nur ausgedacht? Es hat sich so echt und real angefühlt …*

Ich stockte. Sollte ich mir das nur eingebildet haben, ergab es keinen Sinn, dass mein Herz bei der Vorstellung, Aramis wiederzusehen, schneller schlug, oder? Und warum zog es sich schmerzhaft zusammen, sobald ich daran dachte, dass er womöglich bloß meiner Fantasie entsprang? Ich zitterte und diesmal nicht nur wegen des kalten Windes auf der nassen Haut. Das durfte nicht nur ein Traum gewesen sein, oder? Schon immer hatte Mutter mich aufgrund meiner lebhaften Fantasie aufgezogen, aber so etwas? Wie sonst ließe sich das klatschnasse Kleid erklären?

Alles Fragen, auf die ich keine Antwort wusste, jedoch würde ich es herausfinden. Zuerst raffte ich die Röcke und rannte, so rasch die schwere Kleidung es zuließ, den Strand entlang - Zuhause entgegen.

Meine Lunge brannte und ich fühlte mich, als hätte ich Feuer verschluckt. Endlich ragte das Haus, in dem ich mein gesamtes Leben verbracht hatte, vor mir auf. Die Fenster waren beleuchtet und wirkten wie Augen, die hell und fröhlich dreinblickten, als wollten sie sagen: „Schön, dass du da bist, Serena!“

Mit einem Schluchzen auf den Lippen rannte ich durch den ordentlich gepflegten Vorgarten zur Wohnungstür und trommelte mit beiden

Fäusten dagegen.

»Mutter, Vater, öffnet die Tür! Ich bin es, Serena! Ich bin zu Hause!«

Ich hielt einen kurzen Moment inne, aber da sich im Inneren des Hauses nichts rührte, hämmerte ich erneut gegen die Tür.

Hoffentlich hatten meine Eltern nicht zu viel Scherereien gehabt. Allein bei dem Gedanken daran, was sie durchgemacht haben mussten, erschrak ich zutiefst.

Denken sie, ich sei tot? Von der See verschluckt, wie viele andere traurige oder einsame junge Frauen vor mir? Nein, sie dürfen nicht glauben, dass ich bin wie diese Frauen. Verzweifelt und bereit die Welt hinter mir zu lassen …

Noch immer hatte sich im Haus nichts gerührt und ich wollte gerade erneut an die Tür hämmern, während diese ruckartig aufgerissen wurde und ich in die Arme einer Frau fiel. Verwundert blickte ich nach oben und strahlte bis über beide Ohren. Es war Josefine. Sie schien allerdings weder erfreut noch geschockt mich zu sehen, sondern eher überrascht.

»Miss Serena! Wo kommt Ihr her? Ich habe Euch erst vor gut zwei Stunden in Eurer Kammer gesehen. Wieso seid Ihr klatschnass? Oh, Ihr armes Ding, Ihr zittert ja! Kommt geschwind herein, ich werde ein Feuer im Kamin entzünden und die gnädige Frau und den gnädigen Herren wecken.«

Augenblicklich zog sie mich durch die Tür und bugsierte mich ins Kaminzimmer. Dort schob sie einen Stuhl an den Kamin. Geschickt legte sie Feuerholz nach und entzündete es mit einem Streichholz. Die Flammen schlugen sofort nach oben und die Wärme begann über meine eingefrorenen Glieder zu lecken wie die Sonne an einem Sommertag. Josefine verschwand, nur um ein paar Minuten später mit einer Wolldecke zu erscheinen, welche sie mir um die Schultern legte und mich besorgt in Augenschein nahm.

»Und Ihr seid sicher, dass ich nicht den Doktor rufen soll, Miss? Ihr könntet Euch eine Erkältung zuziehen oder ein Fieber. Oh, gar nicht auszudenken, wenn das passieren würde!«

Warum war sie nicht verwundert, mich zu sehen? Sie musste etwas auf den Kopf bekommen haben, es mussten mehr als zwei Stunden vergangen sein. Ich war mehr als eine Woche fort gewesen, daran bestand kein Zweifel!

Habe ich das alles nur geträumt und herbeifantasiert? Muss ich in ein Sanatorium? Werden die Ärzte mich zu meinem eigenen Schutz wegsperren, weil ich verrückt bin?

Angst kroch unaufhörlich durch meine Adern, lähmte meinen Körper und ließ mich frösteln.

»Ach du liebe Güte, Ihr friert ja trotz des Feuers! Ich werde Holz nachlegen und dann die Herrschaften herunterholen. Was für eine Aufregung, und das nach der frohen Botschaft Eurer Verlobung gestern Abend.«

Mit diesen Worten eilte sie durch die Tür des Kaminzimmers. Ihre Schritte polterten auf der Treppe – besonders leichtfüßig war sie nie gewesen, auch das hatte sich nicht geändert.

Moment, Verlobung? Gestern? Wieso denkt sie, das Treffen mit Lord Ragby hätte am vorherigen Tag stattgefunden?

Was zur Hölle ist los? Hat mich mein Verstand verlassen? Nein, das kann nicht sein. Ich muss herausfinden, was vor sich geht! Vielleicht können meine Eltern mir auf die Sprünge helfen – es gibt eine logische Erklärung hierfür, ganz gewiss. Das alles kann ich mir nicht nur vorgestellt haben.

Keine zehn Minuten später wurden die Türen zum Kaminzimmer aufgestoßen und Vater und Mutter kamen, mit Josefine im Schlepptau, durch die Flügeltüren gestürzt.

»Kind, wo bist du gewesen? Josefine hat uns alles erzählt. Was hast du dir dabei gedacht, am Abend deiner Verlobung davonzulaufen? Was soll Lord Ragby denken? Kannst du dich nicht einmal benehmen, so viel steht auf dem Spiel. Oh, meine Nerven!«

Mutter hatte sich nicht verändert. Irgendwie war es tröstlich, doch bei ihren Anschuldigungen zuckte ich zusammen.

»Deine Mutter hat recht«, stimmte Vater ihr zu, »was soll er von dir denken? Warum ist dein Kleid durchnässt und deine Haare ebenfalls? Warst du am Meer? Allein? Und mitten in der Nacht! Hast du eine Vorstellung davon, was dir hätte zustoßen können? Wie sollen wir das deinem Verlobten erklären, sobald er es erfährt?«

Er fuhr sich durch das, vom Schlafen verstrubbelte, Haar und begann vor dem Kamin auf und abzulaufen. Die Hände waren hinter seinem Rücken verschränkt so wie immer, wenn er angestrengt nachdachte.

»Ich … Ich habe keine Ahnung, was los ist. Ich muss über eine Woche fort gewesen sein, habt Ihr nichts bemerkt?«

Meine Stimme wurde immer hysterischer und höher. Ein seltsames Gefühl in der Magengegend verriet mir, dass es nicht die beste Idee gewesen war, das laut auszusprechen, doch es war zu spät.

Vater, Mutter und Josefine warfen mir Blicke zu, als hätte ich den Verstand verloren. Und egal, wie penetrant sie auch darauf bestanden, wusste ich, dass das nicht der Fall war. Es durfte einfach nicht sein.

»So sagt etwas, was ist los mit Euch?«

Besorgt sahen Vater und Mutter sich an, bevor Mutter das Wort an mich richtete.

»Kind, wir wissen nicht, was du da sprichst. Wie solltest du eine Woche unbemerkt fort gewesen sein? Vor wenigen Stunden hast du dich verlobt und dann bist du auf dein Zimmer verschwunden. Und nun, mitten in der Nacht, sitzt du hier. Triefend nass, durchgefroren und redest wirres Zeug. Hast du dir den Kopf gestoßen?

Mutter nickte Vater auffordernd zu.

»Los, schicke nach Doktor Brown, Serena braucht dringend Hilfe. Er ist unser Freund und wird selbst zu dieser unchristlichen Stunde zu uns kommen.«

»Natürlich, Liebste. Ich mache mich auf den Weg.«

»Stop!«

Ich hatte die Stimme mehr erhoben, als ich beabsichtigt hatte, und alle Anwesenden schienen auf einmal wie versteinert.

Na immerhin haben sie aufgehört, sich zu benehmen, als wäre ich nicht im Raum, das ist ein Anfang. Nun muss ich sie davon überzeugen, dass ich mir weder den Kopf gestoßen oder ein geistiges Problem habe. Allerdings wird das schwer, wenn sie nach wenigen Augenblicken bereits den Doktor konsultieren wollen.

Nach einigen Minuten des Schweigens jedoch hatten sich meine Eltern und Josefine noch immer nicht von der Stelle bewegt und ich begann, mich zu sorgen. Was war los mit ihnen? Spielten sie ein Spiel, welches ich nicht verstand? Es war nicht zum Lachen, ganz im Gegenteil, es jagte mir einen eisigen Schauer über den Rücken, der mich frösteln ließ. Verdammt, konnte dieser Abend eigentlich noch eigenartiger werden?

»Was … was ist mit Euch los? Benehmt Euch nicht so seltsam, bitte! Ich möchte diese Verlobung nicht und ich will nicht, dass Ihr den Doktor her holt. Ich bin gesund, mir geht es gut, ich bin schlichtweg … ermattet.«

Der letzte Teil des Satzes war mir sehr leise über die Lippen gekommen, doch merkte ich umso mehr, dass genau das der Wahrheit entsprach. Ich war müde – müde zu kämpfen, müde, nicht zu wissen, ob ich den Verstand verloren hatte. Müde, mich zu fragen, was mit Aramis geschehen war. Ich wollte, nein, ich *brauchte* Klarheit!

»Kind, wenn du nicht heiraten willst, hättest du das nur sagen müssen«, antwortete meine Mutter. »Natürlich werden wir dich nicht zwingen, oder, Darling?«

Vater nickte bekräftigend und fügte hinzu: »Wir holen niemanden, denn wir glauben dir, dass du den Doktor nicht brauchst. Ich vertraue dir und möchte nicht, dass du denkst, wir würden unseren Willen über den deinen stellen.«

Meine Eltern lächelten mich offen und ehrlich an, doch ihr Blick wirkte leer. Ich war völlig verwirrt. Was brachte sie dazu, so etwas zu sagen? Es sah ihnen nicht ähnlich, einfach nachzugeben, vor allem wenn es um solch ein wichtiges Thema wie eine Vermählung ging! Meine Mutter hatte mir erst kürzlich angedroht, mich zu enterben, wenn ich nicht heiratete!

»Nun … danke schön, dass Ihr meine Wünsche respektiert. Ich … ich wäre gerne ein wenig für mich. Josefine, bitte warte nicht, ich kann mich selbst für die Nacht umziehen, ich werde deine Hilfe heute nicht mehr benötigen. Mutter, Vater, geht wieder ins Bett. Es war für uns ein aufregender Abend und ich möchte Euch nicht länger als nötig wach halten.«

Zu meiner unendlichen Verwunderung kamen die drei, ohne zu zögern, den ausgesprochenen Forderungen nach. Ohne ein weiteres Wort und mit stoischem Blick wandten meine Eltern sich ab und verschwanden durch die Tür in den Gang. Selbst Josefine lief nach einem angedeuteten Knicks aus dem Zimmer und ich war allein.

Ich blickte den dreien nach. Was war da gerade geschehen?

Seit wann hörten sie auf mich und leisteten mir ohne Widerworte folge? Das ging auf keinen Fall mit rechten Dingen zu.

In diesem Augenblick erinnerte ich mich an die alte Legende der Meermenschen. Vor wenigen Tagen hatte Aramis mir erklärt, mit welcher Waffe die Sirenen die Herrschaft über Stella Maris ergreifen wollten. Die Stimme des Herzens. Doch … wie?

Ich dachte zurück an die letzten Momente mit Aramis. Ob nun eingebildet oder nicht, wir hatten uns geküsst! Und dann das seltsame Gefühl, ein Kribbeln in meinem Brustkorb.

War es *das* gewesen, was ich gespürt hatte? Eine uralte Macht, die mir innewohnte?

Das glaubte ich nicht. Wie sollte ich es geschafft haben, eine solch mächtige und überirdische Waffe freizusetzen?

War das, was ich an Aramis' Seite gefühlt hatte, Liebe? Und hatte er dasselbe für mich empfunden?

Schließlich benötigte es den Kuss einer wahren, aufrichtigen Liebe, um das Ritual zu beenden.

Warum ich? Wieso nicht Aramis oder Aquaria? Immerhin hatte sie es auf die Stimme des Herzens abgesehen und sie hatte die Stimmen in ihren Händen gehalten, hätte die Macht dann nicht auf sie übergehen sollen? Wieso war ich wieder in meinem Zuhause? Wie konnte es sein, dass keinerlei Zeit vergangen war, während ich mehrere Tage unter dem Meer verbracht hatte? Das ergab alles keinen Sinn, so sehr ich es drehte und wendete.

Fragen über Fragen und trotzdem keine Antwort. Das Einzige, dessen ich mir bewusst war: Ich musste zurück. Zurück nach Stella Maris und dem Mann helfen, den ich liebte. Ich wusste nicht, was unten im Meer vor sich ging, aber es konnte nichts Gutes sein. Nicht, wenn Aquaria auf Rache sann und alles daran setzen würde, auf den Thron zu kommen.

Abrupt sprang ich vom Sessel auf und warf die Decke, welche über mir lag, zu Boden. So schnell ich konnte, rannte ich aus dem Kaminzimmer, in den Gang und durch die Eingangstür nach draußen.

Während ich hinaustrat, empfing mich ein schneidender Wind, doch ich wollte nicht mehr zurück, selbst wenn sich die Härchen auf den Armen aufstellten und ich in der kalten Brise fröstelte.

Ich muss stark sein – ich darf mich nicht aufhalten lassen!

Zuversicht durchströmte mich und verlieh mir neue Kraft. Ich straffte den Rücken, hob das Kinn und begann, den Weg zurück zum Strand zu rennen.

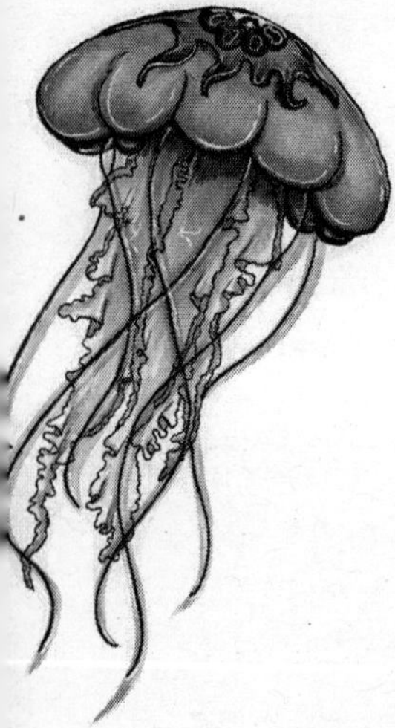

Kapitel 25

Serena

Vollkommen außer Atem kam ich am Strand an.

Ohne groß darüber nachzudenken, öffnete ich das Mieder des schweren Kleides, sodass ich nur mit dem Unterkleid am Leib auf das Meer zuhastete. Als die ersten seichten Wellen die Knöchel umspülten, zuckte ich zusammen, denn das Wasser war viel kälter, als ich erwartet hatte. Ich biss die Zähne aufeinander und setzte den Weg trotz der eisigen Kälte fort.

Langsam watete ich in die stürmische See hinein.

Inzwischen reichte mir das Wasser bis zur Taille und ich zitterte am ganzen Leib.

Hätte ich das Kleid lieber anbehalten, der Stoff hätte die Kälte etwas abgehalten.

Gleichzeitig war mir bewusst, dass der schwere Stoff sich augenblicklich mit Wasser vollgesogen und mich wahrscheinlich in die Tiefe gezogen hätte, anstatt zu wärmen.

Immer weiter wagte ich mich ins Meer und versuchte, nicht der starken Strömung zu erliegen. Die Wellen rollten unablässig über mich hinweg und wollten mich hinunterziehen in ihr dunkles Reich. Zwar war ich eine passable Schwimmerin, aber gegen die wütende See vermochte ich nichts auszurichten.

Inzwischen reichte mir das Wasser bis zum Hals und ich musste mir alle Mühe geben, nicht zu versinken. Wie eine Wand aus Wasser kam eine große Welle auf mich zu, ich holte tief Luft und tauchte unter.

Ich hatte inständig gehofft, dass das Meerwasser mir helfen würde oder ich mich durch einen Zufall wieder in eine Meerjungfrau verwandelte - nichts geschah. Das Einzige, was ich sah, waren graue Felsen und ein paar kleine Fische, die mit den Wellen hin und her wogten. Kein Zeichen von Aramis oder sonst einem Meerwesen.

Die Luft wurde langsam knapp, aber ich wollte nicht aufgeben. Das Meer jedoch wandte sich gegen mich: Ich wurde immer heftiger hin und her geschleudert. Meine Lunge brannte wie Feuer.

In einem letzten verzweifelten Versuch öffnete ich den Mund und schrie seinen Namen hinaus ins Wasser – auch wenn es sich eher nach einem Gurgeln anhörte. »Aramis!«

Salziges Meerwasser strömte zwischen meine Lippen, so viel, dass ich eine große Menge davon schluckte. Ein Hustenanfall schüttelte meinen Körper, doch das bahnte nur den Weg für mehr Wasser, das unaufhörlich in meinen Körper eindrang, langsam von ihm Besitz ergriff. Erschrocken versuchte ich, Luft zu holen, und erkannte den Fehler zu spät: Salziges Nass fand den Weg in meine Lunge und ließ mich mit den Beinen strampeln. Panik vernebelte meine Sinne, lähmte Körper und Geist gleichermaßen.

Wo ist oben, wo unten? Ich muss an die Oberfläche, ich muss atmen, ich muss …

Der Rest meines Verstandes versank in der unendlichen Weite des Meeres, als dieses mich immer tiefer nach unten zog.

Ich konnte nicht länger sagen, wo ich mich befand, und versuchte mein Glück, indem ich in eine Richtung schwamm. Der Druck auf die Lunge nahm zu. Bald würde ich das Bewusstsein verlieren.

Ich … ich muss an die Oberfläche zurück … Ich muss … ihm helfen … wie konnte das alles passieren … Aramis!

Zu anderen Gedanken war ich nicht mehr fähig, als ich in die selige Schwärze des Vergessens sank.

»Liebes Kind, was hast du getan? Solch eine mächtige Waffe in den Händen eines so zerbrechlichen Wesens. Wie willst du deinem Prinzen beistehen, wenn du dir das Leben nimmst? Hast du so leicht aufgegeben? Verzage nicht, ich kann dir behilflich sein.«

Ein glockenhelles Lachen und Worte, wie von weit her gesprochen. Sie lockten mich fort von der Dunkelheit und zurück zum Licht. Zur Oberfläche.

Mein Brustkorb fühlte sich an, als würde ein Wal darauf liegen, und jeder Atemzug brachte große Schmerzen mit sich, doch ich lebte. Und … ich lag auf einem weichen Untergrund.

Ich habe es geschafft! Das muss der Strand sein. Ich lebe! Als ich erneut tief Luft holte, überfiel mich ein unbändiger Hustenreiz und ich öffnete mit einem Schlag die Augen und begann, das Salzwasser aus der Lunge zu husten.

Es brannte, aber ich konnte nicht aufhören, bis alles Wasser aus meinem Körper befördert war. Mein Atem kam stoßweise und ich fühlte mich hundeelend. Selbst nach einer starken Grippe hatte ich mich nicht derart erschöpft gefühlt.

Was ist geschehen? Wie habe ich so einfältig sein können und glauben, dass ich es allein zurück nach Stella Maris schaffe?

Am liebsten hätte ich mir selbst eine Ohrfeige verpasst für diese Dummheit. Allerdings wurde mein Körper erneut von einem Hustenanfall geschüttelt, der darin endete, dass ich mich geräuschvoll auf den nassen Sand übergab. Schnell beugte ich mich nach vorn und sah dabei zu, wie das restliche Wasser aus meiner Lunge floss und mir nicht länger die Luft zum Atmen nahm. Vollkommen kraftlos sank ich auf den Sand und genoss das Gefühl des kühlen Untergrunds auf meiner Haut. Wie war ich an den Strand gekommen?

Das Letzte, woran ich mich erinnerte, war die samtene Dunkelheit des Meeres gewesen, die mich immer tiefer hinab gezogen hatte.

»Liebes, bist du endlich wieder bei Sinnen? Wie ist dein Name, Mädchen?«

Ich fuhr herum und traute meinen Augen nicht. Vor Schreck krabbelte ich ein paar Schritte zurück.

»Wer … Wer seid Ihr? Was macht Ihr hier am Strand und … seid Ihr diejenige, die mich gerettet hat? Wieso habt Ihr das getan?«

Die Fragen sprudelten aus meinem Mund, als ich die wunderschöne Frau vor mir anblickte. Ein helles Licht umstrahlte ihre Gestalt. Sie war beinahe nackt, nur ihre Blöße und Brüste wurden von Seetang und Muscheln bedeckt. Trotz allem sah es nicht obszön aus, ganz im Gegenteil. Es verlieh der Frau eine Art … erhabene Aura.

Im gleichen Moment, da mir ein Gedanke durch den Kopf schoss, lachte die Frau vor mir herzhaft.

»Ich glaube, nun weißt du, wer ich bin. Ja, deine Vermutung trifft zu. Ich bin die Mutter der Meeresvölker. Nayla, die Göttin des Meeres.«

Sie neigte leicht den Kopf und in der Geste lag mehr Grazie, als ich es je für möglich gehalten hatte. Ich fühlte mich, als hätte ich meine Sprache erneut verloren. War dies ein Traum? War ich auf den Grund des Meeres gesunken und gestorben? Was machte eine Göttin am Strand unserer Insel und wieso hatte sie mich vor dem Tod bewahrt?

»Ich … ähm, nun ja … danke Euch. Aber … wieso …? Was hat das zu bedeuten?«, stammelte ich, denn mein Gehirn schien die Informationen noch nicht verarbeitet zu haben.

Ungläubig starrte ich die Frau vor mir an.

»Nun, wenn du mir zuerst einmal deinen Namen verraten möchtest?«

Sie lächelte und ich entspannte mich ein wenig.

»Serena. Mein Name ist Serena.«

Die Göttin vor mir nickte. »Welch ein schöner Name. Wer ich bin, weißt du. Wieso ich dich gerettet habe, ist recht einfach beantwortet. Dir wohnt zurzeiteit meine Magie inne und ich weiß immer, was mit ihr geschieht, schließlich ist sie ein Teil von mir. Dir wurde die Stimme des Herzens übertragen. Wie konnte das passieren? Hast du etwa das uralte Ritual vollzogen?« Naylas Blick war nachdenklich in die Ferne gewandert.

»Nein, ich hatte damit nichts zu tun. Es war eine Sirene, Aquaria! Sie steckt hinter all dem und sie möchte sich an den Meermenschen rächen und … sie hat Aramis gefangen genommen und … mich gezwungen, das Ritual für sie zu beenden …« Bei dem Gedanken daran wurde mir schwer ums Herz und eine Träne rollte aus meinen Augenwinkeln, über die Wange. »Es ist meine Schuld, dass sie im Meer wütet … sie hat die Waffe, welche sie sich gewünscht hat, nicht bekommen. Wieso habe ich sie an ihrer Stelle erhalten? Ich habe das niemals gewollt, das müsst Ihr mir glauben!«

Ein freudloses Lächeln spiegelte sich auf den Lippen der Göttin. »Die Stimme des Herzens braucht nicht nur den Kuss der wahren Liebe, sondern ebenso ein reines Herz, welches nicht von Gier, Macht oder Hass geschwärzt ist. Aquaria wollte sich meine Magie aneignen, aber sowohl ihr Herz als auch die Seele sind alles andere als rein. Sie ist so besessen vom Hass und Rachsucht, dass sie nicht daran gedacht hat, dass der Zauber nach hinten losgehen könnte. Und da dein Herz wohl das reinste in Reichweite war, ist die uralte Magie auf dich übergegangen.«

»Aber wie kann es sein, dass ich sie besitze?«, rief ich verwundert aus. »Ich bin ein Mensch, ich dürfte keine Magie beherrschen.«

»Das ist leicht erklärt. Aquaria ist mit dir einen Vertrag eingegangen und hat dich in eine Meerjungfrau verwandelt – das stimmt, oder?«

Ich nickte.

»Nun gut, das ist bereits die ganze Erklärung. Bei dem Ritual warst du kein Mensch, sondern eine Meerjungfrau – eine meiner Töchter. So konnte sich die Magie an dich binden und du besitzt sie, auch wenn du dich nun wieder in deiner wirklichen Gestalt befindest.«

Naylas wissender Blick traf mich und ich fühlte mich mit einem Mal schlecht, dass ich meine Eltern mit Hilfe der Magie manipuliert hatte. Ich schüttelte den Kopf, betroffen von meiner eigenen Schwäche.

»Ich habe das alles nicht gewollt. Ich wollte nur -«, begann ich, aber fand nicht die Worte für die Überlegungen und Gefühle, die durch meinen Kopf schossen wie Blitze.

Nayla vor mir lächelte geheimnisvoll. »Keine Sorge, Kind, mir ist klar, was du sagen möchtest. Ich weiß, wie es ist, jung und verliebt zu sein.«

Sie zwinkerte mir zu und ich fühlte mich ein wenig besser. Ich wusste nicht, was ich sagen sollte, doch zum Glück sprach die Göttin weiter, sodass ich mich nicht komplett blamierte.

»Serena, hör mir jetzt genau zu. Du wirst nun eine Entscheidung treffen müssen, die den Rest deines Lebens beeinflussen wird. Wähle weise, denn wenn du sie erst einmal getroffen hast, wirst du sie nicht wieder rückgängig machen können, verstehst du, was ich sage?«

Sie blickte mir direkt in die Augen. Was konnte so wichtig sein, dass selbst eine Göttin ernst wurde? Ein wenig mulmig war mir schon zumute, doch ich rang meine Ängste nieder und nickte mit vorgetäuscht selbstbewusster Miene.

»Gut. Nun, höre zu. Ich weiß, dass du dich nach deinem Prinzen verzehrst, aber es gibt ein Problem. Er wird nicht mit dir leben können.«

Bei diesen Worten schrak ich zurück und fühlte mich, als hätte sie mir eine Ohrfeige verpasst. Wie konnte sie das sagen? Woher wollte sie das wissen?

»Aber -«

Sie legte einen schlanken Finger an meine Lippen.

Ich verstummte sofort.

»Er wird niemals mit dir zusammen sein können, solange du an Land wohnst. Dein Geliebter ist ein Meermann, und auch wenn sie es mir nicht immer leicht machen, sind sie meine Kinder. Ich werde keines von ihnen verlieren, indem ich es in einen Menschen verwandle, so leid es mir tut.«

Naylas Mimik sprach Bände und ich war mir sicher, dass sie die Entscheidung nicht leichtfertig traf. Das war ihr letztes Wort. Allein bei dem Gedanken, Aramis nie wieder zu sehen, zog sich mein Herz schmerzhaft zusammen und ich hatte das Gefühl, die Luft würde aus meiner Lunge gepresst. Noch hielt ich die Tränen zurück, doch lange würde ich das nicht mehr schaffen. Ob es mir gefiel oder nicht, sie begannen schon jetzt, sich den Weg zu bahnen.

»Meine liebe Serena. Wer wird da verzweifeln? Nimm nicht immer das Schlimmste an, immerhin habe ich dich bisher nicht vor deine Wahl gestellt. Zwar wird er niemals mit dir an Land leben, doch du kannst mit ihm unter Wasser leben.«

Bei diesen Worten sah ich der Göttin erneut ins Gesicht und suchte nach einem Zeichen dafür, dass sie mich auf den Arm nahm. Aber ich fand keines und so blickte ich sie wie gebannt an.

»Ah, wie ich sehe, habe ich deine volle Aufmerksamkeit. Wie schön. Nun, die erste Möglichkeit lautet: Du lebst an Land mit deiner Familie und Freunden und mit allen Freuden und Leiden, welche ein menschliches Leben mit sich bringt. Jedoch wirst du jegliche Erinnerung an die Zeit in Stella Maris verlieren. Selbst deinen Aramis wirst du vergessen. Du wirst ihn nicht vermissen – du wirst dich nicht daran erinnern, ihn jemals gekannt oder gar geliebt zu haben. Die zweite Möglichkeit ist diese: Du wählst deinen Prinzen und entscheidest dich gegen alles, was du kennst. Jedoch gibt es einen Haken. Du wirst zu einem meiner Kinder, eine Meerjungfrau durch und durch. An das alte Leben an Land wirst du ein paar Erinnerungen haben, sodass du nicht vollkommen verwirrt bist, aber sie werden mit der Zeit verblassen. Es ist keine leichte Entscheidung, aber ich befürchte, dass du nicht viel Zeit hast, mir deinen Wunsch mitzuteilen – die Welt unter der Meeresoberfläche steht und fällt mit deiner Entscheidung. Wähle weise, eine weitere Chance wird es nicht mehr geben.«

Ich ließ die Worte auf mich wirken, doch konnte ich nicht glauben, was ich gehört hatte. Sollte es wirklich einen Weg geben, zurück zu Aramis zu gelangen? Dafür musste ich alles aufgeben, was ich kannte. Auch wenn ich froh wäre, keinen fremden Mann heiraten zu müssen und weniger Regeln zu haben, die mich einengten: Dies war mein Leben, meine Familie, alles, was ich besaß. Konnte ich das aufgeben? War es das wert?

Ich wog beide Möglichkeiten gegeneinander ab, während mich die Göttin stumm betrachtete. Ich hatte nicht das Gefühl, dass sie mir eine Falle stellen wollte, und trotzdem fühlte ich mich, als müsste ich zwischen Cholera und Pest wählen. Aber mir lief die Zeit davon, und wenn ich ehrlich zu mir war, wusste ich, wie ich mich entscheiden würde.

»Ich habe die Wahl getroffen«, verkündete ich so selbstbewusst, wie ich vermochte.

»Ich habe nur eine Bitte an Euch. Lasst sie nicht leiden, sie sollen mich vergessen, genauso wie ich sie vergessen werde.«

Nayla nickte ernst.

»Es wird so sein, als hätten sie niemals ein Kind gehabt, du wirst ihnen nicht fehlen, das verspreche ich. Keiner von beiden wird sich deinetwegen grämen. Nun komm, die Zeit ist gekommen, deine Entscheidung anzunehmen und zu einer von uns zu werden. Meine Tochter.«

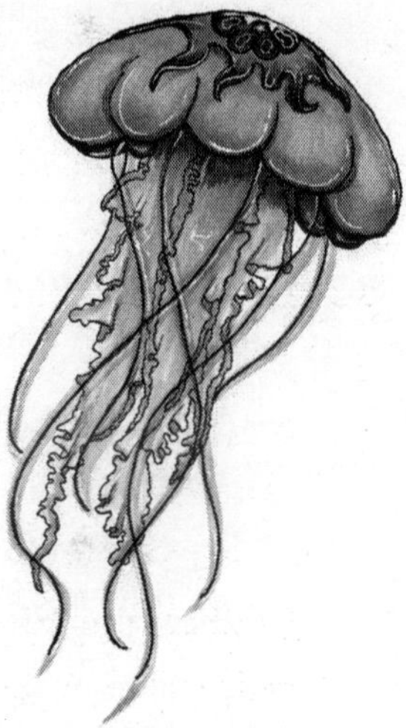

Kapitel 26

Serena

Nayla verlor keine Zeit. Ich stellte mich in die Wellen und dabei fing die Göttin an, in einer mir unbekannten Sprache zu singen.

Es klang so melodisch und elektrisierend, dass ich der Musik nachgeben wollte. Die Melodie wurde immer schneller und rhythmischer, bis ich letzten Endes von einem weißen Licht eingehüllt wurde.

Während das Licht heller wurde, begann meine Wirbelsäule und jeder andere Knochen in meinem Körper zu brennen, als würde flüssige Lava durch ihn hindurch fließen. Selbst meine Beine schienen zu schmelzen und neu zusammenzuwachsen – kein sonderlich schmerzfreier Prozess und ich biss mir auf die Unterlippe, um nicht zu schreien.

Irgendwann schwanden mir die Sinne. Das Letzte, woran ich mich erinnerte, war ein scharfer, stechender Schmerz entlang der Wirbelsäule, der mich glauben ließ, mein letztes Stündlein hätte geschlagen.

Ich öffnete die Lider langsam und stellte fest, dass sich Stella Maris direkt vor mir erstreckte. Nayla hatte mich an den Ort gebracht, an den ich hatte gehen wollen.

Danke, ich bin zwar nicht sicher, ob du es hörst, aber – es bedeutet mir unendlich viel, wieder zu Hause sein zu dürfen, schickte ich ein stummes Gebet an die Göttin.

Obwohl ich nicht wusste, wo Aramis war und in welchem Zustand ich ihn vorfinden würde, machte ich mich auf den Weg nach Stella Maris.

Erst auf halbem Weg zur Stadt fiel mir auf, dass ich nicht mit den Beinen strampeln musste, sondern dass meine wunderschöne rote

Flosse mich mit kraftvollen Stößen durch das Wasser trug.

»Oh, ich fasse es nicht! Die Flosse! Ich bin eine von ihnen und werde es hoffentlich bleiben.«

Im gleichen Moment, da die Worte meinen Mund verlassen hatten, konnte ich ein freudiges Lachen nicht länger unterdrücken. Viel zu überrascht war ich von der Tatsache, meine eigene Stimme unter Wasser zu hören. Dank des Fluches, der von mir genommen wurde, blieb sie mir anscheinend auch unter Wasser erhalten. Vor Freude entfuhr mir ein Quietschen, das die Fische um mich herum aufschreckte und sie wie wild durcheinanderschwimmen ließ.

Ich lachte und für mich war es das erste Mal seit Langem, dass ich unbeschwert und aus vollem Halse lachen konnte.

Da fiel mir allerdings siedend heiß ein, dass ich gar nicht wusste, ob ich die Stimme des Herzens noch immer in mir trug. Immerhin war es keine kleine Verantwortung, so etwas mit sich herumzutragen, und ich hatte nicht vor, sie einzusetzen.

So plötzlich wie meine Freude gekommen war, so schnell erstarb sie wieder, als ich die Stadt genauer betrachtete. Die Häuser am Rand glitzerten nicht mehr, stattdessen schienen sie eingestürzt zu sein – keine Menschenseele war zu sehen.

Mit einem unguten Gefühl in der Magengrube schwamm ich weiter heran, um den Schaden zu begutachten. Gleichzeitig kam ich nicht umhin, mich zu fragen, wie viel Zeit hier unten seit meiner Abreise vergangen war. Der kleine Ausflug an Land hatte mir deutlich gemacht, dass unsere Zeitachsen keinesfalls gleich verliefen, und eine solche Zerstörung konnte wohl kaum von einem einzigen Tag herrühren. Es mussten sicherlich eine handvoll vergangen sein und ich betete, dass ich nicht bereits zu spät kam.

Je näher ich kam, desto deutlicher erkannte ich, dass nicht nur eines, sondern beinahe jedes Haus zerstört war. Fast so, als hätte man sie mit riesigen Steinen zertrümmert.

Im selben Moment begriff ich: Aquaria. Es war das Werk der Sirenen, die ihren rechtmäßigen Platz zurückerobert hatten. So wie es hier aussah, war sie schneller vorgegangen, als ich gedacht hatte. Ihr musste ein ganzes Heer zur Verfügung gestanden haben, denn allein konnte man so etwas kaum bewerkstelligen, auch nicht mit Magie.

Das darf nicht wahr sein! Ich muss schnellstens zu Aramis und herausfinden, ob es ihm und seiner Familie gutgeht. O Gott, bitte lass ihn am Leben sein!, flehte ich stumm.

Immer schneller trug mich meine Flosse durch das Wasser zum Königspalast hin. Immerhin befand sich dort der Thron und das war das Machtsymbol schlechthin.

In ganz Stella Maris schien es kaum ein unversehrtes Gebäude zu geben. Nur ab und an sah ich reglose Körper in Uniformen der Palastwache. Immer wieder glaubte ich, auch den Schwanz einer Sirene hinter einer Ecke zu sehen und jedes einzelne Mal verschwand ich, so schnell ich konnte, um eine Ecke und wartete mit klopfendem Herzen einige Momente ab. Stets von der Angst begleitet, dass sie mich entdeckten und auf der Stelle töten würden. Doch nichts dergleichen geschah und ich wagte mich immer weiter zum Palast vor. Mal mehr und mal weniger schnell. Dabei musste ich feststellen, dass auch bürgerliche Meermenschen den Sirenen zum Opfer gefallen waren und je näher ich dem Palast kam, desto zahlreicher wurden die Todesopfer.

»Wie krank muss man sein, um unschuldige Bürger abzuschlachten? Reicht es nicht, das gesamte Reich auf den Kopf zu stellen?«, fragte ich in die Stille hinein.

Bis zu diesem Zeitpunkt war es mir nicht aufgefallen, doch es war gespenstisch ruhig. Niemand war zu sehen, nicht einmal die Fische, die sonst munter zwischen den Korallenhäusern hin und her schwammen.

Ich schluckte die Angst, die ihre eisigen Klauen um mein Herz schloss, hinunter und versuchte es zu beruhigen, welches schmerzhaft gegen sein Gefängnis aus Rippen schlug.

War es eine gute Idee, in den Palast zu gehen? Was, wenn Aquaria wusste, dass ich die Stimme besaß? Ich war mir nicht sicher, ob ich sie bei der Verwandlung nicht verloren hatte, doch ich traute mich nicht, es auszuprobieren. Die Macht dieser Waffe ängstigte mich und ich hatte keine Ahnung, wie man sie einsetzte. Was würde Aquaria mit mir anfangen? Mich töten vielleicht? Oder mich versklaven, damit ich ihr diente?

Allein bei dem Gedanken daran wich das Blut aus meinem Gesicht und meine Hände fingen an zu zittern.

Nur nicht den Mut verlieren, du bist ihre einzige Hoffnung. Sicherlich rechnen die Sirenen nicht mit mir, also sollte ich das Überraschungsmoment nutzen, so lange es auf meiner Seite ist. Immerhin besitze ich die mächtigste Waffe der Meere, wovor sollte ich mich fürchten? Ich kann Aramis und seine Familie befreien und Stella Maris retten, doch dazu werde ich die Stimme als Waffe nutzen müssen. Auch dann, wenn es mir nicht behagte – vielleicht sogar gerade dann. Ich hoffe, die Göttin wird es verstehen und mich nicht bestrafen.

Diese Überlegungen ängstigten mich, doch welche Möglichkeit hatte ich sonst? Wenn ich nicht zuerst zuschlug, könnte ich alles verlieren. Und dieses Risiko durfte ich nicht eingehen. Ich musste etwas tun, und zwar jetzt. Viele Meermenschen waren in Gefahr und diese Leben lagen in meiner Hand – ich durfte nun keine Angst haben.

Also sammelte ich allen Mut zusammen, atmete tief durch und zwang meine Flosse, mich in Richtung der Palasttore zu bringen.

Mit jedem Flossenschlag wurde mir mulmiger zumute und

mehrmals musste ich die Panik in mir bezwingen, die drohte, mich in einen dunklen Abgrund zu ziehen. Jedes Mal kämpfte ich mich wieder nach oben – gewann die Oberhand.

Du schaffst das, keine Panik. Es wird alles gut werden, du musst nur daran glauben.

Eine unsichtbare Hand schien über meinen Kopf zu streichen und mir zusätzlichen Mut und Kraft zu geben. War Nayla bei mir, ohne dass ich davon etwas mitbekam?

Der Gedanke tröstete mich, auch wenn ich nicht wusste, wie viel Wahrheit er enthielt.

Bei den Palasttoren angekommen, wanderte mein Blick nach oben zu den sonst so hell leuchtenden Mauern. Von diesem Glanz und der Farbenpracht war kaum etwas zu sehen. Alle Glassplitter und Glitzersteinchen waren mit einem feinen Staub bedeckt, welcher die Farben glanzlos und matt erscheinen ließ.

Gerade einmal ein trauriger Abklatsch der früheren Pracht und Fröhlichkeit und doch – auf eine verdrehte Weise passte diese Version besser, als es etwas Strahlendes und Reines getan hätte. Selbst die Mauern betrauerten wohl das Blutbad in den Straßen von Stella Maris.

Die Tore standen einen Spalt breit offen, also schwamm ich zu ihnen und lugte vorsichtig hinein.

Mein ganzer Körper war angespannt. Ich sah nichts, nicht einmal eine Patrouille, was mich sofort skeptisch werden ließ.

Ist Aquaria wirklich so überheblich, dass sie denkt, niemand würde versuchen einzudringen? Oder ist sie mit etwas anderem beschäftigt? Ich sollte besonders auf der Hut sein, ich traue dieser Ruhe nicht.

Tatsächlich wirkte die Stille lebendig. Wie etwas, das auf der Lauer lag und darauf wartete, im richtigen Moment zuzuschlagen.

Mein Herz pochte wie wild in der Brust. Niemand war auf den

Gängen zu sehen und das verstärkte die Angst in meinem Inneren. Das konnte nichts Gutes bedeuten.

Vorsichtig schwamm ich zu einigen Räumen und spähte durch kleine Spalte in den Türen. Jeder von ihnen wies einen leicht variierenden Grad an Verwüstung auf, allerdings sah ich weder Blut noch Leichen, was mir das Atmen etwas erleichterte und meine zum Zerreißen gespannten Nerven beruhigte.

Der untere Flur war leer, also schwamm ich die Treppen nach oben, doch auch hier wurde ich nicht fündig.

Wo steckt sie?

Zuerst erschien mir der Gedanke recht plausibel, im nächsten Augenblick erinnerte ich mich jedoch daran, was ich über Aquaria gehört hatte. Sie war machthungrig, gierig und vor allem: hinter dem Thron und der Krone her.

Bestimmt ist sie im Thronsaal. Und bestimmt ist Aramis ebenfalls dort. Ich muss ihn finden. Wo ist der vermaledeite Saal? Wer wusste, was sie mit Aramis und seiner Familie anstellte!

Erneut stiegen mir Tränen in die Augen und dieses Mal war ich nicht in der Lage, sie rechtzeitig zurückzudrängen.

Ich fühlte mich allein und hilflos – und trotzdem war ich diejenige, die nun die Rettung sein musste.

Immer hatte ich mich für eine starke Frau gehalten, die wusste, was sie im Leben wollte, und nun da ich die Chance hatte, das zu sein, machte ich mir vor Angst fast in die Hose.

Reiß dich gefälligst zusammen, Serena! Du wirst mutig und stark sein, weil es nicht anders geht.

Dieser innere Rüffel zeigte Wirkung. Zwar fühlte ich mich noch immer nicht in der Lage, einer mächtigen Seehexe gegenüber zu treten, doch mein Atem beruhigte sich etwas. Mit neu gefasstem Mut wagte ich mich in das nächste Stockwerk vor.

Ich achtete darauf, nicht entdeckt zu werden, und versteckte mich immer wieder hinter Ecken. Denn auch, wenn es auf den unteren Etagen keine Wachen gegeben hatte, änderte sich das auf der nächsten schlagartig. In jedem Gang patrouillierte eine Sirene, bewaffnet mit einer scharf glänzenden Waffe an der Hüfte und einem wachsamen Blick. Trotzdem schaffte ich es, mehr oder weniger knapp an diesen Frauen vorbei und glaubte mehr als einmal, mich übergeben zu müssen – auch wenn ich das, zu meiner großen Freude, nicht musste.

Tief in mir wuchs die Unruhe mit jeder Sekunde mehr an, denn ich wusste, Aquaria musste sich in der Nähe befinden …

Ein gellender Schrei zerriss die erdrückende Stille des Palastes. Ich fuhr zusammen.

Wer war das? Und aus welcher Richtung?

Meine Gedanken rasten. Der Schrei entstammte eindeutig einem Mann, doch war es Aramis? Oder einer seiner Brüder? Hätte ich nur besser hingehört!

Da!

Dieses Mal zuckte ich nicht zusammen, selbst wenn ich mir zu gerne die Ohren zugehalten hätte. Nun war ich geistesgegenwärtig genug, um auf die Herkunft der Geräusche zu achten.

Ich wandte mich in die Richtung, aus der ich den Laut vermutete, und schwamm langsam an der Wand entlang - immer darauf bedacht, im Schatten der Wandbehänge und Statuen zu bleiben, für den Fall, dass Wachen auftauchen sollten.

Erneut gellte der Schrei durch die Gänge des Palastes. Er klang so gequält und voller Pein, dass es mir das Herz zusammenzog und sich ein Kloß im Hals bildete. Nun war ich mir sicher, die Stimme erkannt zu haben. Derjenige, der schrie, war Aramis.

Kapitel 27

Aramis

Mein Hals brannte und ich fürchtete, dass mir zum Schreien bald keine Stimme mehr blieb, aber die Schmerzen steigerten sich ins Unermessliche, sodass ich den Druck herauslassen musste. Jeder Ton, der aus meinem Mund drang, kratzte in meiner Kehle, verschlimmerte die Pein und trotzdem war es unmöglich, still zu sein. Jegliche Faser meines Körpers schrie nach Erlösung und trotzdem wurde mir diese Gnade verwehrt.

Der Schweiß stand mir auf der Stirn und mein Atem ging ebenso schnell wie der Puls.

Die Hände, welche über dem Kopf in Eisenketten gelegt worden waren, spürte ich schon lange nicht mehr. Nur ein dumpfes Pochen war anstelle meiner Glieder zu spüren.

Vermutlich lag es daran, dass ich schon viel zu lange in dieser Position ausharrte, als dass ich noch sonderlich viel Gefühl in meinen Gliedmaßen besitzen konnte. Inzwischen war es fünf Tage her, dass Serena verschwunden und die Sirenen den Angriff auf Stella Maris gestartet hatten. Immerzu hatten wir geglaubt, ihnen zahlenmäßig so weit überlegen zu sein, dass wir keinen Angriff fürchten mussten, doch da hatten wir uns getäuscht. Vater und seine Armee hatten kaum Zeit gehabt, sich zu sammeln und einen provisorischen Kampfplan aufzustellen, da hatten die Sirenen mit Hunderten und Aberhunderten Soldatinnen angegriffen. Dabei waren sie äußerst effizient vorgegangen, hatten die Späher ausgeschaltet, die Wache, die vor den Mauern patrouillierte, und hatten sich so Zutritt zur Stadt verschafft, die nach meinem Verschwinden offensichtlich abgeriegelt worden war. Aber unsere Hauptstadt war nun einmal nicht mit Soldaten bewohnt, sondern normalen Bürgern und die meisten Bataillone befanden sich an den Grenzen des Reiches oder zu weit weg, um sie rechtzeitig zu informieren. Nicht, dass wir es nicht versucht hatten, doch die Späher waren abgeschlachtet worden, bevor sie die Stadt überhaupt verlassen konnten. Genauso wie die meisten Bewohner der Stadt.

Bei dem Gedanken daran drehte sich mir der Magen noch immer um. Es waren lediglich Zivilisten gewesen, die keine Kampfausbildung genossen hatten und vollkommen hilflos gewesen waren. Manche hatten es geschafft zu fliehen und ich hoffte, dass sie es zu den umliegenden Städten und Königreichen schafften. Vielleicht würden sie Hilfe schicken und uns befreien – allerdings glaubte ich nicht wirklich daran. Wieso sollten andere ihre Männer und Frauen aufs Spiel setzen? Zwar war ich nicht so naiv, zu glauben, dass Aquaria sich mit Stella Maris zufrieden geben würde, doch was die Herrscher anderer Reiche darüber dachten, konnte ich nicht sagen. Nur hoffen, dass sie die Gefahr rechtzeitig erkannten.

Es war zum Schluss ein Kinderspiel gewesen, die letzten Wachen, die nicht zur Verteidigung der Grenzen aufgebrochen waren, zu töten, Vater und mich in ihre Gewalt zu bringen und meine restlichen Brüder fortzubringen. Ich wusste nicht wohin und ob sie am Leben waren, doch ihre Schreie gellten noch immer in meinen Ohren und wann immer ich die Augen schloss, sah ich Serians geschockten Gesichtsausdruck.

Letzten Endes geschah das alles nur, weil ich nicht auf meinen Vater gehört hatte. All die Zerstörung und all das Leid waren meine Schuld und diese Last würde ich wohl auf ewig mit mir herumtragen.

Im Grunde genommen war ich überrascht, dass ich bei Bewusstsein und am Leben war – trotzdem weigerte ich mich aufzugeben. Ich wusste, dass es leichter wäre. Weniger schmerzhaft. Und gerade jetzt um so vieles attraktiver.

»Wenn du mit mir zusammenarbeitest, dann mache ich dich los und die Qualen haben endlich ein Ende. Möchtest du das nicht? Du musst mir nur sagen, wo dieses kleine Luder hin ist und wieso sie mir die Macht gestohlen hat – danach bist du frei. Du darfst gehen, wohin du willst«, flötete Aquaria neben mir.

Ihr Atem traf auf meine Ohrmuschel und verursachte mir eine Gänsehaut. Sie war so nah bei mir, dass sie ihren Körper an meinen presste. Galle stieg in meinem Hals nach oben und ich zwang mich, sie nicht durch meine Lippen dringen zu lassen. Es würde meiner ohnehin schon prekären Situation nicht helfen.

Bisher hatte ich jedes Angebot abgelehnt oder geschwiegen, aber wie lange hielt ich das noch aus? Selbst für den Stärksten waren Schmerzen irgendwann zu viel, sodass man freiwillig nachgab. So lange ich konnte, würde ich Serena beschützen, koste es, was es wolle. Ganz davon abgesehen, dass mich die Sorge um sie beinahe umbrachte, weil ich nicht wusste, was mit ihr geschehen war. Im Prinzip log ich also nicht einmal.

»Ich weiß nicht, wo sie ist, und ebenso wenig, wieso du nicht bekommen hast, was du willst. Vielleicht, weil das Böse nicht immer gewinnt, sondern das Gute?«

Ich versuchte mich an einem Witz, doch das Sprechen schmerzte zu sehr. Nach all den Schreien war meine Stimme kaum hörbar. Jeder Muskel in meinem Körper schmerzte und ich hatte gewiss einige gebrochene Knochen davongetragen.

Aquarias Blick verfinsterte sich und wieder erschien dieses bösartige Grinsen auf ihrem Gesicht, das die Spitzen ihrer Fangzähne betonte.

Ruhig Blut, sie merkt, wenn du in Panik gerätst. Es wird ihr gefallen und sie wird noch abartigere Dinge mit mir anstellen. Es wird Hilfe kommen, ich darf die Hoffnung nicht aufgeben, nicht jetzt. So lange sie sich mir zuwendet, ist Serena in Sicherheit, das ist alles, was zählt. Ich muss Aquaria ablenken, dass sie nicht auf die Idee kommt, nach ihr zu suchen.

Immerhin verlieh mir der Gedanke an Serena und die Tatsache, dass sie außerhalb von Aquarias' Reichweite war, mehr innere Stärke als alles andere. So lange ich sie beschützte, hatte sie noch etwas Zeit – niemals würde ich es bereuen, selbst wenn es mein Leben kostete. Allerdings hatte dieser Plan eine einzige Schwachstelle: ich wusste nicht einmal, ob sie überhaupt noch lebte. Mir vorzustellen, dass sie gestorben war, trieb mich jedoch in den Wahnsinn. Deshalb versuchte ich mich, mehr schlecht als recht, davon zu überzeugen, dass ihr nichts geschehen könnte, solange sie nur von mir und den Sirenen fortblieb.

»Falls ich wüsste, wo sie ist, ich würde es dir nicht verraten. Wieso sollte ich mit dir zusammenarbeiten? Du bist nur eine alte, verbitterte Frau, welche sich benimmt wie ein kleines Kind, weil sie nicht bekommt, was sie möchte. Mein Vater hat sich vor all den Jahren für seine Familie und die damit einhergehenden Pflichten entschieden, na und? Hättest du nicht dasselbe getan, hätte es dich der Herrschaft über Stella Maris einen Schritt näher gebracht?«

Für einen kurzen Moment sah ich, dass sie verstand, was ich meinte. Dieser Funken in ihrem Blick verschwand allerdings so schnell, wie er gekommen war, und ließ kalte, undurchdringliche Wut und Rachegelüste zurück.

Ich musste alle mentale Stärke aufbringen, um nicht vor ihr zurückzuzucken. Diese Schwäche konnte ich mir vor ihr nicht erlauben. Jede winzige Schwachstelle würde sie ausnutzen.

»Willst du mich für dumm verkaufen, Prinzlein? Wieso sollte ich dir glauben? Ihr wart unzertrennlich, und sie hat dich mit diesen Seekuhaugen angesehen – sie liebt dich. Sie würde nicht ohne ein Wort verschwinden?«

Sie schrie so laut, dass es jeder in Stella Maris, der nicht tot oder geflohen war, hören würde. Ich hoffte, dass sich noch ein paar Meermenschen in Höhlen und Nischen versteckten. Es konnten nicht alle getötet worden sein. Doch vermutlich war es klüger, sich bedeckt zu halten. Immerhin wollte ich keinem das hier antun.

Ihr Gesicht verzog sich zu einer hässlichen Fratze, die mich erneut daran erinnerte, wieso viele Gruselgeschichten für Meerkinder von Sirenen handelten. Keine Spur mehr zu sehen von der schönen, jungen Frau, sondern nur die furchteinflößende Sirene, welche einen so großen Hass auf die Welt hatte, dass sie alles und jeden auf ihrem Weg zerstören würde. Und das nur, um zu bekommen, was sie wollte.

»Meine Geduld geht langsam zur Neige, lange wirst du mich nicht mehr zum Narren halten. Noch lasse ich dich am Leben, doch sollte ich aus dir nicht bald etwas Nützliches herausbekommen, bist du wertlos für mich. Ich werde deine kleine Freundin finden. Mit oder ohne dich. Sie wird um ein Vielfaches mehr leiden, wenn ich sie in die Finger bekomme, ohne dass du mir geholfen hast. Immerhin wird jemand dafür bezahlen, nicht wahr? Wenn du tot bist, wer ist dann besser geeignet als dieses kleine, unnütze Menschlein.«

Bei ihrem widerwärtigen Lachen stellten sich jegliche Haare auf meinem Körper auf.

»Wie konnte es so weit kommen, dass *du*, ein Mann der königlichen Familie, sich in jemanden wie *sie* verliebt? Sie ist ein Niemand, der nicht einmal spricht. Was mir all die Jahre nicht gelungen ist, sollte ihr selbst ohne ein bewundernswertes Äußeres und Stimme gegönnt sein? Nayla und Fortuna, sie beide verspotten mich. Hört ihr, ich werde das nicht länger hinnehmen. Nicht von meiner Mutter und nicht von irgendwem sonst, sei es Gott, Mensch oder Meermensch!«

Aquaria reckte ihre Hände in die Höhe und mit einem wilden Ausdruck in den Augen schrie sie die letzten Worte gen Wasseroberfläche, gerade so, als würde Nayla sie besser verstehen, je lauter sie wurde.

Sie ist nicht mehr ganz richtig im Kopf, sondern größenwahnsinnig! Bei Nayla, ich hoffe, dass sich das Blatt für mich bald wendet – ich glaube, viel länger halte ich nicht durch.

Auf den Befehl der Sirene hin bohrten sich unsichtbare Messer in mein Fleisch, gruben sich immer tiefer in die Wunde und durchbohrten sowohl Fleisch und Muskeln auf ihrem Weg. Wie kochendes Wasser schoss der Schmerz durch meinen Körper und ich schrie mir die Seele aus dem Leib, ehe die Folter von Neuem begann.

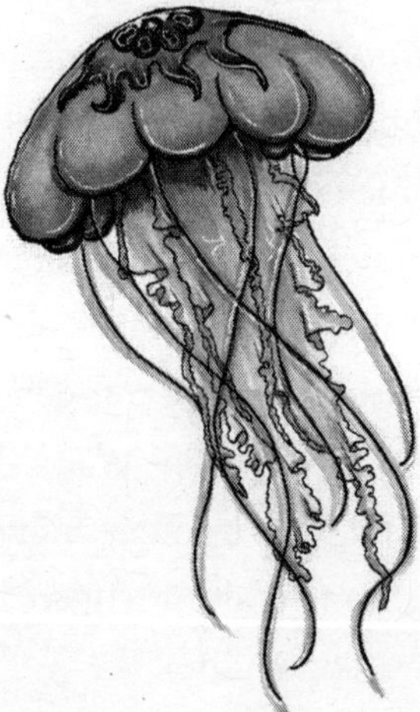

Kapitel 28

Serena

Erneut erklang der Schrei.

Ich wusste nicht viel über diesen neuen Körper, doch ich versuchte, die Flosse härter zu schlagen, sodass ich schneller schwamm. Mein Atem beschleunigte sich gleichermaßen wie mein Herzschlag.

Während ich um eine Ecke bog, kam ich abrupt zum Halten. Der Gang vor mir hatte nur eine einzige Flügeltür am Ende, die einen Spalt breit offen stand. Überdeutlich drangen die Schreie daraus hervor.

Aquaria wollte mich, um an die Waffe in mir zu kommen, und dafür würde sie Aramis alles antun, damit ich aufgab.

Er war nur eine Marionette in diesem Spiel und hatte eigentlich nichts damit zu tun.

Langsam schwamm ich zur Tür und lugte durch den Spalt, darauf bedacht nicht entdeckt zu werden.

Mein Blick fiel sofort auf Aramis. Er war mit dicken Seilen an einen Pfahl gebunden, seine Handgelenke waren über dem Kopf festgemacht. Selbst die Schwanzflosse war von diesen seltsamen schwarzen Bändern umgeben. Trotzdem kämpfte er gegen die Fesseln an, was ihm jedoch mehr schlecht als recht gelang.

Schweißperlen rannen ihm über Gesicht und Hals und die Kleidung hing in Fetzen an ihm, sodass seine Brust halb entblößt war. Durch die Löcher sah ich die roten Striemen und Schnitte überdeutlich.

Diese Ansicht würde ich so schnell nicht mehr vergessen. Mir traten Tränen in die Augen.

Und das alles nur meinetwegen – weil ich in etwas hineingeraten bin, das ich nicht verstehe. Ich muss ihn da herausholen, sonst stirbt er!

Jede Wunde, jeder Striemen hinterließ einen Stich in meinem eigenen Herzen. Es stand schlecht um ihn, aber das schwache Heben und Senken seiner Brust verriet mir, dass er am Leben war, und ich hoffte, nein, betete, dass er genug Kraft besaß, ein wenig länger durchzuhalten. Nur ein kleines bisschen.

Ich schluckte die Tränen hinunter, straffte meinen Körper und hob das Kinn. Zwar hatte ich bei weitem nicht so viel Mut und Selbstvertrauen, wie ich es die Sirene glauben lassen wollte, doch ich würde nicht zulassen, dass sie dachte, ich wäre ein leichtes Opfer. Zusätzlich verlieh mir das vorherige Gespräch mit der Göttin des Meeres Kraft und ich hoffte, auf ihre Hilfe zählen zu können, denn sonst wären nicht nur wir beide, sondern ebenso Stella Maris verloren.

Mit einem kräftigen Stoß öffneten sich die Türen des Thronsaales und ich schwamm hindurch.

Neben dem gefesselten Aramis stand Aquaria mit einem seltsam entrückten Ausdruck auf ihrem Gesicht. Ihre Augen glänzten vor Rachegelüste.

In der Hand hielt sie etwas, das einer Waffe ähnelte. Hatte sie Aramis damit gefoltert? Auf seinem Gesicht zeichnete sich die Furcht nur zu deutlich ab.

Rechts neben der Seehexe war ein kleiner Tisch aufgestellt, auf welchem mehr seltsame Werkzeuge lagen. Wofür diese dienten, ahnte ich nur und allein bei dem Gedanken daran wurde mir speiübel.

In dem Moment richteten sich die Augen aller Anwesenden auf mich.

Nicht nur Aquaria und Aramis sahen mich überrascht und geschockt an, sondern auch der König, der im hinteren Teil des Saales gefesselt und geknebelt lag, aber ansonsten unversehrt zu sein schien.

Zu meiner großen Überraschung waren in diesem Raum keine Wachen zugegen, wenngleich ich die Sirene trotzdem nicht unterschätzen durfte. Vermutlich hatte sie die meisten ihrer Anhänger ausgesandt, um den Rest der Unterwasserwelt zu erobern, mit allen Mitteln, die nötig waren. Einige Wachen hatte ich ja gesehen, doch vermutlich reichte auch eine von ihnen als Gegnerin aus. Ich hatte keinerlei Kampferfahrung und wusste nicht im Geringsten, was ich tun sollte.

In Aramis' braunen Iriden erkannte ich den unterdrückten Schmerz, aber auch die Sorge und Angst um mich. Die Tatsache, dass ich lebte, beruhigte ihn wohl ein wenig. Die Muskeln seines Körpers entspannten sich etwas und er sackte kaum merklich nach unten.

Der Blick der Meerhexe blieb an mir hängen und ein unergründlicher Ausdruck breitete sich auf ihren Zügen aus.

»Was sehen meine Augen da? Kann es wahr sein? Unsere kleine Diebin gibt sich die Ehre, zu uns zu kommen. Ist das nicht toll, Aramis?«

Sie klatschte in die Hände, doch ihr Getue täuschte mich nicht. Nicht mehr. Diese Frau durfte nicht länger die verletzen, die ich liebte, und so Kontrolle über mein Leben bekommen. Es war mein eigenes und niemand anderes würde es in Zukunft bestimmen. Weder meine Eltern noch eine alte, verbitterte Hexe. Ich hatte die Schnauze gestrichen voll.

»Was glaubst du, wer du bist? Wieso quälst du ihn, anstatt mich zu suchen und mit mir zu reden, wie jeder normale Mensch es tun würde? Und zu deiner Information, ich habe dir nichts gestohlen, ich wollte diese Macht nicht! Als ob ich mir irgendetwas davon gewünscht hätte! Ein Abenteuer, das war es, was ich mir ersehnt habe, aber du hast den Wunsch verdreht, bis er deinen Vorstellungen entsprach. Sehr clever, wirklich. Du musst endlich mit dem Unsinn aufhören, das bringt nichts. Lass Aramis auf der Stelle gehen. Hier bin ich, diejenige die du willst, oder nicht? Es liegt dir gar nichts an ihm und seinem Vater.«

Ich warf Aramis und König Poseidon einen Blick zu, die mich anstarrten, als wäre ich eine Spiegelung des Wassers und gar nicht da.

»Sei kein Feigling und stehe dazu. Ich bin für alle Tricks, die du auf Lager hast, bereit und ich werde dich besiegen! Ich werde Stella Maris und den ganzen Ozean beschützen – niemand sollte unter dir leben, weder die Meermenschen noch die Sirenen. Eine lausige Anführerin, das bist du und nicht mehr! Bloß eine verschmähte, verbitterte, wütende alte Frau und das wird kein Zauber und keine Krone ändern. Nayla hatte recht dich zu verzaubern, denn nun bist du äußerlich ebenso hässlich, wie du innerlich bist. Du hast dein Schicksal verdient und deshalb hat die Stimme des Herzens nicht dich erwählt, sondern mich.«

Nachdem ich geendet hatte, war ich außer Atem, aber ich fühlte mich gut. Endlich hatte ich mich getraut zu sagen, was ich dachte, und es hatte sich wunderbar angefühlt.

Ihr Blick allerdings sprühte Funken.

»Du kleines Luder wagst es, so mit mir zu reden? Du hast schließlich meine Magie gestohlen. Mein Recht! Sie gehört mir und du hast sie mir genommen! Wie hast du das angestellt? Hast du unsere Mutter bestochen? Oder mich schlecht geredet, sodass sie mir ihre Magie nicht mehr anvertrauen möchte?«

Aquaria wurde immer lauter, sodass ihre Stimme durch den Thronsaal donnerte. »Denkst du wirklich, du wirst mich überlisten? Ich wandle schon solch eine lange Zeit auf dieser Erde, dass dein Leben aussieht wie ein Sandkorn am Strand. Ich werde dich vernichten! Zuerst aber sei ein braves Kind und überlasse mir die Stimme des Herzens, dann wird deinem Schatz nichts passieren.«

Während sie geredet hatte, war sie auf mich zu geschwommen, doch nun hielt sie inne und wandte sich Aramis zu.

Mein Magen krampfte sich bei dem Gedanken daran zusammen, was sie im Schilde führen könnte. Sie war bösartig und vor allem verzweifelt genug, alles zu tun, dass sie bekam, wonach es ihr verlangte. Ich musste mit Schrecken zusehen, wie sie von ihrem kleinen Tisch ein langes, gebogenes Messer aufhob und es nahe an Aramis' Kehle brachte.

»Was soll das?«

Ich versuchte, selbstbewusst zu klingen, doch die Worte kamen piepsiger aus meinem Mund, als gedacht.

Sie lachte nur und es drang mir durch Mark und Bein, so kalt und herzlos klang es.

»Weshalb sollte ich Angst vor dir haben? Da hast du dich getäuscht, meine Liebe. Ich bin diejenige, die die Regeln macht und nach deren Pfeife getanzt wird. Ich bestimme, wer lebt und stirbt. Dies ist nun mein Reich und ich bekomme, was ich immer wollte und was mir seit so Langem zusteht – endlich!«

Während sie sprach, ließ sie das Messer über Aramis' Kehle wandern und ich erfror zu einer Statue. Ich betete stumm zu Nayla, dass sie Aramis nicht würde sterben lassen, nicht heute. Nach einigen Sekunden drückte Aquaria das Messer ein letztes Mal in seine Haut und zog es wieder zurück.

Aus dem Schnitt quoll rotes Blut, doch trotzdem atmete ich erleichtert auf, da sie ihm nichts Schlimmeres angetan hatte.

»Nun, du hast gesehen, was passieren wird, wenn du mir nicht endlich gehorchst. Nun gib sie mir!«

Immer näher kam sie mir, bis sie nur eine Handbreit entfernt von mir stand, ein verrücktes Grinsen auf den Lippen und das krumme Messer in den Händen.

Im gleichen Moment, da ich ein stilles Gebet an meine neue Mutter sendete, sprintete Aquaria mit einem gezielten Flossenschlag nach vorn, und bevor ich reagierte, war ihre Hand an meiner Kehle und sie presste mich gegen eine Säule.

»Nein!«

Aramis' Schrei hallte durch den Saal und auch von seinem Vater kam ein ersticktes Keuchen.

Aquaria presste ihre Lippen zu einem Strich zusammen und drehte meinen Kopf ruckartig, sodass ich ihr ins Gesicht blicken musste.

»So, nun habe ich dich, du kleines Miststück. Jetzt kann dir niemand mehr helfen, du bist ganz auf dich allein gestellt. Nun spuck es aus: Wie hast du es geschafft, die Stimme des Herzens zu erlangen? Ich werde nicht zimperlich sein, wenn du meine Fragen nicht beantwortest. Nur ein falsches Wort und niemand verlässt den Raum lebend. Es würde mir eine diebische Freude bereiten, euch aufzuschneiden und vor dem Palast zur Abschreckung aufzuhängen, damit jeder einzelne eurer langweiligen Untertanen sieht, was ihnen blüht, sollten sie nicht gehorchen. Und jetzt gib mir die Stimme!«

Ich schluckte.

Eigentlich sollte es ein Einfaches sein, ihr meinen Willen aufzuzwingen, wenn ich auch in meinem neuen Körper die Stimme des Herzens besaß, doch wäre es richtig, das zu tun? Nur weil ich in der Lage war, Macht auszuüben und anderen Lebewesen meinem Willen zu unterwerfen, bedeutete das nicht, dass es der richtige Weg war, oder? Nein. Das war vielleicht der Stil der Sirene vor mir, aber nicht meiner. Nayla hatte mir die Stimme sicherlich nicht gelassen, um selbst zur Tyrannin zu werden. Ich würde sie weise und im richtigen Moment einsetzen müssen, sonst wäre ich kaum besser als Aquaria – und allein dieser Gedanke erfüllte mich mit mehr Ekel, als ich je zuvor empfunden hatte.

»Ich … ähm … ich kann nicht …«

»Sei still! Hör gefälligst auf, immer zu sagen, dass du nicht weißt wie. Du lügst mir ins Gesicht, das weiß ich!«

Sie schrie so laut, dass mir die Ohren klingelten und kleine Spucketröpfchen auf mir landeten. Sie drückte die Spitze des Messers gegen meine Bauchdecke und ich spürte, wie die Klinge in mein Fleisch schnitt.

Hinter ihr wehrte Aramis sich erneut gegen seine Fesseln und rief mir etwas zu, doch die Worte verstand ich über das Klingeln in den Ohren und das heftige Rauschen meines Blutes nicht mehr.

Mein Puls raste. War das das Ende? Hatte mein letztes Stündlein nun geschlagen?

»Ich gebe dir eine Chance: Entweder du gibst mir, was ich möchte, oder du stirbst. Entscheide dich, sofort!«

Die Farbe wich mir aus dem Gesicht. Sie durfte mich nicht umbringen! Dann würde sie die Macht niemals bekommen und ich hatte ihr doch nichts getan. Was konnte ich dafür, dass sie nicht würdig war, das Geschenk von Nayla zu empfangen?

Voller Verzweiflung versuchte ich, mich gegen ihren Griff zu wehren – ohne Erfolg. Allerdings bohrte sich das Messer weiter in meinen Bauch, sodass sich ein stechender Schmerz in meiner Körpermitte ausbreitete, wie Feuer durch mich schoss und meine Gedanken lähmte.

Aquaria gluckste nur und drückte das Messer nach vorn.

»Serena! Nein! Lass sie in Frieden, du Miststück!«

Wie durch Watte nahm ich wahr, dass Aramis schrie. Ich verstand die Worte, doch je mehr Blut ich verlor, desto schwerer wurde es für mich, ihren Sinn zu verstehen und sie in die richtige Reihenfolge zu bringen.

Mir ging die Kraft aus und sowohl mein Puls als auch mein Atem wurden schwächer. Meine Sinne schwanden.

Ich muss die Stimme einsetzen und Aquaria ein für alle Mal unschädlich machen. Sie darf niemand anderem mehr etwas antun. Es geht nicht nur um mein Leben, sondern auch um Aramis und alle Meermenschen.

Ich bemerkte erst, dass ich die Lider geschlossen hatte, als ich sie wieder aufschlug. Die Szene, welche sich vor mir ausbreitete, entfachte Wut in mir, die mir half die letzten Kräfte zu mobilisieren.

Aramis, noch immer angekettet, war nun zu ihrem Spielzeug geworden und sie riss ihm gerade eine Schuppe aus seiner Flosse und dann die nächste. Blut strömte aus den Wunden und färbte das Wasser um die beiden rot, wie es sonst nur ein Sonnenuntergang tat. Er gab lediglich ein ersticktes Wimmern von sich und dieses Geräusch reichte aus, um mir zu verraten, wie enorm seine Schmerzen waren.

Nein! Nicht er! Das wirst du büßen!

Ich hatte Mühe, überhaupt die Augen offen zu halten.

Die Bauchwunde pochte dumpf und schmerzte höllisch, doch ich durfte darauf keine Rücksicht nehmen. Wenn ich mein eigenes Leben nicht zu retten vermochte, dann wenigstens seines!

Verzweifelt schickte ich ein stummes Stoßgebet an Nayla, weil ich nicht wusste, wie ich die Waffe, die ich erhalten hatte, nutzen sollte.

Ich wartete einige Sekunden ab, für den Fall, dass ich einen Unterschied spüren würde, aber da war nichts und so beschloss ich, alles auf eine Karte zu setzen.

»Aquaria! Lass ab von Aramis und schwimme ein Stück von diesem Tisch zurück. Hör auf ihm, mir oder seinem Vater etwas anzutun. Stelle dich dort an die Säule und rühre dich nicht mehr!«, flüsterte ich, und trotzdem hallte meine Stimme durch den Raum. Ich hörte die magische Kraft darin.

Für einen Moment sahen mich alle verdutzt an und kurz darauf hefteten sich die Blicke auf Aquaria, die mit aufgerissenen Augen und steifen Bewegungen das tat, was ich soeben von ihr verlangt hatte.

»Du wagst es? Wieso bist du nicht tot? Du sollst sterben, verdammt noch mal!«, keifte sie.

»Halt deinen Mund, du hast nichts mehr zu sagen«, befahl ich ihr und sie gehorchte. Zufrieden sackte ich ein klein wenig zurück.

»Nun befreie Aramis und seinen Vater aus ihren Fesseln. Wehe, du krümmst den beiden ein Haar, dann bist du diejenige, die diesen Raum nicht lebend verlässt.«

Der Ausdruck in ihren Augen hätte töten können, doch sie war nicht in der Lage, sich dieser uralten Magie zu erwehren und so schwamm Aquaria tatsächlich zu den beiden Männern, und befreite sie. Aramis fiel nach unten wie ein nasser Sack, zitternd und blutend. Mein Herz zog sich bei diesem Anblick zusammen und trotz dass ich mich schwer damit tat, meine Lider offen zu halten, musste ich ihn ein letztes Mal ansehen.

Wenigstens ein letztes Mal. Ich fand seinen Blick und sofort schwamm er zu mir herüber und hob mich in seine Arme.

»Es wird alles gut, keine Angst. Wir bringen dich zu einem Heiler – du wirst wieder gesund werden, das ist alles nur halb so schlimm …« Er versuchte, die Wunde mit seinen Händen zu bedecken.

Ich lachte leise und er sah mich entgeistert an, als hätte ich vollends den Verstand verloren.

»Serena, wieso lachst du? Ich finde nichts Lustiges an der Situation und du solltest das ebenso wenig. Halte durch, mein Vater holt Hilfe. Du … du hast sie wirklich, oder? Naylas Magie?«

Die letzten Worte waren ein ehrfürchtiges Flüstern. Ich brachte ein schwaches Nicken zustande und sah durch meine halb geschlossenen Lider, wie seine Augen größer wurden.

»Das ist … weißt du, was das für uns bedeutet? Wir können uns endlich von der Gefahr der Sirenen befreien und unserem Volk ein besseres Leben schenken, wir sollten … so viel damit tun!«

Er zählte immer mehr Dinge auf und schien in seiner Begeisterung aufzugehen.

Einen wichtigen Punkt übersah er dabei: Die Stimme des Herzens war kein Spielzeug, welches man nach Belieben einsetzen konnte. Sie war eine Waffe und eine sehr gefährliche dazu – sie sollte mit Vorsicht und Verstand eingesetzt werden.

Die Gedanken rückten in den Hintergrund, während meine Sinne schwanden und das Leben aus mir herausfloss. Schwarze Flecken bildeten sich an den Rändern meines Blickfeldes und breiteten sich aus, bis ich nur noch undeutliche Schemen sah.

Je mehr ich das Bewusstsein verlor, desto weniger Schmerzen spürte ich und das erleichterte mich trotz allem.

Aramis' Flehen, ich solle wieder aufwachen, und seine Beteuerungen, dass alles gut werden würde, drangen kaum mehr zu mir durch. Nur einzelne Wörter machte ich noch durch den Nebel aus, der sich über meine Sinne legte.

»Serena, bitte … bleib bei mir … ich liebe dich …«

Vielleicht hatte ich mir das nur eingebildet, doch es brachte mich ein letztes Mal zum Lächeln. Er liebte mich.

»I-Ich liebe … dich … auch«, nuschelte ich.

Ich wusste nicht, ob er mich verstanden hatte, doch während sich die Schwärze über mich herabsenkte, war ich nicht länger traurig, ich war glücklich.

Kapitel 29

Aramis

»Wann wird sie endlich aufwachen? Wird sie überhaupt jemals aufwachen? Ich will zu ihr, sofort!«, blaffte ich die Heilerin an, welche die Hände in ihre Hüften stemmte und mich tadelnd ansah.

»Prinz Aramis, ich habe Euch gesagt, dass Ihr Miss Serena nicht jeden Tag besuchen müsst. Sie braucht ihre Ruhe, dann wird sich ihr Körper erholen und es hilft ihr nicht, wenn Ihr die ganze Zeit in oder vor ihrem Zimmer herumstromert. Habt ein wenig Geduld«

Sie legte mir eine Hand auf die Schulter.

»Ihr werdet sehen, sie ist stärker, als Ihr denkt, sie wird es schaffen.«

Sie drückte meine Schulter einmal kurz, verschwand im Krankenzimmer und ließ mich allein mit den Gedanken und Ängsten.

Zwei Wochen waren vergangen, seitdem Serena in den Thronsaal geplatzt und uns alle gerettet hatte. Meine Brüder, die von einer Gruppe Sirenen in der Bibliothek gefangen gehalten worden waren, hatte Vater mit Hilfe einiger ebenfalls eingesperrter Wachen befreit und sie waren – Nayla sei Dank – deutlich unversehrter gewesen als Serena und ich. Die Meermenschen, die es geschafft hatten, rechtzeitig aus der Stadt zu fliehen oder sich zu verstecken waren nach und nach aus den Verstecken gekrochen und zusammen hatten wir begonnen, Stella Maris zu seinem alten Prunk zu verhelfen. Die Sirene, die so viel Leid und Schmerz verursacht hatte, wurde unter strengsten Sicherheitsvorkehrungen Tag und Nacht bewacht. In einem fensterlosen Raum und einer Wache die zweimal täglich Essen brachte, als einzigen Besucher. Wenn ich ehrlich war, konnte ich kein Mitleid mit ihr empfinden, sondern lediglich grimmige Befriedigung.

Zwei Wochen, seit Serena eine lebensgefährliche Wunde davongetragen hatte. Seit diesem Tag schlief sie. Unansprechbar und unmöglich aufzuwecken. Nicht, dass ich es nicht versucht hatte. Immer und immer wieder.

Fahrig fuhr ich mir durch die Haare. Ich musste mich ablenken.

In Stella Maris, nein, in ganz Aquaris gab es kein anderes Thema mehr als die Menschenfrau, welche der Stimme des Herzens würdig war und uns von Aquaria befreit hatte. Bei Hofe war es besonders schlimm und so mied ich Versammlungen, Essen oder alles, was nur im Geringsten damit zu tun hatte.

Wie jeden Tag seit diesem Vorfall schwamm ich im Gang vor Serenas Krankenzimmer auf und ab und wartete darauf, dass die Heilerin mich mit einer frohen Botschaft ins Zimmer holte. Noch immer hatte ich Probleme damit, zu glauben, dass sie wirklich eine Stimme besaß und nicht mehr länger auf Zeichensprache angewiesen war. Allerdings freute ich mich schon darauf, sie wieder vernehmen zu können – nichts würde mich in diesem Moment glücklicher machen, als ein Wort von ihr.

Erst wenige Male war ich bei ihr im Zimmer gewesen. Es war beängstigend. Es sah aus, als würde Serena schlafen. Sie atmete, ihre Augen zuckten unter ihren Lidern, doch sie selbst bewegte sich nicht. Weder auf Ansprechen oder Berührungen reagierte sie. Es machte den Anschein, als wäre ihr Körper tot, jedoch ihr Geist lebendig. Nein, ich durfte nicht so denken.

Sie versuchte, sich zu erholen, das war alles. Völlig normal. Zumindest hatten die Heiler mir das immer wieder gesagt. Und ich wollte es glauben – was mir an manchen Tagen besser gelang, an anderen nicht.

»Eure Hoheit?«

Ich zuckte zusammen und fuhr herum. Die Heilerin schwamm direkt vor mir, mit einem Lächeln im Gesicht.

»Was? Ist sie …? Darf ich …?«

Die Heilerin kicherte wegen meiner sichtlichen Nervosität.

»Ihr dürft, sie ist wach. Aber sie ist schwach, also bleibt nicht zu lange und regt sie nicht auf, das würde ihrer Heilung schaden.

Die Schwester setzte einen strengen Blick auf und ich nickte folgsam. »Natürlich.«

Sie nickte ebenfalls und ich schwamm, so schnell ich konnte, zur Zimmertür, atmete einmal tief durch und betrat Serenas Krankenzimmer.

Alles war genau so, wie ich es das letzte Mal vorgefunden hatte. Ein Bett, ein kleiner Tisch, auf dem Unterwasserblumen blühten, und ein Schrank mit Arzneien. Eines hatte sich geändert. Serena lag nicht mehr wie tot auf der Matratze, sondern saß an ihre Kissen gelehnt und lächelte, sobald sie mich bemerkte. Ein schwaches Lächeln, aber ein Fortschritt.

Rasch schwamm ich an ihre Seite und nahm ihre Hände in meine. Sie waren noch immer kühl, doch nicht mehr kalt.

»Serena«, hauchte ich und musste die Tränen zurückhalten, welche sich ihren Weg bahnen wollten. Die dünnen grünen Schlieren konnte ich allerdings nicht vertreiben, so sehr ich es auch wollte.

Ein Mann weinte nicht, das war mir von klein auf beigebracht worden, aber in dem Moment war es mir egal. Die Frau, die ich liebte, war von der Schwelle des Todes zurückgekehrt! Wenn es in dieser Situation nicht in Ordnung war, ein paar Tränen zu vergießen, dann in keiner.

Serenas Augen glitzerten ebenso mit ungeweinten Tränen rot, während sie sich zu mir lehnte und den Kopf an meiner Brust barg. Ihre Arme legte sie um meine Mitte und drückte mich leicht.

»Es ist alles gut. Ich bin hier und du bist es auch. Du hast mir einen ganz schönen Schrecken eingejagt, weißt du das?«

Die Angst der letzten Wochen durchdrang meine Stimme, sodass sie deutlich heiser klang.

»Es tut mir leid, das wollte ich nicht«, flüsterte sie und ich strich ihr sanft über den Rücken.

»Habe ich es geschafft? Ist sie … fort?« Sie sah mich hoffnungsvoll an, doch ich musste den Blick abwenden.

»Solltest du Aquaria meinen, nein, sie lebt. Allerdings wird sie in einer Zelle Tag und Nacht bewacht und die Wachen haben den Befehl, sie bei der kleinsten verdächtigen Bewegung auf der Stelle zu töten.«

Serena sah nicht glücklich darüber aus, nickte jedoch.

»Das ist gut. Nur … Aramis, was soll ich tun? Das ist alles zu viel. Ich bin nicht bereit, solch eine Verantwortung für den Rest meines Lebens zu tragen. Keine Ahnung, wie schnell ihr Meermenschen altert, doch es könnte sein, dass ich ein längeres Leben vor mir habe, als ich dachte und …«

Ich legte ihr einen Finger auf die Lippen.

»Serena … du … es fällt mir zwar schwer, das zu sagen: Du kannst nicht hierbleiben. Du bist ein Mensch und gehörst du deiner Familie und Freunden an Land. Du würdest sie immerzu vermissen und … so gerne ich dich auch hierbehalten möchte, so ungern will ich derjenige sein, der dich von allem trennt, was du kennst. Du bist von einer Sirene verflucht worden und ich glaube kaum, dass das ein Zustand ist, den du dein gesamtes Leben über aufrechterhalten willst. Wer kann schon genau sagen, welche Konsequenzen das nach sich ziehen wird?«

Wann immer ich an den unausweichlichen Abschied dachte, bildete sich ein Kloß in meinem Hals.

Ich würde sie verlieren, so oder so.

Zuerst sah sie mich fragend an, doch dann erhellte sich ihr Gesicht und sie fing an, unkontrolliert zu kichern.

»Was ist daran lustig? Hast du dich so sehr am Kopf verletzt?«

Die Fragen stachelten sie nur mehr an. »Nein, mit meinem Kopf ist alles in bester Ordnung. Es ist …« Schlagartig wurde sie wieder ernst. »Ich … nach Aquarias Ritual war ich oben, an Land, bei meiner Familie. Es schien, als wäre zwischen dem Abend, an dem Aquaria mich verwandelt hatte, und dem Tag, an dem ich dort aufgetaucht war, keine Zeit vergangen zu sein. Dann kam ich in mein Zuhause und ich habe die Stimme gegen meine Eltern eingesetzt. Ich habe sie verhext, damit sie mich gehen lassen. Ich wollte zurück zu dir, zu euch und … da ist mir Nayla erschienen.«

»Was? Wie kannst du … die Göttin zeigt sich nicht … das darf nicht wahr sein! Oder …?«

Sie zuckte ratlos mit den Schultern. »Ich weiß auch nicht mehr und ich muss sagen, ich war sehr überrascht sie zu sehen. Ich dachte wirklich, ich wäre tot und sie würde mich ins Jenseits geleiten … doch so war es nicht. Sie stellte mich vor eine Entscheidung. Entweder bei euch zu bleiben oder zu meinen Eltern zurückzukehren und euch vergessen.«

Stille senkte sich über uns, als ich begriff, was ihre Worte bedeuteten.

»Du … du musst nicht gehen? Du … wirst bleiben?«, fragte ich hoffnungsvoll und wurde mit einem Strahlen ihrerseits belohnt. Mein Herz schlug dabei so hart in meiner Brust, dass ich glaubte, es würde meine Rippen jederzeit durchbrechen.

»Ja, ich kann und werde an deiner Seite bleiben – so einfach wirst du mich nicht mehr los.«

Diesmal war sie es, die sich vorbeugte und mich zu sich zog, allerdings nicht in eine Umarmung, sondern sie drückte ihre weichen Lippen auf meine und es fühlte sich an, als befände ich mich im Paradies. Wie sehr hatte ich das, nein, sie vermisst. Serena seufzte ebenfalls leise, was den Moment perfekt machte – für sie ebenso wie für mich.

»Ein Problem bleibt … wie um Himmels Willen werde ich die Waffe los? Ich bin nicht geeignet, um sie ein Leben lang zu behalten, und ich glaube, dass es besser ist, wenn sie ein für alle Mal verschwindet«, sagte Serena und blickte mich ernst an.

Konnte man einen so mächtigen Zauber rückgängig machen? Und würde es dazu nicht die Hilfe der Göttin benötigen?

In der Sekunde, da dieser Gedanke durch meinen Kopf schoss, erschien neben Serenas Krankenbett ein kleiner Lichtball. Er wurde größer und größer und immer heller, sodass wir beide unsere Augen schützen mussten, um nicht zu erblinden.

Während sich das Leuchten gelegt hatte und ich mich traute, die Hände von meinen Lidern zu nehmen, dachte ich, ich durfte ihnen nicht mehr trauen.

Eine wunderschöne Frau stand neben dem Bett, lediglich mit Tang und Muscheln bedeckt, und lächelte uns an.

Ist das …? Das ist doch nicht wahr …das ist Nayla!

Kapitel 30

Serena

»Nayla? Was …?«, stotterte ich.

Gerade war ich geblendet gewesen und nun sah ich der Göttin ein weiteres Mal ins Gesicht. Wie viele Meermenschen konnten von sich behaupten, die Meeresgöttin einmal in ihrem Leben gesehen zu haben, und mir erschien sie zweimal in kürzester Zeit? Sie lächelte mich an und nickte Aramis zu, der sie wie gebannt anstarrte.

»Serena, wie ich sehe, hast du geschafft, was du erreichen wolltest. Meinen Glückwunsch! Heute siehst du mich das letzte Mal. Ich werde mich nicht in dein Leben einmischen, doch zwei Dinge sind offen, welche einer Klärung bedürfen. Dass du Aquaria nicht getötet hast, erleichtert mich. Es zeigt erneut, wieso du diejenige bist, die meine Stimme des Herzens erlangte. Doch sie kann nicht hierbleiben. Weder in Stella Maris noch in Aquaris. Also werde ich sie mit mir nehmen, wenn ich fortgehe. Seid versichert, dass sie ihre gerechte Strafe bekommen wird und ich jederzeit ein Auge auf sie haben werde.«

Ich nickte und Aramis war offensichtlich zu nichts anderem mehr im Stande. Das waren gute Neuigkeiten, oder nicht? Aus irgendeinem Grund konnte ich mich nicht so freuen, wie ich es hätte tun sollen.

Womöglich lag es daran, dass ich nicht wusste, was mit ihr geschehen würde. Trotz allem wollte ich nicht, dass jemand meinetwegen starb oder anderweitig zu Schaden kam, selbst wenn es sich um diese fiese, hinterhältige Schlange handelte.

Nayla räusperte sich und fuhr fort. »Ich habe mitbekommen, dass du dir Sorgen machst, was mit der Stimme des Herzens und mit dir passieren wird. Auch wenn du würdig bist, darfst du sie nicht behalten. Sie ist eine zu große Waffe, als dass sie bei einer Sterblichen bleiben sollte. Egal ob Meermensch oder Mensch.« Sie zwinkerte mir zu. »Also habe ich mich entschlossen, dir diese Magie wieder zu nehmen. Alle Bücher über das Ritual habe ich zerstört. Das müsste eine weitere Katastrophe verhindern. Du brauchst nicht besorgt zu schauen, es wird dir nicht wehtun, du wirst gar nichts davon spüren. Warte, ich zeige es dir.«

Die Göttin kam näher an das Bett heran und setzte sich auf die Bettkante.

Aramis war ein Stück zurückgewichen und hatte ohne Zweifel großen Respekt vor der Göttin. Sie legte ihre zierlichen Hände an jeweils eine Seite meines Kopfes.

»Schließ deine Lider«, befahl sie mir sanft.

Ich tat, wie mir geheißen, und sie begann, einen kehligen und trotzdem melodiösen Gesang anzustimmen, welcher durch meinen Körper vibrierte.

Die Sprache war mir nicht bekannt, doch der Gesang lullte mich ein und mein Kopf fühlte sich an, als würde er zwischen Wolken schweben.

Dieses wunderschöne Gefühl wurde von einem Zwicken und Ziehen unterbrochen, als würde etwas, das nicht in meinen Kopf gehörte, herausgezogen werden. Nach einigen unangenehmen Sekunden ebbte die Empfindung ab und ich öffnete vorsichtig die Augen.

Nayla stand am Fußende meines Bettes und strahlte mich an.

»Es hat ohne Probleme funktioniert. Die Macht sollte dir nun nicht mehr innewohnen. Ich habe die Magie an ihren ursprünglichen Platz zurückversetzt. Da sie ein Teil von mir ist, gehört sie zu mir.«

Ich nickte, denn ich war derselben Meinung.

»Aramis, dreh dich dreimal im Kreis und belle wie ein Hund«, befahl ich ihm.

Er blickte mich an, als hätte ich vollends den Verstand verloren und dann zu Nayla, welche schallend lachte.

»Wie ich sehe, hat es tatsächlich funktioniert und du bist diese lästige Fähigkeit los. Ich hoffe, dass ihr ein erfülltes und langes Leben vor euch habt. Sollte ich meine Schwester Fortuna richtig verstanden habe, gibt es einiges, worauf ihr euch freuen solltet.« Sie zwinkerte uns verschwörerisch zu. »Leider ist meine Zeit mit euch zu Ende und ich muss mich von euch verabschieden. Serena, Aramis. Möge alles Glück der Götter mit euch sein.«

Während wir beide unsere Köpfe neigten, gab sie uns einen schnellen Kuss auf den Kopf, welcher ein leichtes Kribbeln auslöste.

War das wieder Magie? Davon hatte ich wirklich genug für den Rest meines Lebens! Gerade wollte ich mich erneut bei ihr bedanken, da bemerkte ich, dass die Göttin bereits verschwunden war.

Aramis fand seine Sprache zuerst wieder. »W-Was war das? Liegt es an mir oder war es in der Tat ein wenig seltsam?«

Ich nickte bekräftigend.

»Es war tatsächlich merkwürdig, doch ich bin froh, dass sie noch einmal erschienen ist. Ich hoffe, dass sich das Problem mit Aquaria nun gelöst hat.«

»Wenn unsere Mutter das sagt, dann wird es so sein. Sei zuversichtlich, Serena.«

Er lächelte mich an und dabei wurde mir warm ums Herz. Ja, ich liebte diesen Mann, obwohl ich es mir zu Anfang nicht hatte eingestehen wollen. Und er liebte mich, das spürte ich. Mein Glück könnte nicht vollkommener sein.

Aramis erriet meine Gedanken offensichtlich, denn keine Sekunde später nahm er meine linke Hand in seine und sank auf die Flosse hinunter, sodass es aussah, als würde er knien.

»Liebste Serena«, begann er. »Wir kennen uns vielleicht noch nicht lange, doch es kommt mir vor, als würden wir schon immer beieinander sein. Dein Lachen lässt für mich die Sonne aufgehen. Außerdem …« Aramis grinste verschmitzt und ich glaubte beinahe zu sehen, wie nicht nur sein Gesicht, sondern auch seine Flosse einen rötlichen Ton annahm. Da du deine Stimme wieder hast, kannst du mir auch etwas über dich erzählen und ich muss nicht länger raten. Wir können uns endlich richtig kennenlernen, auch wenn ich schon jetzt weiß, dass ich …, dass ich dich liebe. Die letzten Wochen waren die schlimmsten meines Lebens, da ich dachte, ich würde dich nie wieder sehen.«

Trauer und Angst durchzogen seine Stimme und ich drückte seine Hand, um ihm zu zeigen, dass dies die Vergangenheit war und ich nicht vorhatte, zu verschwinden, sondern an Ort und Stelle bleiben würde. Bei ihm. So schnell diese Gefühle erschienen waren, verschwanden sie wieder und machten lediglich einem unbändigen Strahlen Platz, mit dem nicht einmal die Sterne am Nachthimmel konkurrieren konnten. Wenn es so etwas wie einen perfekten Moment gab, dann war es definitiv dieser hier. Nur er und ich zusammen, alles andere konnte warten.

»Jetzt, da alles überstanden ist, stellt sich mir eine Frage und ich muss gestehen, dass ich nervös bin. Dies habe ich nie eine Frau gefragt und ich habe nicht vor, es noch einmal zu tun.«

Mein Puls raste. Tausend Gedanken schwirrten durch meinen Kopf. Ich war mir fast sicher, was nun kam, doch ich konnte es nicht fassen. Wer hätte gedacht, dass ich im Angesicht eines Heiratsantrages nicht davonlaufen würde? Ich wohl am allerwenigsten.

»Serena, willst du meine Frau werden?«

Ich vermochte einen kleinen Freudenschrei nicht länger zu unterdrücken, als er mir den wunderschönsten Perlenring, den ich jemals gesehen hatte, präsentierte und mich anlächelte. Ich fiel ihm um den Hals und küsste ihn innig, ehe ich zurückwich, damit er ihn mir anstecken konnte.

»Ja, Aramis. Ich will.«

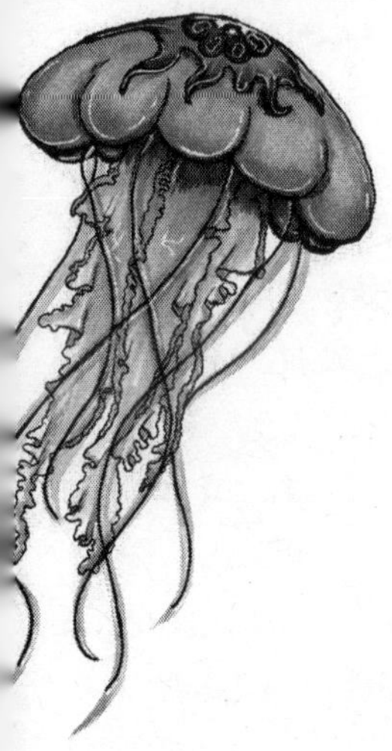

Epilog

Serena

1 Jahr später

»Was soll ich tun, Allegra? Das ist verrückt, genau hiervor bin ich doch davongelaufen. Und jetzt stehe ich hier und er ist … wir sind …«, stotterte ich und meine Zofe blickte mich verständnislos an.

Wie sollte ich ihr verständlich machen, dass ich gerade eine Panikattacke erlitt, obwohl ich kurz davor war, dem Mann das Jawort zu geben, den ich mehr als alles andere auf der Welt liebte.

Das Herz schlug mir viel zu schnell und in meiner Brust baute sich ein äußerst unangenehmer Druck auf, so als würde man mir den Brustkorb zerdrücken. Ein dunkles Flimmern breitete sich an den Rändern meines Sichtfeldes aus und ich fürchtete, dass ich jeden Moment ohnmächtig werden würde.

Das steigerte die Panik jedoch nur weiter, woraufhin Allegra mich vorsichtig zum Bett brachte und sachte niederdrückte, sodass ich saß.

»Was ist los mit Euch, Serena? Es ist Euer Hochzeitstag. Der schönste Tag Eures Lebens! Ihr solltet ihn genießen, worüber macht Ihr Euch Sorgen? Ich habe gesehen, wie der Prinz Euch ansieht – Ihr seid das Wichtigste in seinem Leben und dazu die schönste Frau, die er jemals erblickt hat. Er liebt Euch von ganzem Herzen, woran zweifelt Ihr?«

Ein entsetzter Ausdruck huschte über ihr Gesicht.

»Ihr habt es Euch nicht anders überlegt, oder?«

»Nein, nein! Das ist es nicht, ganz im Gegenteil. Und Allegra, wie oft habe ich dir gesagt, dass es keinen Grund gibt, mich wie eine Dame anzusprechen? Auch wenn ich einen Prinzen heirate …«

Ich kicherte. Der Gedanke war zu absurd. Ich, die Prinzessin eines mystischen Unterwasserkönigreiches. Wer hätte das gedacht?

Allein bei dieser Vorstellung kam die Panik in mir erneut hoch und ich kämpfte sie mehr oder weniger erfolgreich nieder. Ich ließ den Blick durch den Raum schweifen, der ab heute Allegras Zimmer werden würde, und blieb am Spiegel hängen. Ich erkannte mich selbst fast nicht wieder, mit all dem Schmuck und vor allem dem weißen Oberteil mit einem leichten Schleier. Auch, wenn das ganze Ensemble an sich bereits ein Hingucker war, liebte ich den blau schimmernden Kamm, den sie mir geschickt ins Haar geflochten hatte, doch am meisten. Noch immer brachte er ein Lächeln auf meine Lippen, weil er mich an den Ausflug mit Aramis zu dem Quallenfeld und dem Schiffwrack erinnerte. Das war wohl der Zeitpunkt gewesen, da ich wusste, dass ich bei ihm bleiben wollte. Oder zum ersten Mal wirklich merkte, dass es ihm ebenso erging wie mir.

Selbst der Hochzeitstag war Zeugnis davon, wie sehr er mich liebte und meine Wünsche einer menschlich angehauchten Hochzeit respektierte.

Zwar hatte ich als kleines Mädchen von einem wunderschönen Prinzessinnenkleid geträumt, doch in Stella Maris waren die Traditionen andere und außerdem gab es keine Kleider wie bei uns daheim. Allegra hatte vorgeschlagen zum höfischen Schneider zu gehen, damit er etwas Passendes anfertigte.

Ich hatte versucht, ein klein wenig von meiner Heimat einfließen zu lassen, und der Schneider hatte die Wünsche perfekt umgesetzt.

So trug ich ein Oberteil, das blütenweiß war und von oben bis unten bestickt mit echten Perlen und Muscheln, die sanft rosafarben schimmerten. Zudem war ein feiner Schleier an meiner Frisur befestigt worden, der nun bis zu meiner Schwanzflosse hinunterfloss und den Körper umspielte. Auf meinem Kopf saß eine Tiara, die mit den schönsten Edelsteinen ausgestattet war, die ich jemals gesehen hatte und die in allen erdenklichen Blautönen glänzten und funkelten.

Allegra hatte meine Haare in einer kunstvollen Flechtfrisur hochgesteckt und sie neben dem Kamm auch mit ein paar Perlen versehen. Meine Augen hatte sie mit einem schwarzen Stift umrandet, der meine Augenfarbe besser hervorhob und mich exotisch und königlich zugleich aussehen ließ.

»Allegra, du hast recht – an diesem Tag sollte ich mir keine Gedanken machen, sondern ihn genießen. Die Kleidung und die Frisur sind wunderschön, du hast dich selbst übertroffen, wirklich.«

Ich umarmte die junge Meerfrau, die mich ebenso freudig zurückdrückte. Sie schien genauso aufgeregt zu sein wie ich, falls das überhaupt möglich war.

»Ich bin mir sicher, dass die Zeremonie wundervoll wird. Ihr … du wirst sehen, es wird alles gut werden. Komm, es ist Zeit. Nimm deine Blumen, ich bringe dich zur Zitadelle.«

Nie in meinem ganzen Leben war ich derart aufgewühlt gewesen.

Nicht während ich in der Stadt der Sirenen gefangen war und nicht, als ich Aquaria gegenübergestanden hatte. Nun würden mir die Knie schlottern, hätte ich keine Schwanzflosse.

Meine Hände zitterten und mein Puls raste – wieso nur? War das normal? Waren alle Frauen an ihrem Hochzeitstag so nervös oder war ich wieder eine Besonderheit, wie Mutter es gerne genannt hatte. Beim Gedanken an meine Eltern durchzuckte mich ein Stich, denn trotz allem hätte ich mir gewünscht, dass sie der Hochzeit beiwohnen könnten. Doch es war besser so. Für sie und für mich. Sie genossen nun hoffentlich ihr Leben und machten sich keine Sorgen mehr um ihre widerspenstige Tochter, die sie immer enttäuscht hatte.

Von Zeit zu Zeit hatte ich in der Nähe des Strandes Ausschau nach meinen Eltern gehalten. Früher waren sie nie die Sorte Mensch gewesen, die gerne Strandspaziergänge unternahmen, jetzt hatte ich sie das ein ums andere Mal erspähen können. Sie sahen glücklich aus, und das war alles, was ich wissen musste. Ich war froh, dass Nayla ihr Versprechen gehalten hatte.

»Miss Serena? Seid Ihr soweit? Die Musik wird jeden Moment beginnen, das ist Euer Einsatz.«

Fast wäre ich vor Schreck gestorben, als plötzlich ein Diener an der Scheibe meiner Kutsche klopfte.

Mit der Hilfe des Dieners stieg ich aus und brachte mich vor den Toren der Zitadelle von Stella Maris in Stellung.

Noch hörte ich von drinnen nur Tuscheln, das mit einem Mal verstummte, als die Musik einsetzte.

Ich war mir nicht sicher, ob ich es durch den Mittelgang bis zu Aramis schaffen würde.

»Ihr müsst nicht aufgeregt sein, Euer Prinz erwartet Euch«, versuchte der Diener, mich mit einem Lächeln zu beruhigen. Ich lächelte zurück, allerdings deutlich unsteter.

Plötzlich öffneten sich die beiden Flügeltüren und die Musik eines Streichquartetts setzte ein – mein Augenblick war gekommen.

Langsam, elegant und mit erhobenem Kinn schwamm ich den Mittelgang entlang, genauso wie es von einer zukünftigen Prinzessin des Reiches verlangt wurde.

Alle Augen waren auf mich gerichtet, ich spürte ihre Blicke wie winzig kleine Nadelstiche auf der Haut.

Was dachte ich mir dabei? Wie sollte ich das schaffen? Gerade in dem Moment, als ich kurz davor war wieder umzudrehen, sah ich

Aramis, der am Ende des Ganges auf mich wartete. Er trug eine Art Hemd mit Gehrock, einen sehr vornehmen, wie er bei uns zu Hause nur von edlen Herren getragen wurde.

Sein Hals wurde von einer roten Fliege geziert und sein Haar war nach hinten gekämmt worden. Er sah wahnsinnig gut aus – wie ein richtiger Gentleman. Sein Blick fand den meinen und auf seinem Gesicht breitete sich ein unmissverständliches Grinsen aus, welches ihn strahlen ließ und mir Schmetterlinge in den Bauch zauberte.

Dort stand er: Der Mann, den ich liebte und der endlich zu mir gehören würde und zu sonst niemandem.

Ich ließ ihn für keine Sekunde aus den Augen, während ich den Gang hinunter schwamm. Dort griff ich nach seiner Hand und drückte sie leicht, als ich ihn anlächelte.

Er erwiderte den Druck ebenso sanft und der Ausdruck in seinen Augen rührte mich beinahe zu Tränen.

So viel Liebe und Zuneigung hatte ich nie in Augen gesehen.

»Wenn sich nun bitte alle setzen würden, dann können wir mit der Zeremonie beginnen.«

Der Priester der Zitadelle war vor uns erschienen und so wandten wir uns einander zu, wie es bei mir daheim Brauch gewesen war.

Wir hatten uns dazu entschlossen eine Hochzeit zu feiern, wie es die Menschen an Land taten, um somit meine menschliche Seite nicht zu vergessen und die Bräuche den Bewohnern Stella Maris näher zu bringen.

»Möchtest du, Prinz Aramis, die hier anwesende Serena zu deiner rechtmäßig angetrauten Ehefrau nehmen? So antworte nun mit: Ja, ich will.«

Aramis zog einen wundervollen Ring aus der Brusttasche, nahm meine Hand zärtlich in seine, streifte den Ring über den Finger und antwortete mit heiserer Stimme: »Ja, ich will.«

Der Priester nickte.

»Und möchtest du, Serena, den anwesenden Prinz Aramis zu deinem rechtmäßig angetrauten Ehemann nehmen? So antworte nun mit: Ja, ich will.«

Ein Diener neben mir reichte mir den Ring, welchen ich für Aramis herausgesucht hatte, und ich tat es ihm gleich.

Überwältigt von all den Gefühlen, die in mir brodelten, flüsterte ich: »Ja, ich will.«

»Hiermit seid ihr vor Nayla und allen Anwesenden miteinander verbunden – ich erkläre euch beide zu Mann und Frau. Du darfst die Braut jetzt küssen.«

Das ließ sich Aramis nicht zweimal sagen. Mit einem Ruck zog er mich zu sich heran, zog mich in seine Arme und verschloss meine Lippen mit seinen. Es war kein unschuldiger Kuss, nein, er war voller Leidenschaft und Feuer. Alles andere rückte in den Hintergrund, selbst die Jubelrufe der Anwesenden.

Als er sich von mir löste, fühlte ich mich atemlos und mir stieg die Röte in die Wangen, da dieser Kuss wirklich nicht für die Augen anderer bestimmt gewesen war.

Aramis schien meine Gedanken gelesen zu haben, denn er blickte verschmitzt und gleichzeitig entschuldigend drein. Wie sollte ich ihm bei solch einem Lächeln böse sein?

Wir drehten uns zu den Gästen, die uns immer noch bejubelten und fein gemahlenen Perlenstaub auf uns niederrieseln ließen. Eine Tradition aus Stella Maris, die unserem Reiswurf ähnlich war, und doch um so vieles schöner, da das Wasser um uns herum schimmerte und glänzte.

Selbst Aramis' Familie hielt es nicht auf ihren Sitzen und auch der

König jubelte für unser Glück.

Ich warf meinem Mann einen Seitenblick zu, doch er war zu beschäftigt sich mit seinen Untertanen zu freuen, sodass er es nicht bemerkte.

Niemals hätte ich gedacht, dass ich heiraten würde, und jetzt kann ich mir nicht vorstellen, jemals wieder ohne ihn zu sein. Wenn es möglich ist, vor Glück zu sterben, dann wäre nun wohl der Zeitpunkt für mich.

Ich musste über mich selbst schmunzeln und hoffte, dass das so bald nicht der Fall war.

Immerhin muss unser Geheimnis gelüftet werden, nicht wahr?

Sachte strich ich über meinen Bauch, der ein klein wenig gewachsen war, jedoch nicht genug, um für alle sichtbar zu sein. Ja, ich hatte eine Familie verloren, allerdings hatte ich gleichermaßen eine gefunden.

Wir drei würden in Zukunft eine Familie sein.

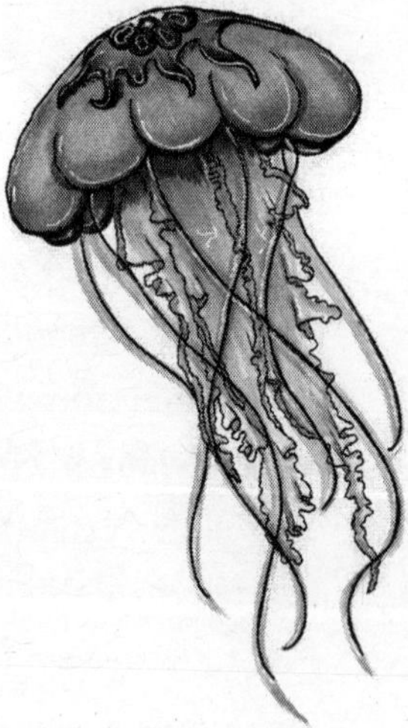

Danksagung

Dieser Teil ist für mich immer der Schwerste – allen, die mir bei der Entstehung dieses Buches geholfen haben zu danken. Nicht, weil ich nicht dankbar bin, sondern weil es kaum in Worte zu fassen ist, wie sehr ich diese Personen alle liebe und wie dankbar ich ihnen bin.

Zuerst natürlich einmal mehr ein Dank an meine tolle Verlegerin, die an mich glaubt und mir die Möglichkeit gibt, meine Geschichten zu veröffentlichen.

Als nächstes will ich meiner lieben Lektorin und Freundin, Pia Euteneuer, danke sagen – du hast mir einmal mehr geholfen, das Beste aus der Geschichte zu machen, und ich hoffe, dir gefällt das Endergebnis genauso sehr wie mir!

Vielen Dank auch an die wunderbare Anna von Fuchsias Weltenecho, die dafür gesorgt hat, dass mein Buch von außen so wunderbar aussieht wie von innen!

Für die Illustrationen war natürlich einmal mehr die wunderbare Maja Köllinger verantwortlich – ich hab dich lieb und deine Zeichnungen sind der Hammer! Außerdem darf ich der lieben Jasmin Volkmer danken, die ich auf der LBM 2019 kennengelernt habe – bin froh, dass wir uns getroffen haben, da du einfach ein lieber Mensch bist.

Wo wir schon einmal von Zeichnungen sprechen, will ich auch meiner lieben Freundin Ellen danken, die für die wunderschönen Zeichnungen von Serena und Aramis verantwortlich ist. Sie sind einfach super und ich bin so froh, dass du für mich zeichnest!

Nela, dir gilt auch ein kurzes und schmerzloses Danke, da du mir beim Testlesen geholfen hast.

So … nun bleibt mir nichts weiter übrig, als dir zu danken, lieber Leser. Durch dich und deine Vorstellung werden meine Geschichten erst richtig lebendig und dafür will ich dir danken und gleichzeitig viel Spaß mit all meinen Werken wünschen.

Vielen Dank für die Unterstützung – denn ohne Leser wäre das Schreiben nicht halb so erfüllend.

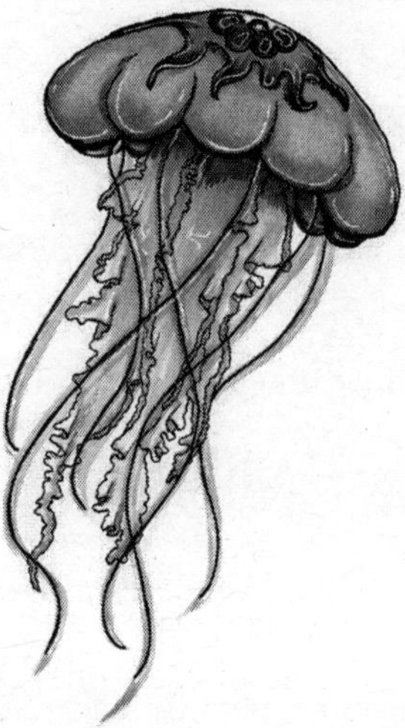

Mehr von K. K. Summer

Gladio

Die Prophezeihung des Schwertes

›Ein verschollenes Schwert, eine Prophezeiung und eine junge Frau, in deren Händen die Zukunft eines Landes liegt.‹

Nacht für Nacht wird Ai von dem immer gleichen Traum heimgesucht: Der Anführer des feindlichen Landes durchbohrt sie mit seinem Schwert.

Eine Waffe, die ihrem Kettenanhänger, dem einzigen Überbleibsel ihrer Familie, überraschenderweise ähnelt. Als Ai in einem Tempel eine Zeichnung von Gladio, einem mächtigen und seit Generationen verschollenen Schwert findet, gerät ihre Welt ins Wanken.

Warum gleicht die Zeichnung ihrem Anhänger in jedem Detail?

Es gibt nur ein Volk, das Licht ins Dunkel bringen kann: Die Elfen.

Können sie Ai dabei helfen, das Geheimnis des Anhängers und ihrer Familie zu lüften und ihre wahre Bestimmung zu erkennen?

Mehr aus dem Tagträumer Verlag

Luna Wood: Anam Fear-Das Schattenamulett

Eine unsterbliche Seele, gefangen in einem sterblichen Körper.
Ein zerstörtes Land, das auf seine Retterin wartet.
Eine Aufgabe, die den sicheren Tod bedeutet.
Und eine Liebe, die die Zeit überdauert.

Seit frühster Kindheit wurde Lijana im Kampf trainiert, doch nichts konnte sie auf das Schicksal vorbereiten, das ihr bevorsteht. Ein schöner Fremder entführt sie in seine Welt: In ein Reich, das einst von den Elfen bewohnt war und in dem die Elemente der Quell der Macht sind. Sie zu finden und in dem heiligen Turm zu vereinen ist die Aufgabe der Elementträgerin. Doch bisher hat jede Auserwählte auf dieser Suche ihr Leben verloren.

Lijana wird zur entscheidenden Figur in einem grausamen Spiel um Herrschaft, Liebe und Tod. Während ihrer Reise durch die fremde Welt droht sie mehr zu verlieren, als nur ihr Herz …

Mehr aus dem
Tagträumer Verlag

Marion Hübinger: Nachtfunke

Ein verwegener Krieger und eine junge Seherin.
Verbunden im Schicksal.
Vereint im Kampf.

Inmitten der unwegsamen Berge der Moragen lebt der stolze Stamm der Laxis, angeführt durch den Krieger Fino. Um eine der ihm Anvertrauten zu retten, muss er dem gegnerischen Clan der mächtigen Thuns die Stirn bieten.

Im bevorstehenden Kampf bekommt er ungeahnte Hilfe von einer jungen Seherin, die die drohende Gefahr durch die Schleier der Vorsehung erkennen kann.

Doch Finos Entscheidung ist weitreichender, als er zunächst angenommen hat ...